学习集

从社会学角度谈文学

姜东赋 著

學苑出版社

图书在版编目（CIP）数据

学习集：从社会学角度谈文学 / 姜东赋著. --北京：学苑出版社，2012.5

ISBN 978-7-5077-4029-5

Ⅰ.①学… Ⅱ.①姜… Ⅲ.①中国文学—当代文学—文学评论—文集 Ⅳ.①I206.7-53

中国版本图书馆 CIP 数据核字（2012）第 110683 号

责任编辑：杨　雷
封面设计：艾博堂文化
出版发行：学苑出版社
社　　址：北京市丰台区南方庄 2 号院 1 号楼
邮政编码：100079
网　　址：www.book001.com
电子信箱：xueyuan@public.bta.net.cn
销售电话：010-67675512、67602949、67678944
经　　销：全国新华书店
印 刷 厂：保定市彩虹艺雅印刷有限公司
开本尺寸：710×980　1/16
印　　张：16
字　　数：260 千字
版　　次：2012 年 5 月第 1 版
印　　次：2012 年 5 月第 1 次印刷
定　　价：40.00 元

目　录

上　编

下　编

附　录

上　编

文艺与生活

正是因为艺术再现"生活"，所以，关于艺术的正确学说，只有关于"生活"的正确学说产生以后，才能够确立在坚固的基础上面。

——普列汉诺夫

本文不是一篇严谨的论文，只是一束学习札记，松散一些，只好听之，故谓之"漫议"。话虽这么说，总不能是一盘散沙，把它们束在一起的，就是普列汉诺夫的上述思想。

文艺与生活的关系，或曰文艺与现实、与社会、与时代、与环境的关系，是文艺学上一个根本性的问题，凡是谈文艺的，首先都会碰到这个问题，文艺学上其他问题的解决，跟如何回答这个根本问题，大有关系。对于文艺与生活的关系，可以有多种多样的表述方式，比如社会状况决定着文艺的面貌，文艺是生活的反映，透过文艺可以看出社会的某些现象，研究文艺必须了解产生它的时代，等等。可以说，这些命题从不同的侧面，揭示了文艺与现实的关系，提法不一，实质相通。

文艺与生活的关系，也是文艺学上一个古老的问题。可以说，从文艺理论产生的时候起，人们只要谈文艺问题，就回避不了这个关系问题。马克思主义对这个古老问题的解释，当然是最彻底、最科学的。但是，正如列宁所说："人类思维按其本性是能够给我们提供并且正在提供由相对真理的总和所构成的绝对真理的。科学发展的每一阶段，都在给这个绝对真理的总和增添新的一粟"。真理的形成是一个历史过程，在承认马克思主义的产生给文艺学带来了根本性的变革的同时，也不可否认，在此以前的一些杰出的古代理论家，曾分别为真理殿堂的建成添砖加瓦。普列汉诺夫的意思是说，只有在马克思主义发现了人类社会生活发展的客观规律之后，完整的、彻底的、科学的艺术观才能出现。这话是深刻的。本文将要谈到的几位中外古代理论家，他们对于艺术的看法有正确的方面，也有致命的缺陷，其关键就在于他们对于生活本身的理解是不正确或不完全正确的。

比如，认为透过诗歌、音乐，可以看出产生它的社会的治与乱，即认为"声音之道，与政通矣",① 这是中国古代艺术理论中有两千多年历史的一个传统观点。这个观点，既有它正确、合理的一面，也有它错误、神秘的一面。

这个观点，最早大概见于《左传》。《左传》襄公二十九年，记载季札曾到鲁国"观乐"，说他当时由诗歌、音乐而看出列国之治乱兴衰。《礼记·乐记》和《毛诗序》里，都有这句话："治世之音安以乐，其政和；乱世之音怨以怒，其政乖；亡国之音哀以思，其民困"。认为原因在于"凡音之起，由人心生也。人心之动，物使之然也"。那么，"物"是指什么呢？从上下文来看，这里显然是指社会的政治状况。几百年以后，大文艺理论家刘勰在《文心雕龙》的《时序》里，依据这个传统观点，概括地叙述了自传说中的尧、舜时代，一直到他生活的时代的政治变动情况，以及文艺随之而变化的过程，提出著名的"歌谣文理，与世推移"，"文变染乎世情，兴废系乎时序"的观点。可见这个观点的影响有多么深远。

不能不承认，这个传统观点是了不起的。它看出了文艺作品的内容，是作者思想感情（人心）的表露，"人心之动"，则是"物"引起的、决定的；在所有的外"物"当中，这些古人突出地把社会的政治状况提取出来，认为这个领域对"人心"具有最关紧要的影响和决定作用，从而认为，"声音之道，与政通矣"。这个见解系统，是相当深刻的，就是在今天，仍不失其一定意义，它正确地反映了某些客观情况。

但是，同时不能不指出，这个观点也有不彻底、不科学的一面。这里，仅以《时序》为例，加以证明。

---

① 《礼记·乐记》。

从《时序》看，刘勰对时代、政治的理解，仅仅停留在“德盛化钧”、“政阜民暇”，或“世积乱离”、“风衰俗怨”这样一些既成事实上面，而没有看到更本质的东西。对于造成这样的既定现实状况的原因，他认为在于每个时代最高统治者的作为、个性（所谓“王化”、“政教”）。他说：“逮姬文之德盛，《周南》勤而不怨；大王之化淳，《邠风》乐而不淫。幽、厉昏而《板》、《荡》怒，平王微而《黍离》哀。故知歌谣文理，与世推移，风动于上，而波震于下者”。这就是说，刘勰认为根本原因在“上”，而不在“下”。在上者“德盛”或“化淳”，则歌谣“勤而不怨”，或“乐而不淫”，在上者“昏”或“微”，则文艺作品“怒”或“哀”。“风（按即风为教化之风）动于上，而波震于下”这个结论，就足以暴露刘勰历史观的局限性。

我们不能苛求古人，要求他们具有今人的认识水平。但，我们也不能拿一些只适合于今人水平的大帽子（诸如“解决了文艺与现实、文艺与政治的关系问题”等），硬戴到古人头上，把仅仅认识到部分真理、掌握了事物的初级本质的古人，说成是已经彻底揭示真理的伟大理论家。如果事情果真如此，那还要学习马克思主义干什么?

再比如，关于评论文艺作品的方法，中国也是早在两千多年以前，就有人提出不能就事论事，而必须“知人论世”的见解。这个见解是跟文艺与生活关系问题紧密相关的。这个见解，对后世产生了更为深远、巨大的影响。现在把它解剖一下，同样会发现它含有宝贵的真理因素，也存在致命的缺陷，病根同样存在于普列汉诺夫所提出的那个问题上——对于“世”的理解不科学。

首先提出“知人论世”见解的，是孟子。他说“诵其诗，读其书，不知其人可乎？是以论其世也”。① 他认为，读《诗》的时候，要了解作者的状况和他写作这首诗时的背景，然后，才有可能弄清它的真正意义。后世的人，对这个见解十分信服，以为舍此不足以言诗。20 世纪初，深受西方近代美学思想熏陶的王国维，以他不同于中国旧式文人的新头脑、新眼光，回过头去看“知人论世”这个见解，不禁叹道：“善哉，孟子之言诗也!”他认为，用这个方法治诗，“则古诗虽有不能解者，寡矣!”并且推而广之，说：“治古诗如是，治后

① 《孟子·万章》。

世诗亦何独不然?"① 他对“知人论世”的治诗方法，十分推崇。

鲁迅先生对于“知人论世”也是肯定的。这不仅见于他在《“题未定”草》(之六，之七）里的言论，而且见于他在《中国小说史略》里的实践。他说:“世间有所谓‘就事论事’的办法，现在就诗论诗，或者也可以说是无碍的罢。不过我总以为倘要论文，最好是顾及全篇，并且顾及作者的全人，以及他所处的社会状态，这才较为确凿。要不然，是很容易痴人说梦的”。鲁迅先生对“知人论世”进行了全面的诠释，把它和“就诗论诗”对立起来，认为它才是正确的论文的方法。在《中国小说史略》里，鲁迅先牛从汉末到晋的政治黑暗情况，讲到《世说新语》一类记载名士清议作品的大量出现，从宋代都市生活的繁荣，讲到话本小说的产生；从中国社会的宗教变迁情况，讲到中国特多鬼神志怪小说的原因；从曹雪芹和高鹗个人生活际遇、思想心理的不同，讲到《石头记》前80回和后40回的出入。总之，鲁讯先生论小说，首先顾到作者和作者周围的情形，并以后者来说明前者。这可以证明，《中国小说史略》所使用的方法，是对中国传统的“知人论世”方法的继承和发展。

必须承认，“知人论世”这个中国传统的论文方法是了不起的。这个方法的提出，是建立在对文艺与现实关系问题的一定理解基础上的。这个方法在今天完全可以为我们继承下来。

但是，同时也必须指出，由于古人对于“世”的理解是不科学的，因而他们对于“知人论世”方法的解释和运用，也有不科学的一面。这里，大胆地以鲁迅先生的《中国小说史略》为例，来说明之。

鲁迅先生对于“知人论世”的上述见解，当然不同于古人原有的认识，尤其是在晚年，鲁迅先生掌握了马克思主义，对历史、对社会的认识已然达到科学水平，从而他对“知人论世”的解释，就跟我们的认识是一致的。但是，也不能不指出，在20世纪20年代初期，鲁迅先生在治中国小说史的时候，由于当时还不具完整的科学历史观，因而从这部小说史中看，他对于他所强调的“社会状态”的认识，还是笼统的，跟马克思主义的历史唯物主义有一定距离。这主要表现在这部小说史没有着力对各个时代的经济状况，以及直接由这一状

① 《玉溪生诗年谱会笺序》。

况所决定的社会阶级斗争状况，进行深入研究，没有明确看出，归根结底，正是这些状况决定了中国小说内容、性质的演变。这是这部小说史的主要缺陷。基于这样的认识，我们承认《中国小说史略》是中国最早一部比较好的小说专史，而不同意某些论者把它说成是中国迄今最好的一部小说史，并且是最好的一部唯物主义小说史的看法。不指出鲁迅先生早期思想上的局限性，不同时指出这部前期著作的局限性，也就等于局限了后人，使后人不再前进。

在国外，也是在两千多年前，古希腊的思想家亚里士多德（和孟子大约同时）提出了"摹仿说"，认为文艺是对现实的摹仿；他还指出，文艺所摹仿的对象是"在行动中的人"；他还认为，文艺不仅摹仿现实世界的现象，而且摹仿现实世界的现实性和普遍性（见《诗学》罗念生中译本第 2、7、28 页）这无疑是一种宝贵的见解。他不仅指出文艺要反映现实，并且指出这不是照葫芦画瓢，而是对现实的深入认识，而且强调指出，"在行动中的人"是文艺反映的主要对象，看出了文艺的一些特点。

亚里士多德的摹仿说在欧洲文艺思想史上，产生了巨大、深远影响。19 世纪俄国批评家车尔尼雪夫斯基说："《诗学》是第一篇最重要的美学论文，也是迄至前世纪末叶一切美学概念的依据"，"他的概念竟雄霸了二千余年（《论亚里士多德的〈诗学〉》）。事情确实如此，就是今天，亚里士多德的文艺摹仿说仍有启发意义，它所包含的真理因素，完全可以用来丰富我们的文艺思想。

但是，同时也应该看到，作为古代奴隶主阶级的思想家，亚里士多德对"现实"的理解，跟我们的认识是有天壤之别的。

首先，他认为奴隶只是"能说话的工具"，不是社会的成员；奴隶主才是"社会的动物"。据此，他当然把广大奴隶的生活排除在"现实"之外，认为它不是文艺摹仿的对象。他在《诗学》中说，只有那种声名显赫、生活幸福、出身高贵的"好人"，才能作悲剧的主人公。其次，亚里士多德认为，在客观世界向前运动的时候，存在着"第一推动力"。这也就是认为，现实的发展不完全是物质的自我运动，而有赖于神给它以推动。这种对"现实"的认识，跟我们的认识，当然是有天壤之别的。亚里士多德往往动摇于唯物主义与唯心主义之间。在这个"第一推动力"问题上，他又回到他的老师——古代最大的唯心主义哲学家柏拉图那里去了。总之，当我们今天复述亚里士多德的文艺摹仿说的时候，切记他所说的“现实”跟我们所说的现实，是有原则区别的。不记住这一点，恐怕要犯原则上的错误。

如果说以上的分析是一种苛求的话，那么，必须申明，我们苛求的不是古人，而是今人。在文艺与现实关系问题上，泯灭古人与今人的思想界限，混淆马克思主义与非马克思主义的界限，终究是欠妥当的。

给了亚里士多德崇高评价的车尔尼雪夫斯基，他在《艺术与现实的美学关系》著名学位论文中，继承并发展了文艺摹仿说。他说：“再现生活是艺术的一般性格的特点，是它的本质”；艺术作品常常还有另一个作用——说明生活，它们常常还有一个作用，“对生活现象下判断”。这是马克思主义产生以前，对文艺与现实关系问题的最好回答。关于这一结论的意义，那是人们所熟知的，这里不多说了。

普列汉诺夫正是在评论车尔尼雪夫斯基的美学论文时，提出了本文刚开始时所引述的那个思想。他的原话是这样的：“车尔尼雪夫斯基正确地称艺术为‘生活’的再现。但是，正是因为艺术再现‘生活’，所以科学的美学，——更正确些说，关于艺术的正确学说，——只有当关于‘生活’的正确学说产生了的时候，才能够站立在坚固的基础上面”。并从这一思想出发，严肃指出：“车尔尼雪夫斯基的美学见解仅仅只是正确的艺术观的萌芽”。我们认为这个意见是正确的、重要的。

车尔尼雪夫斯基是一个人本主义者，他依据所谓人类学原理来解释生活，实际上就是用人性论的观点来说明生活。这使他的艺术理论不可能达到完全科学的水平。他说：“任何东西，凡是人在那里面看得见如他所理解的那种生活的，在他看来就就是美的。美的事物，就是使人想起生活的事物”。试问，人，什么人呢？生活不是完全证明，自从人类分成不同阶级以来，人不是各式各样的吗？另外，人们对生活的理解，不同样是千差万别的吗？一位外国作家曾经发现，同一个民族里边的两个阶级的人，好像生活在两个不同国度里的国民，毫无共同生活与语言。车尔尼雪夫斯基对生活、对美的解释，碰到了这样一个逾越不过去的难关。

和车尔尼雪夫斯基生活的时代大体相同的法国艺术批评家丹纳，曾经提出了著名的批评三原则，强调种族、时代、环境对艺术的决定作用。丹纳认为，艺术家的精神面貌和他的作品的面貌，都取决于环境和时代，而最终取决于种族的特点。从这一基本观点出发，他在《巴尔扎克论》这篇论文一开始，说了一些十分出色的话：

> 精神著作的产生不就只靠精神。整个人对它的产生做出了贡献，他的性格、他的教育、他的生活、他的过去和现在、他的情欲、才能、德行和恶习、他灵魂和行为的每一部分都在他所思考的和写作的东西上留下了烙印。为理解和评判巴尔扎克，我们必须知道他的性格和生活。这两方面都曾给他的小说以营养，它们像两股营养液，给我们就要描述的这枝带病的、奇异而又伟丽的鲜花染上了各种色彩。

打开这篇论文，我们马上就被这段漂亮的开场白吸引住，迫不及待地要读下去，想看看作者是怎样来说明巴尔扎克的“性格和生活”对他的作品打上了烙印。然而，读到最后，一方面不能不感谢作者为我们介绍了巴尔扎克这个“负了债的买卖人”一生所遭遇的困扰和煎逼，他的“像一股浆液泛滥出来的”、过分充足的“气质”，以及他生活于其中的那个人欲横流、尔虞我诈的巴黎社会。另一方面，也不能不感到失望——作者并没有从巴尔扎克的生活和他所处的时代当中，挖掘出真正本质的东西，并没有指出，究竟是什么客观原因，促使法国社会出现了如此荒唐的局面，究竟是什么原因，使得古老的法国文坛上，突然开出了巴尔扎克这样一枝带病的、奇异而又伟丽的鲜花。对这些读者急于了解的问题，作者都没有回答。隔靴搔痒，雾里观花，读完全文，留下了这么一种印象。

同样，在《艺术哲学》里，丹纳不止一次强调了“时代的精神和风俗概括”，对研究艺术作品的重要意义。然而，在他的详细叙述中，我们发现他只着眼于一个时代的地域风光、人种特点、社会习尚等等，而从来不去注意对于时代来讲，更具有决定意义的那些领域——经济状况、政治状况。还不仅如此，当他有意无意地说明他对于时代的理解时，一下子暴露了他原来是一个彻头彻尾的历史唯心论者。是什么决定了时代的面貌和它的变化呢？丹纳认为是种族的本性，即不同人种的特殊本性。是什么决定了巴尔扎克的作品的特点呢？丹纳认为是他的特殊的气质。

读到这里，就可以弄清丹纳艺术理论的循环圈了：艺术的特点是时代和环境的特点决定的，时代和环境的特点是人种的本性决定的，因而，艺术的特点最终是人种的本性决定的。看头一个命题，丹纳好像是一个唯物论者，整个来看，他确确实实是一个唯心论者。事情就是这么复杂。

丹纳认为环境、对代对艺术有决定作用，他由此出发，在研究艺术史的时候，注意对一个时代的习俗、风气等现象的调查了解，在这方面搜集了许多感性材料，尽管它们是表面性的东西，但总还是有一定认识价值的。据此，应该肯定他有一定的贡献。另一方面，丹纳又是一个微不足道的历史唯心论者，这决定了他不可能取得重大的研究成果。世界观、方法论（尤其是其中对“生活”的认识），在艺术研究中具有明显的指导意义，丹纳的例子从反面证明了这一点。

近来，国内谈比较美学、比较文学史、比较艺术史的文章，出现了好几篇。看来，通过比较的方法（中外的比较，古今的比较）来研究艺术和艺术理论，可以取得更明显的积极成果，这一点已经为不少同志所认识。从我们在上面所进行的比较中，也可以体会使用这种方法带来的好处。下面，我们用马克思主义的基本观点，来同古代理论家的认识比较一下，这可以加深我们对马克思主义的认识和理解。

承认存在决定意识，这是古今唯物论者的共同观点，作为一种同唯心论相对立的思想，无疑地，它符合实际。但是，同样是唯物论者，但对“存在”做何解，尤其是对“社会存在”做何解，这又是一个影响到能否把唯物论贯彻到底的关键问题。古代许多唯物论者，在研究人的意识与自然界关系的时候，承认存在决定意识，但往往在研究人的意识与社会的关系时，滑到了唯心论泥坑。这里的关键，是他们对社会存在的理解（亦即普列汉诺夫所说的关于生活的学说）不正确。比如刘勰，他在《文心雕龙》的《物色》里，探讨创作与自然界外物的关系，提出“物色之动，心亦摇焉”的正确观点，但他在《时序》里探讨创作与社会政治的关系时，正如上面所分析的，表现了他的局限性，不能把唯物主义思想贯彻到底。类似的情况，也存在于车尔尼雪夫斯基身上。由此可见，对“社会存在”做何解，对于文艺理论来说，实为一关键问题。

马克思主义在历史上的革命性贡献，不在于它坚持存在决定意识的一般唯物论见解，而在于它把这种见解，完全、彻底地运用于社会领域，从而提出了唯物史观，使得一切社会科学都发生了革命性变革，文艺学当然也不例外。

马克思主义认为，“自然界中一切现象都有物质原因作基础，同样，人类社会的发展也是由物质力量即生产力的发展所决定的”。① 认为人类物质生活的生产方式制约着整个社会生活，从社会生活的各种领域中特地把经济领域划分出来，认为它在实际上支配着社会的其他领域，因而在研究这些领域中的社会现象时，首先要把它们“同经济、生产关系体系，以及在一切对抗性社会关系基础上所形成的各个阶级的利益加以对照”。② 这是历史唯物主义的基本思想和要求。

依据马克思主义的这个基本思想和要求，马克思主义文艺学彻底地、科学地解释了文艺与现实的关系。关于这一关系的那一系列众所周知的公式，这里不再重复了。

马克思主义强调经济领域对文艺的最后决定作用。但同时承认政治、法律和其他各种意识形态，对文艺也有重大影响。由于这种情况，马克思主义者在研究文艺现象时，不忽视政治和其他意识形态的作用。关于这一点，普列汉诺夫另外有一段话，讲得十分精彩。他说：

> 要了解某一国家的科学思想史或艺术思想史，只知道它的经济是不够的。必须知道如何从经济进而研究社会心理（引者注：在稍后一些的地方，作者指出：社会心理是指“社会意识状况”），对于社会心理若没有精细的研究与了解，思想体系的历史的唯物主义解释根本就不可能。……因此社会心理学异常重要。甚至在法律和政治制度的历史中都必须估计到它，而在文学、艺术、哲学等学科的历史中，如果没有它，就一步也动不得。
>
> （见《论唯物主义的历史观》）

① 列宁《弗里德里希·恩格斯》。

② 《列宁选集》卷一，81页。

普列汉诺夫的这个意见，应该引起我们重视。解放以来，我们编写了一些文学史、小说史，普遍注意运用经济基础决定上层建筑的理论，来研究文学发展的规律，取得了超越前人的重大成绩。但是，总的看来，这些著作对各个时代的社会意识状况、社会心理学的研究，不够细致、深入，因而，对有些文学现象的解释有简单化的毛病。

比如，有一部小说史，对于《金瓶梅》的评论，只是大骂作者，说他“对野兽般的色情生活的描写，不是批判、憎恶，而是艳羡、欣赏、渲染”，指责作者具有“反动的封建立场，腐朽的思想，低级肮脏的趣味”，除此以外，就什么也说不出来了。实际上，这是什么问题也没有解决的。试问，在中国社会发展的特定阶段，何以会出现这部“时涉隐曲，猥黩者多”的被人目为淫书的小说呢？对这种现象，单凭义愤是解释不清的。

鲁迅先生的《中国小说史略》对《金瓶梅》的分析、评论，有独到之处，它不是一味谩骂，而是凭借对明朝的世情、时尚、世俗的详细研究，指出《金瓶梅》是这个时代社会心理的合乎规律的产物，产生这种现象的根源，在当时最高统治者的提倡。鲁迅在这部小说史里，详细介绍了这部小说问世时的社会心理状况：明朝成化年间（相当于明的中期），由于最高统治集团的堕落生活需要，方士、和尚以献房中术而骤贵。百年后，至嘉靖年间，情形更甚。于是，颓败之风渐及士林，一些原来以进士出身的文人，也不顾所谓廉耻，以献奇方而升官发财。从此以后，“世间乃渐不以纵谈闺帷方药之事为耻。风气既变，并及文林，故自方士进用以来，方药盛，妖心兴，而小说亦多神魔之谈，且每叙床笫之事也”。鲁迅先生没有明确说明，这种社会风气、社会心理的出现，是中国地主阶级没落期必然出现的腐败现象，但他以详细的材料描述了这种现象，并指出《金瓶梅》是它的产物，这却是十分深刻的。这应该是对我们的一个启示：不注意社会心理学的研究是不行的。

再比如，《中国小说史略》对宗教给予小说的影响，有比较详细的研究，而解放后编写的一些文学史著作，在这方面却存在着明显的空白点。鲁迅先生指出：中国本来就信奉“巫”，秦汉以后，神仙之说又盛行，汉末又大畅巫风。正在这时，印度佛教也传入中国，并渐渐流传广泛。所有这些，都张皇鬼神，称道灵异。所以，自晋迄隋，中国特多鬼神志怪小说。宋、元两代，都崇奉道教，风行全国上下。影响及于小说，就产生了众多的神魔小说。正如上面已经指出的，鲁迅先生在小说史中还不能明确指出鬼神志怪、神魔小说的出现，最终都是不发达的社会生产力所造成的，都是不发达的社会发展阶段的产物，这些讲神、讲鬼、讲魔的小说，实际上是不发达社会阶段特有的社会矛盾斗争的反映，这是它的局限性所在。但是，它详细地说明了宗教对小说内容的深入影响，解释了中国小说史上的特有现象，这却是独到之处，值得我们学习。

同样，丹纳的艺术史著作在今天仍然有参考价值，也在于它在说明社会心理对艺术产生重大影响的时候，提供了不少材料。这种有局限性的认识，可以作为小小的真理颗粒，为我们吸收，以丰富我们自己的艺术史著作。

承认经济领域对文艺具有最终决定作用，但同时也承认在这个基础上，政治和各种意识形态对文艺也发生着不同程度、不同形式的影响。这样，在我们研究文艺与现实的关系时，才不会产生片面性的弊病。普列汉诺夫说："社会心理学异常重要。……在文学、艺术、哲学等学科的历史中，如果没有它，就一步也动不得"。这话是值得我们深思的。

有比较，才有鉴别。当我们全面理解了马克思主义关于文艺与生活关系问题的看法以后，回过头去看中外古代一些文艺理论家对这个问题认识，就可以发现他们同我们的同和不同，这反过来又可以使我们知道，什么东西是马克思主义中最根本的东西。

辞藻与内容

——学习《路易·波拿巴的雾月十八日》笔记

马克思和恩格斯都酷爱艺术，他们的著作都富有文采。《雾月十八日》一书也不例外，美丽的辞藻、机敏的警句与深刻的论述完美结合，一些段落就是令人爱不释手的美文。

这部著作对欧洲文学、戏剧多有涉猎，今天我们在学习这一部分内容的时候，对马克思观察、研究文艺现象时使用的方法，也应该有所认识。

一、在考察社会各种变革时，必须区别经济条件方面的变革、意识形态方面的变革，并且以前者解释后者

法国社会，从18世纪末发生资产阶级大革命开始，半个多世纪里，一直处于大动荡、大变革的时代当中。从1848年起，法国社会又一次掀起革命高潮，数年之内，各种社会势力都登上政治舞台进行表演，呈现出一派纷纭复杂的局面，令人觉得眼花缭乱。在这种复杂的局面之中，有一种更为奇特的现象，那就是：恰好在这种革命的时代，革命的领导者们战战兢兢地把历史上的亡灵请了出来，穿戴起他们的古怪服装，借用了他们的独特语言，演出世界历史的新场面。在这种召唤亡灵的行动中上，文学艺术发挥了极大的作用与影响。在演讲坛上，演讲者口里讲的是古罗马人的语言和战斗口号，在戏剧舞台

上，古罗马的亡灵重演声情并茂的悲剧。这些情况，使得本来就令人觉得眼花缭乱的局面，更为光怪陆离，不可捉摸。

怎样看待这种社会变革时代的复杂现象呢？马克思曾经说过：

“在考察这些变革时，必须时刻把下面两者区别开来：一种是生产的经济条件方面所发生的物质的、可以用自然科学的精确性指明的变革，一种是人们借以意识到这个冲突并力求把它克服的那些法律的、政治的、宗教的、艺术的或哲学的，简言之，意识形态的形式。我们判断一个人不能以他对自己的看法为根据，同样，我们判断这样一个变革时代也不能以它的意识为根据；相反，这个意识必须从物质生活的矛盾中，从社会生产力和生产关系之间的现存冲突中去解释。”（《〈政治经济学批判〉序言》）这个理论上的说明，好像一把钥匙，不仅可以开启《雾月十八日》一书开始处的头一重大门，而且可以开启历史现象中的许多疑难之门。

对于历史，尤其是对于处在社会变革时代的历史，本来存在着两种根本对立的历史观，即唯物史观和唯心史观。唯心史观是各式各样的，但对于历史的见解，却都以下述观念为基础：一切历史变动的最终原因，存在于人们、特别是英雄人物的变动着的思想当中，也就是认为在历史领域中起作用的精神的动力是最终原因。比如大家比较熟悉的、历史悲剧《济金根》的作者拉萨尔，他在这个悲剧的序言中就明说，使德国宗教改革运动（这不仅是德国历史上，而且是近代欧洲史上使社会发生大变革的一次运动）出现于德国历史上的原因，不在于其他，只在于“早在路德和宗教改革运动之前就已经绝对地存在了”的“改革的意识”，运动本身不过是这个意识的“成果”而已。拉萨尔从这种观念出发，把这个意识“作为戏剧化的真正的对象”；他认为，他所刻画的那些人物，“只不过是这种普遍精神的最深刻的对抗性矛盾的代表和化身罢了”。这就是一个把精神的动力看作历史变动的最终原因的典型实例。各式各样的唯心史观统治人类头脑达几千年之久，使人们长期在黑暗中摸索，不识自己历史的真面貌。

马克思的伟大功绩，就在于他在近代大工业生产和近代科学为人类提供的全部知识基础之上，通过科学研究，发现了人类历史的发展规律。这个规律，就是马克思研究法国革命史时的指导线索；这个规律，用恩格斯在为《雾月十八日》一书第三版写的序言中的话来说，就是："一切历史上的斗争，无论是在政治、宗教、哲学的领域中进行的，还是在任何其他意识形态领域中进行的，实际上只是各社会阶级的斗争或多或少明显的表现，而这些阶级的存在以及它们之间的冲突，又为它们的经济状况的发展程度、生产的性质和方式以及由生产所决定的交换的性质和方式所制约。"

从《雾月十八日》一书开始处的头一个片断，极其生动、极其概括地叙述了法国半个多世纪以上的社会大变革情况。这种大变革，不仅有意识形态领域、政治法律领域的变革，而且有经济领域的变革。在这些变革当中，哪个是最根本性的，哪个是被制约着的，哪个是内容，哪个是形式？马克思在叙述过程中，清楚地把前后两者区别开来，指出：18 世纪末资产阶级革命的英雄人物们穿上罗马的服装，讲着罗马的语言，使死人复生，在政治、法律、宗教、哲学、艺术诸领域内掀起巨大的波澜，根本目的不是别的，而只是为了"实现当代的任务，即解除桎梏（打破封建生产关系对生产力的桎梏）和建立现代资产阶级社会"。这就是说，当时物质生活中的矛盾，当时社会生产力和生产关系之间的矛盾冲突是根本动力，是它推动那些英雄人物演出生龙活虎的戏剧，尽管他们嘴里讲着古代的语言、身上穿着古人的服装。

马克思在这里为我们提供了考察各种社会现象的正确方法，即：必须区别社会存在和社会意识两个方面，还必须如实地揭示二者之间的关系，而不要被社会意识形态领域中的繁茂芜杂的现象所迷惑。

在人类各民族的历史上，这种包括利用文学艺术手段来召唤亡灵，演出历史新场面的情况，是屡见不鲜的。在欧洲历史上，18 世纪末法国资产阶级革命时期的情况，是最典型的表现。在中国历史上，许多次农民起义都召唤亡灵，给自己披上宗教外衣，把自己的革命目标用一种古代的战斗口号表露出来。在近几百年发生的农民起义当中，《三国演义》、《水浒传》、《西游记》、《封神演义》等小说，曾分别在不同程度上，被用为召唤亡灵的手段，发生过不小的宣传作用。20 世纪开始的时候爆发的义和团运动，表现得最为突出。东西方历史上的这些共同现象，表明在社会发生大变动、形成激烈阶级斗争的时候，包括文学艺术在内的整个意识形态领域，会出现一种奇异景象，后者不仅紧密地为前者服务，而且赋予前者以少有的形式和幻想，给它增添热情和理想。学习马克思在《雾月十八日》一书中对法国资产阶级革命时期这种情况的分析、评论，对于我们认识各民族历史上的这种共同现象，具有方法论上的指导意义。通过这一学习，也可以加深我们对文学艺术的本质和社会职能的认识。那种否认文学艺术与阶级斗争具有紧密联系，否认它为政治斗争服务的看法，是经受不住历史的考验的。

二、在考察人类历史时，既要看到它的继承性，又要看到它的变革

“人们自己创造自己的历史，但是他们并不是随心所欲地创造，并不是在他们自己选定的条件下创造，而是在直接碰到的、既定的、从过去承继下来的条件下创造”。马克思的这句话，首先指出是“人们自己创造自己的历史”，承认是人类自己把自己的历史推向前进；但这句话同时也指出，这种创造不是随心所欲的事情，它要受到每一代人生活在其中的、那些从过去承继下来的、既定的条件的限制。

马克思在另外一个地方说过：“人类始终只提出自己能够解决的任务，因为只要仔细考察就可以发现，任务本身，只有在解决它的物质条件已经存在或者至少是在形成过程中的时候，才会产生”。① 当人们自己创造自己历史的时候，从人们主观方面来看，他们的想法、要求，完全是既定的物质条件（马克思在同一篇文章中说，这主要是一定的生产方式）所决定的。从客观方面看，这种变革的结果是怎样的，也不是人们随心所欲的，而是既定的物质条件（一定的生产方式）运动的结果。马克思的这个思想，充满唯物辩证法的精神。

在经济领域里，人们继承并发展既得的生产力和物质财富，同时变革和生产力的水平已不相适应的生产关系，以及其他社会关系。由于这种变革，生产力又得到发展，并从而推动了整个人类社会的发展。马克思在《雾月十八日》一书中说，法国资产阶级革命时期的英雄人物和人民群众一起，“粉碎了封建制度的基础”（封建主义生产关系），“割去了长在这个基础上的封建头脑”（整个封建社会的上层建筑），以后，他们就忙于发展自由竞争、经营分成小块

① 《〈政治经济学批判〉序言》。

的土地，一句话，发展资本主义的生产力。

对于人类社会经济领域历史发展中的这种既继承又变革的状况，还比较容易理解；比较复杂的是马克思在下面紧接着讲到的社会意识形态领域的继承和变革的状况。马克思说："一切已死的先辈们的传统，像梦魔一样纠缠着活人的头脑。当人们好像只是在忙于改造自己和周围的事物时，恰好在这种革命危机时代，他们战战兢兢地请出亡灵来给他们以帮助，借用它们的名字、战斗口号和衣服，以便穿着这种久受崇敬的服装，用这种借来的语言，演出世界历史的新场面"。正是在资产阶级创造前所未闻的事物时，他们恰好在这时穿上古人的服装，借来古人的语言，从古人那里继承来的思想和口号，来演出世界历史的新场面。怎样理解这种意识形态领域里的现象呢？这涉及这个领域历史发展的特点问题。

马克思主义首先强调"人们的意识，随着人们的生活条件、人们的社会关系、人们的社会存在的改变而改变"，"精神生产随着物质生产的改造而改造"。① 但同时又承认，"经济在这里并不重新创造出任何东西"，每一个思想领域，"都具有由它的先驱者传给它而它便由以出发的、特定的思想资料作为前提"，任何一种思想，"它必须首先从已有的思想材料出发"，经济在这里只不过"决定着现存思想资料的改变和进一步发展的方式"而已。② 这就是说，受社会经济基础的制约，社会的意识形态也是既继承又变革的，继承什么、变革什么，都是经济利益决定的。继承也好、变革也好，目的都是为经济领域的变革服务。马克思说："在这些革命中，使死人复生是为了赞美新的斗争，而不是为了勉强模仿旧的斗争"。根据自己阶级的经济和政治变革的需要，或继承古人的口号和思想，或对它们进行改变和发展，这就是事情的实质。

马克思的这种分析，为我们树立了揭破意识形态复杂现象的实质的典范。

在中外文学史上，都可以看到这种情况：正是在人们创造前所未闻的事物时，他们恰好在这时穿上了古人的服装，在复古的形式下，创造出崭新的文学艺术。在欧洲，发生于14—16世纪的文艺复兴运动，就是一个典型事例。那

① 《共产党宣言》。

② 参看恩格斯1890年10月27日致康·施米特信，和《反杜林论》的"引论"等。

时，人文主义者们忙于搜求古代手抄本，研究古代的思想、文学、艺术，借着复兴被埋没已久的古希腊、古罗马文化的形式，冲破了中世纪的宗教精神枷锁，创造了崭新的资产阶级文化。在中国文学史上，大家一致承认陈子昂是开创唐代现实主义诗风的杰出先驱者，认为他不仅扭转了初唐的诗风，而且改变了统治中国诗坛已数百年之久的形式主义诗风，但是，正是这个先驱者，他在从事这一壮举的时候，打出的却是复古的旗号。他大声疾呼："文章道弊五百年矣！"他表示必须恢复失传了的"汉魏风骨"。在这个口号下，他创造了清新的反映现实的诗歌，给以后的唐代诗人奠定了基础。

学习马克思的上述思想，可以使我们认清这些文学现象的实质。"使死人复生是为了赞美新的斗争"，而不单纯是发思古之幽情。而"新的斗争"，那根源却深深地埋藏在当时的经济领域当中。说到底，经济领域的客观运动，最后决定着其他各种社会领域变革的性质和方向。

三、在考察历史的时候，要坚持阶级的分析和历史的分析的辩证统一

列宁说："马克思的方法首先是考虑具体时间、具体环境里的历史过程的客观内容，以便首先了解，在这个具体环境里，哪一个阶级的运动是可能推动社会进步的主要动力"（《打着别人的旗帜》）。在《雾月十八日》一书中，马克思对法国半个多世纪历史过程的考察，使用的就是这个方法。一方面，使用阶级分析的方法，弄清楚在某一具体历史环境里，哪一个阶级是推动社会进步的主要动力；另一方面，使用历史分析的方法，弄清楚随着历史过程的推移，这个阶级在历史上的地位发生了什么变化，又是哪个阶级取而代之，成为推动社会进步的革命领导阶级。马克思巧妙地把这两种方法统一起来，揭示了法国这段历史过程的实质。

马克思称领导18世纪末资产阶级大革命的卡米尔·德穆兰、丹东、罗伯斯比尔、圣茹斯特、拿破仑为"英雄人物"。承认他们在当时曾经同人民群众一起，为解除封建主义社会关系对生产力的桎梏和建立现代资产阶级社会，起过了不起的革命作用。马克思不无赞赏地说："不管资产阶级怎样缺少英雄气概，它的诞生却是需要英雄行为、自我牺牲，恐怖、内战和民族战斗的"。

在对资产阶级革命做这种赞赏的同时，马克思同时指出，他们的斗争的“资产阶级狭隘内容”：他们的目的不过是为了“发展自由竞争，经营分成小块的地产”，给法国资产阶级社会在欧洲大陆上创造一个符合要求的适当环境。一句话，不过是用一种新的剥削制度代替另一种已经陈旧的剥削制度。由于这个根本原因，虽然它“总是突飞猛进，接连不断地取得胜利的；革命的戏剧效果一个胜似一个，人和事物好像是被五彩缤纷的火光所照耀，每天都充满极乐狂欢”，然而，它“为时短暂，很快就达到自己的顶点”。新的资产阶级社会形态一旦形成，他们就丢掉革命精神，“完全埋头于财富的创造与和平竞争”，即剥削无产阶级和人民群众。

从 1830 年起，无产阶级已被承认是为争夺统治而斗争的第三个战士。在 1848 年革命到来的时候，工业无产阶级队伍已经形成，它作为一支独立的政治力量登上了历史舞台，举行了反对资产阶级的第一次国内战争。由于历史过程的这个重要发展，资产阶级不但逐渐变得保守，而且日益变成与封建反动势力相勾结的反革命势力。

资产阶级在半个多世纪的历史里的这种变化，使它在 1789 年和 1848 年两次资产阶级革命中的表现，迥乎不同。马克思说：“在观察世界历史上这些召唤亡灵的行动时，立即就会看出他们中间的显著的差别”。指的就是资产阶级在这两次革命中的不同表现。在 18 世纪末的大革命当中，资产阶级“使死人复生是为了赞美新的斗争，而不是为了勉强模仿旧的斗争；是为了提高想象中的某一任务的意义，而不是为了回避在现实中解决这个任务；是为了再度找到革命的精神，而不是为了让革命的幽灵重行游荡起来”。而“在 1848—1851 年间，只有旧革命的幽灵在游荡”，而没有找到革命的精神；只是为了勉强模仿旧的斗争，而不是为了新的斗争。在前后两次革命当中，资产阶级的作为，完全相反。马克思在《雾月十八日》一书开头第一段里说：“第一次是作为悲剧出现，第二次是作为笑剧出现”，而雾月十八日事变的再版，只不过为历史提供了一幅漫画。

马克思在这里谈到现实生活中的悲剧和喜剧问题，这是跟美学有关的一个重大理论问题。

恩格斯说，辩证法的“伟大的基本思想”，就是把世界历史看成一个“过程”。[①] 马克思对于现实生活中的悲剧和喜剧问题的看法，正是从这个“伟大的基本思想”出发的。马克思在《〈黑格尔法哲学批判〉导言》中说过，在历史的发展过程中，当一种社会制度的存在具有“合理性”（我们体会，这意思是说，它符合当时生产力发展的一定水平）的时候，“它的历史是悲剧性的”。当它的存在已失去这种合理性，它已经变成阻碍生产力发展的桎梏时，它还企图用一种假象把自己的腐朽本质掩盖起来，借伪善和诡辩来欺骗历史，这时，它表演的不过是丑角的喜剧。可以看到，马克思把现实生活中的悲剧和喜剧问题，跟一种社会制度的存在在历史发展中是否具有“合理性”联系在一起，这跟恩格斯在谈悲剧问题时，把它跟“历史的必然要求”联系在一起，[②] 是一脉相承的。这一思想，可以帮助我们领会马克思在《雾月十八日》一书中谈悲剧、喜剧的那些话的精神实质。

马克思说，“第一次是作为悲剧出现，第二次是作为笑剧出现”，从紧接在下面的解释中看，这句话是对法国资产阶级历史地位演变的描绘和概括。马克思认为，由于资产阶级革命狭隘内容的限制，“这种革命为时短暂，很快就达到自己的顶点”。这时，高举红旗的无产阶级已经排成雄壮的队伍，要继续引导社会前进了。回过头来向着这支新生力量开火的资产阶级，扮演的正是笑剧中的丑角。曾几何时，资产阶级就发生了如此巨大的蜕变，历史的辩证法就是这么无情！

马克思观察问题的这种观点和方法，对于文学工作者同样是重要的指导原则，使用这种观点和方法，可以认清某些复杂的文学史现象。比如，中国近代史上著名的革命文学团体——南社，开初，它的成员大抵是很革命的，在历史上起过进步作用。但是，随着中国革命的日益深入和发展，这些昔日的革命者逐渐蜕变了，有些人，最后变成了反动分子。再比如，曾经是戊戌维新变法运动健将的一批资产阶级改良主义者，他们提倡过“诗界革命”和“新小说”口号，介绍过大量西方进步社会思想，在中国近代文学史上起过极大的启蒙作

① 见《路德维希·费尔巴哈和德国古典哲学的终结》。

② 见恩格斯致拉萨尔评《济金根》信。

用。但是，后来由于跟不上时代的步伐，在政治上堕落了，变成了反动的保皇派。对于上述这些在中国近代史上发生过进步作用的资产阶级人物，我们必须运用马克思在《雾月十八日》一书中分析法国资产阶级时运用的阶级分析与历史分析相统一的方法，才能恰如其分地评价他们，既要肯定他们早期起过进步作用，又要指出他们的蜕变，而不能简单地对待他们。这就是学习《雾月十八日》中上述观点和方法的现实意义。

四、在分析一种社会思想时，要看到在“普遍性形式”之下隐藏着的阶级实质；在分析一种社会思想的阶级实质时，不要陷入庸俗社会学

马克思说：“无论目标本身涂上的革命颜色是淡是浓，其实质始终是一样的：以民主主义的方法来改造社会，但是这种改造始终不超出小资产阶级的范围。然而也不应该狭隘地认为，似乎小资产阶级原则上只是力求实现其自私的阶级利益。相反，它相信，保证它自身获得解放的那些特殊条件，同时也就是唯一能使现代社会得到挽救并使阶级斗争消除的一般条件”。这段话的意思是说，在分析一种社会思想时，一方面，不要为它身上涂上的淡浓颜色所迷惑，而要认清它的实质；另一方面，也不应该狭隘地认为，这个阶级“只是力求实现其自私的阶级利益”，相反，它却相信自己的办法也就是唯一能使整个社会得救的一般条件。对于前一个方面，我们比较熟知，但后一个方面，却是十分重要的，有必要弄明白。

这后一方面实际上谈的是一种社会思想具有“普遍性形式”的问题。关于这个问题，马克思、恩格斯在《德意志意识形态》一书中曾经详细论及过。①大意是说，当一个阶级在进行革命的时候，为了达到自己取旧统治阶级而代之的目的，不得不把自己的特殊利益说成是社会全体成员的共同利益，也就是赋予自己的思想以“普遍性的形式”。这个时候，在实际上，它的特殊利益的确同其余一切非统治阶级的共同利益还有更多的联系，在当时，还来不及发展为特殊利益。但是，当这个阶级达到自己的目的、成为新的统治阶级的时候，它

① 参看《马克思恩格斯选集》第1卷，第53、54页。

仍然要赋予自己的思想以普遍的形式，那却完全是为了欺骗，目的是维护自己的特殊利益。

我们在分析具有普遍性形式的社会思想时，首要的是揭破在这种形式背后隐藏着的阶级利益，但也要注意在不同的历史环境里，它的不同情况。

马克思接着说："也不应该认为，所有的民主派代表人物都是小店主或小店主的崇拜人"。这里又提出了一个在分析一种社会思想的阶级实质时，应该注意的重要原则——不要陷入庸俗的"唯成分论"。

马克思主义首先认为，由于社会各阶级的生活状况不同，因而各阶级的思想也不同。认为社会存在决定社会意识，这是一条基本原则。但是在分析社会思想时，对于这个基本原则也不能做过分狭隘的理解，认为任何一种思想的制造者、任何一种改造社会的方案的制订者，他们的阶级出身、个人成分跟它们的阶级性都是绝对的一致。实际上，由于社会阶级斗争情况十分复杂，在思想意识领域里，一种思想的阶级实质和它的提出者的出身、成分并不都是完全一致的。这种不一致的情况，在中外历史上俯拾即是。比如，俄国的大作家列·托尔斯泰，"就出身和所受的教育来说，托尔斯泰是属于俄国上层地主贵族的，但是他抛弃了这个阶层的一切传统观点"，在他的作品里，他实际上是代表宗法式的天真的农民来说话的。① 再比如，出身于贵族家庭的中国伟大作家曹雪芹，却创作出了发出叛逆之声的伟大小说《红楼梦》，代表新兴的市民阶级向封建阶级提出了控诉。

那么，怎样来确定一种思想究竟代表哪一个阶级的利益呢？列宁在《对谁有利?》一文中回答了这个问题，他说："要是一下子看不出哪些政治集团或者社会集团、势力和人物在为某种提议、措施等等辩护时，那就应该提出'对谁有利?'的问题"，"直接为某些观点辩护的人是谁，这在政治上并不那么重要。重要的是这些观点、这些提议、这些措施对谁有利"。

马克思、列宁的这些教导，对我们研究文艺现象，同样是重要的指导原则。比如，对于前已提及的俄国伟大作家列·托尔斯泰，在伟大导师列宁对他进行科学评价之前，包括杰出的马克思主义者普列汉诺夫在内，许多人在评论

① 列宁《列·尼·托尔斯泰和现代工人运动》。

这位大作家的时候，都由于他出身于上层贵族，而简单地把他看为“贵族的代表”，不承认他的世界观可能发生并确实发生了变化，完全否定这位伟大作家和他的全部作品。这种认为作家的出身就完全决定了作家终生立场，也完全决定了他的全部作品的价值，认为一个作家仅仅是他所出身于其间的某种家族利益的卫护者的观点，正是庸俗社会学的最有代表性的观点。这种庸俗的观点，对于文学研究工作极为有害，它曾经在我国文学研究事业中，造成极坏影响。学习马克思的有关观点，可以使我们认清这种庸俗观点的错误实质。

五、“无产阶级革命不能从过去，而只能从未来汲取自己的诗情”

马克思在头一个片断里，对18世纪的资产阶级革命和19世纪的无产阶级革命进行了对比，从这个对比中可以看到，二者之间的本质区别，起码有这样两项：

资产阶级革命的内容是狭隘的，它的目标只不过是以一种新的剥削制度来代替另一种剥削制度；无产阶级革命却有“无限宏伟的目标”，这个目标用一句话概括起来就是：消灭私有制，这个目的只有用暴力推翻全部现存的社会制度才能达到。

由于革命目标的根本不同，资产阶级革命“需要回忆过去事件，为的是向自己隐瞒自己的内容”；或者说，他们“为了不让自己看见自己的斗争的资产阶级狭隘内容，为了要把自己的热情保持在伟大历史悲剧的高度上”，而必须借助于亡灵的帮助。无产阶级革命则不是这样，由于它具有“无限宏伟的目标”，具有解放全人类的彻底革命精神，所以，它既不需要对别人掩饰什么，更不需要向自己隐瞒什么，它不仅不需要请出亡灵给自己以帮助，反而必须“自己能弄清自己的内容”，为此，它“经常自己批判自己”，即总结经验教训。马克思说，无产阶级革命“在破除一切对过去的事物的迷信以前，是不能开始实现自身的任务的”。我们体会，正是在这种意义上，马克思说，“19世纪的社会革命不能从过去，而只能从未来汲取自己的诗情”。诗情，就是从鼓舞自己奋勇前进的宏伟革命理想中产生的精神力量。这里需要补充说明一句，这句话是说，无产阶级革命必须破除一切对过去的事物（从神仙到皇帝）的迷信，而不是说，无产阶级革命不需要研究历史，不需要借鉴历史上的经验。关于后一方面的问题，马克思本人在其他不少地方谈到研究历史的重要性。

对于资产阶级革命和无产阶级革命的这些区别，马克思用“从前是辞藻胜于内容，现在是内容胜于辞藻”一句话来概括。“内容”者，革命的目标也；“辞藻”者，革命的外在形式也。资产阶级为了隐瞒自己革命目标的狭隘，不得不追求形式上五色缤纷的戏剧性效果；无产阶级则正好相反，为了实现自己的无限宏伟的革命目标，而坚持一种冷静的、实事求是的、科学的作风和态度。它既不为一时的胜利而沉溺于酒醉状态，也不为一时的失败而垂头丧气，而是时刻不忘最终目标，坚持韧性战斗。

马克思在这里使用内容、辞藻这样两个词，是为了形容资产阶级革命和无产阶级革命的本质区别，并不是对资产阶级艺术和无产阶级艺术的直接评论。但是，马克思的这段话，却也对我们研究艺术问题有指导意义和启发作用。艺术作为现实的一种反映，作为某一阶级的思想风貌的形象化的表现，不同阶级的艺术，不是也要表现出完全不同的风格吗？毛泽东同志曾经说过，“处于没落时期的一切剥削阶级的文艺的共同特点，就是其反动的政治内容和其艺术的形式之间所存在的矛盾”。① 处于没落时期的一切剥削阶级丧失了在历史上生存的合理性，它们为了掩饰自己的腐朽本质，欺骗人民，在艺术上不得不借助于华而不实的虚伪的辞藻，这就形成了尖锐的矛盾。革命阶级的文艺不需要这种掩饰和虚伪，所以，它往往具有一种质朴、刚健、清新、明快的艺术风格。我们觉得，无产阶级文艺工作者从马克思对无产阶级革命特点的论述中，也是可以受到莫大教益，懂得应该坚持什么样的创作道路的。

《雾月十八日》一书中关于文学和戏剧的内容，并不是对文艺问题的直接论述，但是，马克思在这里所运用的历史唯物主义的基本原则和方法，却是马克思主义文艺学的基础，也是我们观察和研究文艺现象时的指导理论和方法。我们正是从这个角度谈了五点学习体会，供大家在学习经典原著时参考。

---

① 《在延安文艺座谈会上的讲话》。

美学观点与历史观点的文学批评

——学习马克思、恩格斯致拉萨尔的信

一、马克思主义的重要文献

马克思致拉萨尔评论历史悲剧《弗兰茨·冯·济金根》的信，写于1859年4月19日，在写这封信之前不久的一月间，马克思在为他的《政治经济学批判》一书写的序言中，全面，系统地回顾并总结了自己的哲学见解，他说，经过一个时期的苦恼和数载的不懈努力，“我的研究得出这样一个结果：法的关系正像国家的形式一样，既然不能从所谓人类精神的一般发展来理解，相反，它们根源于物质的生活关系”；并且说，这一研究结果一经得到，就成为他的一切研究工作的总的指导思想。① 马克思稍后对《济金根》的评论，是运用这一总的指导思想研究文学现象的一个范例。同年5月18日，恩格斯在致拉萨尔评论同一剧作的信中表示：“我是从美学观点和历史观点，以非常高的，即最高的标准来衡量您的作品的”。这里所说的评论文艺作品时所使用的“历史观点”，照一般理解，实际上就是马克思所说的那个总的指导思想，也就是被后人称为历史唯物主义的原则。

① 《马克思恩格斯选集》第2卷，第82页。

有人说："马克思两次在文学理论上的远足，都是由拉萨尔带动的"。[1] 头一次指马克思应拉萨尔之请，对《济金根》的分析评论，马克思在这里确实比较详细地谈论了文学理论问题，甚至包括一些韵律、道白之类的纯粹文学技巧问题，这类内容在马克思一生中的著述中确实少见。另一次指 1861 年 7 月 22 日马克思致信拉萨尔，就拉萨尔关于罗马继承法的有关观点所进行的评论，其中谈到文学理论遗产的继承与改造问题。这两封信，确实都是不可多得的马克思主义文学理论的重要文献，然而，这一说法也不尽全面，因为它没有注意到马克思评论《济金根》的这封信，也是马克思主义关于民主革命策略问题的一个重要政治文献。拉萨尔当时写作《济金根》这个剧本，主要意图是在政治方面，用他自己的话说，就是他要借这种形式对"巨大时事问题"发表意见，他在这个剧本中对历史事实的选择、处理和评价，处处表示了他关于德国现实革命运动的偏狭、固执的看法，在这个革命原则问题上，马克思、恩格斯同拉萨尔存在着深刻的分歧。马克思、恩格斯不得不借对《济金根》的评论，表明他们的主张，尖锐地指出拉萨尔在革命策略上，"犯了把路德式的骑士反对派看得高于闵采尔式的平民反对派的错误"。有的苏联学者称这两封信是"值得注意的政治性文献"。[2] 这是有见地的。马克思的这封信在 1922 年全文公布于世之前，信中的上述观点曾经被人披露出来，并立即引起无产阶级革命领袖列宁的注意。列宁在 1911 年 12 月至 1912 年 1 月间写作的《选举运动的几个原则问题》一文中十分敏感地指出，上述马克思那句话，"已经大致指出了拉萨尔派[3]和爱森纳赫派[4]的未来分歧的线索"；列宁并且指出，拉萨尔的错误是无产阶级革命政党绝对不能容许的！即此可见，马克思、恩格斯致拉萨尔的这两封信在政治上的重要意义。可是，有人据此认为，"马克思对拉萨尔剧作的评论，几乎不能看作是对文学作品的批评。他的评论的主要锋芒是对于历史事实的解

① 〔英〕柏拉威尔著《马克思和世界文学》，三联书店 1980 年中译本，第 289 页。

② 〔苏〕里夫希茨著，人民文学出版社 1983 年出版中译本，第 264 页。

③ 引者注：即德国无产阶级革命运动中头一个右倾机会主义派别。

④ 引者注：即以威廉·李卜克内西和倍倍尔为领导人的德国社会民主工党，该党接受马克思、恩格斯的指导。

释问题”。[①] 这是一种不符合实际情况的武断说法。马克思在他的信中确实谈到对德国 16 世纪初叶历史的看法，但他同时也直接、明确、细致地阐述了有关的文学理论问题，这封信既是政治文献，也是文学论著。事实已经表明，马克思、恩格斯的这两封信已经引起世界各国不同立场的学者们的极大研究兴趣，这无论如何是千真万确的。

二、“纯批判的态度”

马克思在信的一开始就说：“如果完全撇开对这个剧本的纯批判的态度，在我读第一遍的时候，它强烈地感动了我”，并且说，剧本能够产生这样的效果，那是一个“非常重要的方面”。恩格斯在信的开始处也表达了几乎与此相同的意见，他说，第一二次读了《济金根》，“使我在情绪上这样地激动”，并为此而向作者称贺；但是，“为了有一个完全公正、完全‘批判的’态度，所以我把《济金根》往后放了一放”，过了一段时间，待情绪平静之后，才对《济金根》和拉萨尔的戏剧观点发表意见。

这里就提出了一个问题：究竟应该以什么样的态度来评论文学作品？文学作品由于它的特殊性质，往往饱含着作者一定的情感，因而可能在情绪上感动读者。但是，问题在于一部能够感动读者的作品，就是一部好作品吗？文学评论能够完全受感情支配吗？马克思、恩格斯的话，给了人们这样一些启示：文学作品必须在情绪上强烈感动读者，这对于文学创作来说，是一个十分重要的问题；然而，对于读者来说，却万不可因此就遽然断定这是一部好作品。要想对一部作品有一个公正、正确的认识，还必须以一种冷静的、“纯批判的态度”去分析、研究它。高尔基说过，文学作品是“芳草掩盖着的堡垒”。[②] 依据上述态度来对待文学，可以避免失误。

那么，什么是“纯批判的态度”呢？

马克思、恩格斯所使用的德文中的“批判”一词，本义为考察、清理、分

---

① 〔荷兰〕佛克马·易布思著《二十世纪文学理论》，三联书店 1988 年中译本，第 95 页。

② 〔苏〕高尔基著《俄国文学史·序言》，上海译文出版社 1979 年出版中译本，第 4 页。

析、探讨，亦可译为批评。马克思曾经说过，他的理论的全部价值就在于“按其本质来说，它是批判的和革命的”。① 列宁对这一点，作过一个极其深刻的诠释。列宁说：“请注意，马克思在这里说的是唯物主义的批判，他认为只有这种批判才是科学的批判，这种批判就是把政治、法律、社会和习俗等等方面的事实拿来同经济、生产关系体系，以及在一切对抗性社会关系基础上所必然形成的各个阶级的利益加以对照”。② 列宁在这里把马克思所说的批判，解释为一种“对照”，即把社会上层建筑范围内的种种现象，拿来同社会的经济基础加以对照，并对前者进行阶级分析。这种方法，实际上也就是前面已经提及的马克思本人所说的指导他的研究工作的那个总原则。这种唯物主义的批判，可以使一切表面看起来似乎迷离恍惚、不可捉摸的社会现象，显示出它的真正本质。马克思、恩格斯在这两封信中评论《济金根》的方法，就是这种唯物主义的批判方法，这是马克思主义文学评论的根本特色。

三、对拉萨尔唯心史观的批判

《济金根》以德国历史上有名的宗教改革时期的历史事实为题材，剧中人物都是活跃在当时的政治、思想界的人物，拉萨尔在剧本的序言中认为，这个历史时期是“德国所经历过的最伟大的文化历史斗争的过程”。他认为，使这样一个过程能够在历史上出现的终极原因，是由于早在“运动之前就已经绝对地存在”着一种“改革的意识”；并且认为，这个“改革的意识较之它自己的成果即宗教改革运动，要更为伟大，更为广泛，更为自由，更有人性”。他还认为，那些留名于史册的伟大人物们，都不过是这个意识的“代表和化身”而已。因此，他称这个“改革的意识”为他所写历史悲剧《济金根》的灵魂，他的剧作只不过是对它的描绘。

德国宗教改革时期究竟是怎样一个历史时期呢？

由于资本主义生产的萌芽和成长，欧洲资本主义时代从16世纪自南而北

① 《马克思恩格斯选集》第2卷，第218页。

② 《列宁选集》第1卷，第81页。

地开始了，在这个时期，欧洲资产阶级曾进行过数次反对封建制度的斗争，德国的宗教改革是这些斗争中的一次，被拉萨尔视为此一历史时期的主宰者的所谓“改革的意识”，不过是资产阶级从本身物质利益出发，所提出的反封建的要求罢了。恩格斯在为《社会主义从空想到科学的发展》一书英文版写的导言中，对德国这个历史时期的重大事件做过高度概括的说明：“路德发出的反对教会的战斗号召，唤起了两次政治性的起义：首先是弗兰茨·冯·济金根领导下的下层贵族的起义（1523 年），然后是 1525 年的伟大的农民战争。两次起义都失败了，主要是由于最有利害关系的集团即城市市民的不坚决”。① 恩格斯对它进行了了专门研究，撰成《德国农民战争》一书（1850 年），总结德国革命的历史经验。对于济金根的骑士暴动，马克思、恩格斯一致认为，这是垂死阶级的倒退运动，在他们的统一和自由的口号后面，隐藏着恢复旧日帝国和强权的梦想，并认为他们的失败属于历史的必然，不值得同情。拉萨尔对这一历史时期的认识，处处跟马克思、恩格斯相反，这都表现在他的剧作当中。

首先，跟马克思、恩格斯相反，拉萨尔在《济金根》中最关心、最同情的不是农民战争，而是骑士暴动。恩格斯在信中说：“那时的运动中的所谓官方分子差不多被您描写得淋漓尽致了。但是，我认为对非官方的平民分子和农民分子，以及他们的随之而来的理论上的代表人物没有给予应有的注意”。马克思就此对拉萨尔的尖锐批评，以及列宁对这一批评的说明，前面已做了介绍。还不仅如此，拉萨尔在剧作中还把垂死阶级的代表人物美化为“伟大的革命领袖”，并说，在德意志各州各郡、遍及全国每个阶层都仰望着济金根，市民在寻求同他结盟，农民对他满怀信任，因为他一向是弱者的庇护人。剧本中说，只要济金根振臂一呼，就会遍地出现农民大军。② 拉萨尔在剧本的序言中甚至说，由于在农民战争爆发之前，济金根这样的“思想上的领导人物”死去了，“因此农民战争就陷入自流，走上无依无靠的迷途，并发展成为无计划的、个别的恐怖事件，因而遭到失败”。拉萨尔在收到马克思、恩格斯的信以后，于 5 月 27 日的长篇复信中说，农民战争按性质来说，不是革命的，归根到底甚至

① 《马克思恩格斯选集》第 3 卷，第 391 页。

② 见剧本第五场。

是极端反动的。剧本中的描写，这是他的这一反动思想的体现。

其次，拉萨尔对于16世纪初叶德国革命和1848—1849年德国革命均遭失败的原因的认识，也跟马克思、恩格斯完全不同，这也表现于剧本当中。拉萨尔在《关于悲剧观念的手稿》中说：济金根的失败，完全是由于他智力上的过失和外交手腕上的失当。他认为，这不仅是济金根失败的原因，而且几乎是所有革命（包括1848—1849年革命）失败的原因，他把这个原因概括为“革命的力量和热狂的思辨观念与表现上十分狡智的有限的理性”之间的悲剧性冲突。拉萨尔在给马克思的信中说：“关于我用来作为这个剧本及其大转折的基础的正式的悲剧观念”，“在剧本本身第五幕里才作了比较明晰的叙述”。在这一幕的第二场，他用巴尔塔扎尔的台词说明了他的悲剧观念。这段台词说，具有无限崇高的革命目标和坚强革命意志的济金根，由于受到有限的理性的限制，在具体行动中犯了外交上的策略性错误，没有从一开始就打出革命的旗帜，而瞒过了民众和朋友，聪明反被聪明误，结果使自己在斗争中陷于孤立无援。就这样，英雄自己束缚住了自己的手脚，在面临灭亡的时候，却还拥有没有来得及动员的巨大力量，遇到了英雄最难忍受的悲剧性遭遇。

马克思、恩格斯在信中都批评拉萨尔掩饰了济金根失败的真实原因。他们指出，首先，济金根不是什么伟大的革命领袖，而是垂死阶级的代表；其次，他的失败并不是由于他在智力上犯了错误，而是“因为他作为垂死阶级的代表反对现存制度”，马克思、恩格斯对济金根失败原因的分析，首先是从社会历史的发展过程中寻找原因，从16世纪初叶德国的阶级分野寻求历史发展的必然。其次，他们不是从“所谓人类精神的一般发展”来理解这种必然，而是从物质的生活关系中来理解这种必然。他们从哲学的高度，批判了拉萨尔的荒谬。

拉萨尔写作《济金根》的时候，沉寂了十年之久的无产阶级革命运动又重新活跃起来，但无产阶级革命运动中最早的机会主义也在逐步形成。马克思、恩格斯主张通过无产阶级领导的革命民主主义道路，自下而上地发动群众革命运动，实现工农联盟，来推翻普鲁士王朝，建立统一的民主共和国，进而完成民主革命任务，为无产阶级的社会主义革命做好准备。拉萨尔则主张进行由普鲁士王朝发动的战争，工人阶级作为附庸无条件地支持这种战争，以实现自上而下的对德国的统一。他反对无产阶级掌握革命领导权，反对工人阶级与农民联盟，主张一切仰赖大地主和资产阶级，因而美化他们。拉萨尔借《济金根》所宣扬的，实际上就是这样一条右倾机会主义的路线。他在剧本中借歌颂历史上垂死阶级的亡灵来向当代的德国反动阶级献媚，借美化陈旧的口号来宣扬他的政治主张，对此马克思在信中批评说："革命中的这些贵族代表……不应当像在你的剧本中那样占去全部注意力，农民和城市革命分子的代表（特别是农民的代表）倒是应当构成十分重要的积极的背景"。马克思接着就不无讽刺地说拉萨尔和济金根一样，不是也犯了把路德式的骑士反对派看得高于闵采尔式的平民反对派这样一种外交错误吗？这样，马克思又从政治思想上批评了拉萨尔的荒唐。

1884年，此时拉萨尔已经死去20年，恩格斯在批判拉萨尔的另一部著作时，指出："拉萨尔作为一个虔诚的老年黑格尔派（引者注：即黑格尔学派中的保守派，他们固守黑格尔的唯心史观），不是从罗马人的社会关系中，而是从意志的思辨概念中引申出罗马的法权规范，从而便得出了上述的完全违反历史的论断"。① 拉萨尔的唯心史观，是他的右倾机会主义的哲学根据。关于唯物史观和唯心史观的原则分歧，列宁在《卡尔·马克思（传略和马克思主义概述）》（1914）中说："发现唯物主义历史观，或更确切地说，彻底发挥唯物主义，即把唯物主义运用于社会现象，就消除了以往的历史理论的两个主要缺点。第一，以往的历史理论，至多是考察了人们历史活动的思想动机，而没有考究产生这些动机的原因，没有摸到社会关系体系发展的客观规律性，没有看出物质生产发展程度是这种关系的根源；第二，过去的历史理论恰恰没有说明人民群众的活动，只有历史唯物主义才第一次使我们能以自然史的精确性去考察群众生活的社会条件以及这些条件的变更"。② 可以看出，《济金根》一剧和它的序言所表达的思想，是一种十分典型的唯心主义历史观，马克思、恩格斯对这种历史观的批判，使人们看到两种历史观的原则分歧，从马克思、恩格斯这两封信中，可以学习到运用历史唯物论批评文学作品的方法，它们确实是不可多得的马克思主义文学评论的典范著作。

---

① 《马克思恩格斯选集》第4卷，第173页。

② 《马克思恩格斯选集》第Ⅰ卷卷首，第Ⅱ页。

四、对拉萨尔戏剧观的批判

这两封信，不仅批判了拉萨尔的唯心史观，而且批判了由这种哲学观念派生出来的戏剧观念。拉萨尔的戏剧观既体现于剧本当中，也直接表述在他为剧本写的序言当中。

1. 关于莎士比亚化和席勒式

拉萨尔在序言中说，德国戏剧通过歌德和席勒，尤其是后者，“取得了超越莎士比亚的进步”，原因在于“席勒戏剧中的更伟大的思想深度”是莎士比亚剧作所不具有的。拉萨尔还说，德国戏剧到了他的手里，又要取得超越席勒的进步，因为他要“使时代和人民首先是本国人民的伟大的文化历史过程成为悲剧的真正主题，成为可以在戏剧上加以刻画的悲剧人物，把这样的转折时代的伟大文化思潮及其激烈斗争作为戏剧化的真正的对象”，由于拉萨尔是通过对莎士比亚和席勒的轩轾，来阐述自己的戏剧观点的，所以，马克思、恩格斯在谈论这个问题时，也就围绕着对这两位戏剧家的评论来展开。

马克思、恩格斯在自己的著述中曾多次谈论过莎士比亚，充分肯定他的剧作的现实主义成就。莎士比亚的剧作能够从现实出发，通过生动丰富的情节和鲜明突出的性格描绘，比较深刻地反映了文艺复兴时期社会生活的某些本质方面。席勒也受到马克思、恩格斯的赞扬，他的《阴谋与爱情》一剧，后来曾被恩格斯誉为“德国第一部有政治倾向的戏剧”。① 但是，席勒在哲学和美学上，是康德的追随者，他企图通过戏剧来宣传他的所谓“道德理想”，并认为这是建立理想社会的根本途径。基于如此的美学观，他的某些剧作不是从现实出发，而是从观念出发，让剧中人物直接成为宣讲他的信仰的演说家，并且不顾及人物的思想、性格和剧中的特定背景，剧中的人物变成了单纯的传声筒。恩格斯对此曾经指出，席勒传播过一种“沉缅于不能实现的理想的庸人倾向”。②拉萨尔对席勒的不恰当的赞誉，反映了他也具有这种庸人倾向。在《济金根》

① 详见恩格斯1885年11月26日致敏娜·考茨基信。

② 《马克思恩格斯选集》第4卷，第228页。

中，他往往也是“把个人变成时代精神的单纯传声筒”，马克思把这种做法称为“席勒式”，马克思认为克服这种不良倾向的途径就是得更加“莎士比亚化”。恩格斯在信中也婉转地提出：“我认为您原可以毫无害处地稍微多注意莎士比亚在戏剧发展史上的意义”，并称道“莎士比亚剧作的情节的生动性和丰富性”。这一切，都是针对拉萨尔的戏剧观而提出的忠告。

是从现实生活出发，还是从某种理想、某种观念出发来进行文学创作；是把文学创作视为从一定的思想立场上对社会生活某个侧面的反映，还是把它当成是对某种观念、某种信念的直接宣传或简单图解；是像莎士比亚那样，在文学创作中通过生动丰富的情节和鲜明突出的性格描绘，来把作者对社会生活的主观评价自然而然地流露出来，还是像席勒那样，把作品中的人物变成某种精神的传声筒，在作品中使论辩性的议论代替生动、具体的艺术描写，这就是莎士比亚化和席勒式两种创作原则的根本对立，也就是马克思、恩格斯和拉萨尔在戏剧观上的原则分歧。这里的核心问题或者说症结所在，就是究竟如何理解文学创作和现实生活的关系，恩格斯说：“不应该为了观念的东西而忘掉现实主义的东西，为了席勒而忘掉莎士比亚”；还说：“您的观点在我看来是非常抽象而又不够现实的!”。这些话，指出了这个问题症结之所在。今天，学习马克思、恩格斯在这个问题上的有关观点，对繁荣中国的文学事业是极有现实意义的。

2. 关于人物描绘问题

《济金根》剧中描绘了许多人物，马克思在信中说，剧中的查理五世、巴尔塔扎尔和理查·冯·特利尔三个人物的描绘是好的，有“特出的东西”；“济金根和查理五世之间的一场是特别成功的”，“在特利尔的几场也是成功的”。恩格斯在信中也说，“我最喜欢济金根和皇帝之间，教皇使节和特利尔大主教之间的几场戏（在这里，您把世俗的受过美学和古典文学教育的、在政治上和理论上有远见的使节同目光短浅的德国僧侣诸侯加以对比，从而成功地直接根据这两个人物的有代表性的性格作出卓越的个性刻画）；在济金根和查理的那场戏中对性格的描绘也是很动人的”。此外，恩格斯还对《济金根》在人物描绘方面的独到之处加以肯定，“您的《济金根》完全是在正路上”，这句话就是对上述那些长处的概括。

但是，这并不是说《济金根》一剧对所有人物的描绘都是成功的。前已述及，马克思、恩格斯都批评了拉萨尔戏剧创作中的席勒式的错误倾向，这种倾向来源于拉萨尔的唯心史观。拉萨尔在《济金根》序言中说，他要描绘的那些历史人物，都是那个主宰历史运动的“改革的意识”的“代表和化身”，这就是说，他是把人物当成某种观念的代表或化身来描绘的。他的剧作中的席勒式倾向，是这种戏剧观的具体体现，一位苏联学者指出，“拉萨尔在悲剧的序言里写道：‘……单个的个人，就其本身来说，并不起作用，他们只是斗争着的全世界精神的矛盾的代表、化身’（引者注：这是对拉萨尔《济金根》序言中一句话的另一种译文），他极力在他的悲剧里肯定他的唯心主义观点，这种观点不是把历史人物看作现实的、活生生的，而是看成纯粹的‘全世界精神’的抽象奋斗的化身，在拉萨尔的剧本中反映出来的这种对历史悲剧及悲剧人物本质的唯心主义解释，引起了马克思和恩格斯的激烈反对”。① 事实的确如此，恩格斯说，“主要人物是一定的阶级和倾向的代表，因而也是他们时代一定思想的代表，他们的动机不是从琐碎的个人欲望中，而正是从他们所处的历史潮流中得来的”。这句话的意思是说，文学作品里的主要人物，应该是一定的阶级的代表；在不同的历史发展阶段上，一定的阶级具有不同的倾向，或进步或保守，并非一成不变，作为一定历史发展阶段上的一定阶级代表的主要人物，应该体现出这一定的倾向；这些人物自然也是一定思想的代表，但是，这种思想不是如同拉萨尔所说，是什么抽象的精神；而是属于一定阶级的意识，这种意识，亦即这些人物从事历史活动的动机，也不是像拉萨尔所说，是什么早于实际历史运动而独立存在的纯粹精神，而是当时社会现实关系的一种反映。总之，恩格斯认为，文学作品中的人物和现实生活中的人一样，都是他们所处的历史潮流的产物，而不是什么抽象精神的化身。恩格斯的这一看法，后来又以更加明确的语言作了表述，那就是文学必须“真实地再现典型环境中的典型人物”。② 在仔细地研究了拉萨尔的有关观点之后，完全可以看清楚恩格斯在婉

---

① 〔苏〕乔·米·弗里德连杰尔著，程代熙译，陆梅林校《马克思恩格斯和文学问题》，上海译文出版社 1984 年版，第 22 页。

② 详见 1888 年 4 月初致玛·哈克奈斯信。

转的语气中对拉萨尔的批评。他们在对人物的本质问题的理解上，存在着原则的分歧。

马克思、恩格斯在信中还就人物的描绘问题，表达了许多深刻的见解，值得文学工作者学习。比如，恩格斯说："我觉得一个人物的性格不仅表现在做什么，而且表现在怎样做"。这个观点不仅为文学家所瞩目，同时也为心理学家所折服，"做什么"，这是一个人的生活目的问题，集中体现着他的阶级性、思想和立场；"怎么做"，这是一个人为了实现他的生活目的而采取何种独特方法的问题，鲜明地体现着他的个性、气质和风度。注意从这两个方面观察、研究、描绘人物，对文学创作是大有裨益的，恩格斯对拉萨尔提出的反对"恶劣的个性化"主张的肯定和对它的进一步发挥，这些意见也是发人深省的，限于篇幅，不再一一细说。

3. 关于悲剧的本质

在欧洲，悲剧是一种古老的戏剧品种。关于它的本质，历代文学理论家多有论说，出现过命运说、主人公过失说、主人公性格缺陷说等。德国 19 世纪美学家黑格尔曾提出"伦理观念冲突"说，认为悲剧是两种伦理观念的体现者之间对立造成的。关于拉萨尔的悲剧观念，上文已做说明，他认为悲剧是英雄主人公智力上的过失造成的。所有这一切关于悲剧本质的界说，有一个基本相似的倾向，用前引马克思的话来说，就是它们差不多都是"从它们本身来理解"，或者是"从所谓人类精神的一般发展来理解"，而不是从"物质的生活关系的总和"中去寻求精神现象的解答。从这个角度讲，恩格斯针对济金根的悲剧而提出的"历史的必然要求和这个要求的实际上不可能实现之间的悲剧性的冲突"这个具体的论断，就不仅是对拉萨尔的历史观、悲剧观的批判，而且也为人们研究悲剧的本质问题，提出了一条崭新的指导线索。它将"历史的必然要求"这个概念引进有关悲剧问题的理论研究当中，别开了生面，加深了人们对问题的认识。

恩格斯这句著名的话，本是特指《济金根》而言的。所谓"历史的必然要求"，指 16 世纪初叶德国社会发展的必然趋势，那就是解放农民，废除过时的封建生产关系，为生产力的发展创造条件，包括实现德国的统一等内容，"这个要求的实际上不可能实现"，更是特指《济金根》而言的，意指作为垂死阶级代表的济金根不可能实现上述要求。恩格斯在信中说，“我丝毫不想否认您有权把济金根和胡登看做是打算解放农民的，但这样一来马上就产生了这样一个悲剧性的矛盾：一方面是坚决反对过解放农民的贵族，另一方面是农民，而这两个人却被置于这两方面之间。在我看来，这就构成了历史的必然要求和这个要求的实际上不可能实现之间的悲剧性的冲突”。恩格斯说拉萨尔“有权”把济金根看成是打算解放农民的，这一方面是从文学创作的特殊性质来说的（看来恩格斯完全尊重作家的艺术虚构和夸张的权力）；另一方面也是从现实社会变化多端这一情况考虑的。在阶级斗争尖锐化、社会处于大动荡条件下，某些个人背叛原来的阶级，而投向对立方面是时有发生的，因此恩格斯说拉萨尔有权把济金根看成“这样”的人。但是，从整个局势来看，从当时德国的阶级分野和势力对比来看，济金根打算解放农民的目的，是根本无法实现的。这样，历史本身就造成了悲剧性冲突，而这是不以济金根的个人愿望为转移的。恩格斯对问题的分析，处处从实际出发，而不是从什么个人的智力过失之类的角度来观察问题。

如果把恩格斯关于悲剧冲突的这个论断，同以往的各种悲剧理论相比较，那立刻就会发现它是十分富于启发性的。说它具有文学研究方法论的指导意义，恐怕是不为过分的。

五、关于文学的内容与形式的关系问题

马克思、恩格斯在评论《济金根》的内容之前，不约而同地都谈到了作品的形式问题。马克思说：“既然你用韵文写，你就应该把韵律安排得更艺术一些。但是，不管职业诗人将会对这种疏忽感到多大的震惊，而总的说来，我却认为它是一个优点，因为我们的专事模仿的诗人们除了形式上的光泽，就再没有别的什么了”。马克思的观点是十分鲜明的：既反对艺术上的粗制滥造，又反对形式主义，并且认为后者是一种更低劣的东西。

恩格斯在信的开始处谈得更多的是形式的相对独立性问题。恩格斯指出，由于拉萨尔在韵律方面安排得不太好，道白很长，对话也写得不生动活泼，角色在舞台上缺少动作，因而剧本“肯定是不能上演的”。恩格斯认为，《济金

根》要想上演，作者必须根据舞台的要求，对剧本进行形式上的加工；而由于这个加工，剧本的“思想内容必然因此受损失，但是这是不可避免的”，也就是说，这是一种值得的损失。形式必须为表现内容服务，看来恩格斯对此毫无异议；但是，形式又不是可以随意处置的，正像任何事物都具有两重性一样，舞台剧这种艺术形式也是既有它的长处和特征，为其他艺术形式所不及，同时又有它的短处和局限性，以舞台剧表现一定的思想内容时，剧作者既要发挥它的长处，又要充分注意它在表现内容时的局限性，不要破坏这种形式固有的特殊性，不要强迫它去完成力不胜任的工作。如果不这样的话，反而会把一切都葬送干净。恩格斯认为，为了迁就舞台演出的特殊要求，在对剧本加工时，即使思想内容受到损失，那也是应当的。这里，有一个不因小失大的艺术辩证法存在着。

马克思、恩格斯在谈论《济金根》形式上的缺陷时，一致指出，这是由于拉萨尔“对席勒的偏爱造成的”，把看似细节的形式上的小小问题同作者的美学见解联系起来，这也是极其深刻的。恩格斯在信中说：“您不无根据地认为德国戏剧具有的较大的思想深度和意识到的历史内容（引者注：“意识到的”，德文中是形容词，意为作者已经认识到的，领悟到的），同莎士比亚剧作的情节生动性和丰富性的完美的融合，大概只有在将来才能达到，而且也许根本不是由德国人来达到的。无论如何，我认为这种融合正是戏剧的未来”。这一段关于“三融合”的著名言论，如果将它同拉萨尔在《济金根》序言中所表达的他的“美学上的信念”对照起来品味，就会发现它既表达了恩格斯关于未来戏剧的理想，对于文学作品的内容与形式的完美融合的追求，也包含有对拉萨尔“对席勒的偏爱”的批评，以及对他的揶揄，恩格斯认为，文学作品应当具备的“较大的思想深度”，应当同作者对现实的或历史的生活的深刻认识、清醒领悟融合在一起；较大深度的思想来源于这种对客观社会生活内容的深刻认识，否则的话，那思想只能是无源之水、无本之木；至于恩格斯在这里提及莎士比亚的剧作，正如前面所说过的，那是因为拉萨尔错误地贬低莎士比亚，恩格斯才提醒他注意莎士比亚的艺术成就。在这里，可以把恩格斯关于莎士比亚剧作的这个短语当做一个代码，它的含义是指艺术表现的高度完美性，是对戏剧艺术特有规律的弘扬。总之，恩格斯的这段话，含有比较丰富的内涵，值得仔细体会。

恩格斯评论过《济金根》之后，在信的末尾满含深情地说："您看，我是从美学观点和历史观点，以非常高的、即最高的标准来衡量您的作品的，而且我必须这样做才能提出一些反对意见，这对您来说正是我推崇这篇作品的最好证明。是的，几年来，在我们中间，为了党本身的利益，批评必然是最坦率的……"关于美学观点和历史观点的批评标准，在前面我们已经谈过学习体会，此不赘述；关于从维护党的利益出发，批评的态度必然是坦率的做法，马克思、恩格斯的这两封信，都给人留下深刻印象，这种坦率的批评，又不失之于简单、粗暴，而是冷静的分析、探讨，亦即"纯批判的态度"，这也是很值得后人学习的。

关于物质生产的发展同艺术生产的不平衡关系及其他

马克思的《经济学手稿·导言》虽属草稿，却具有非常重要的理论价值。马克思在这里比在任何其他著述中都更为详细地说明了他研究政治经济学的方法问题，并且考察了社会的上层建筑变化与经济发展的特殊关系，其中最引人注意的是对“物质生产的发展同艺术生产的不平衡关系”所做的重要提示，这些内容，都是马克思美学见解的重要组成部分，历来受研究者的重视。

一、关于人的头脑掌握世界的不同方式

在评论两种不同的政治经济学研究方法的优劣时，马克思认为，“科学上正确的方法”应该是从抽象上升到具体的方法，也就是“抽象的规定在思维行程中导致具体的再现”，为了理解马克思的这个观点，有必要先弄清具体和抽象这两个术语的含义。

具体有两重含义，一重指作为被研究对象、作为研究之起点的感性的具体。马克思在谈政治经济学的方法时，一开始就说：研究工作必须“从实在和具体开始，从现实的前提开始，因而，例如在经济学上从作为全部社会生产行为的基础和主体的人口开始”。在这一重含义上，具体和实在、现实是相等的；在下文中，马克思又沿袭古典哲学的传统术语，称它为“主体”。具体的另一重含义是作为研究之结果和终结、作为关于现实研究对象之科学认识的思维的

具体。马克思说："具体之所以具体，因为它是许多规定的综合，因而是多样的统一。因此它在思维中表现为综合的过程，表现为结果，而不是表现为起点，虽然它是实际的起点，因而也是直观和表象的起点"。在下文当中，马克思把思维的具体，又称之为"整体"，说："整体，当它在头脑中作为思想整体而出现时，是思维着的头脑的产物"。

在原文当中，具体是组合的、复杂的、多方面的、完整的意思；抽象则是分解的、单一的、片面的、不完整的意思，这两个词的汉文译名，从字面上是显示不出这些含义的。马克思认为，科学上正确的研究方法是从感性的具体开始，经由抽象，再上升到思维的具体。生动的感性直观提供关于客观事物的具体知识，但它还没有揭露事物的本质，因而这是一种肤浅的知识。在认识的抽象阶段，人们分别就事物的某一侧面、某一特性进行深入的研究，以求揭示其内在本质。但是，认识过程不应该到此结束，它还应该从抽象上升到具体，以求从事物各个侧面的统一中把握它的整体。从感性具体到抽象，再由抽象上升到思维具体，这是人类科学认识事物的普遍规律，马克思认为它才是科学研究的正确方法。唯心主义的黑格尔把从抽象上升到具体的认识过程神秘化，认为客观事物本身就是从这一过程中产生的。马克思批判黑格尔"陷入幻觉，把实在理解为自我综合、自我深化和自我运动的思维的结果"。马克思说，"其实，从抽象上升到具体的方法，只是思维用来掌握具体并把它当作一个精神上的具体再现出来的方式。但决不是具体本身的产生过程"。

马克思所阐明的由抽象上升到具体的科学研究方法，同样适用于文艺学的研究。对文艺的研究，当然也必须从感性具体开始，然后进入抽象阶段，分别深入地研究文艺的内容与形式的不同要素，揭示文艺的特殊本质。但是，文艺学的研究不应该到此为止，它还必须由抽象上升到思维的具体，从多方面的联系中把握文艺的整体，给人以关于文艺的完整知识。

马克思谈论科学上正确方法的这段话还指出，科学认识事物的方法不同于艺术把握现实的方法。马克思说，"整体，当它在头脑中作为思想整体而出现时，是思维着的头脑的产物，这个头脑用它所专有的方式掌握世界，而这种方式是不同于对世界的艺术的、宗教的、实践精神的掌握的"。马克思的这段话，是国内外哲学界、美学界、思维科学界多年来热烈探讨的一个话题。德文中的"掌握"

一词，含有占有、学会、使某种东西成为自己的意思，并不等于“认识”或“反映”。所谓人以头脑掌握世界，就是让世界变成头脑中的东西而在头脑中呈现出来的意思。马克思为了强调理论掌握世界方式的专门性，特意指出它“不同于对世界的艺术的、宗教的、实践精神的掌握”。至于后三种掌握世界的方式究竟是什么样的方式，马克思语焉不详。这确实给后人对它的理解，造成某种困难。不过，根据马克思在其他著述中的有关论述，大体上还是可以弄懂它们的意思的。

马克思曾经说过，宗教意识形式是通过“宗教幻象”来掌握世界的，它也是人们对现实的一种精神掌握，不过它的方式是虚幻的、歪曲的、粗俗的。①恩格斯也说过：“在原始人看来，自然力是某种异己的、神秘的、超越一切的东西。在所有文明民族所经历的一定阶段上，他们用人格化的方法来同化自然力。正是这种人格化的欲望，到处创造了许多神”。② 从这些有关言论中，可以大致看出马克思所谓的宗教掌握世界方式的特点是什么。关于“实践精神”的掌握方式，它在原文中指实践性质的精神的掌握。过去我国也曾把它译成务实的精神掌握，重心都是“精神的”掌握。马克思在《资本论》中的一段话，可以使人们大致把握这种掌握方式的特征。马克思说：“蜘蛛的活动与织工的活动相似，蜜蜂建筑蜂房的本领使人间的许多建筑师感到惭愧。但是，最蹩脚的建筑师从一开始就比最灵巧的蜜蜂高明的地方，是他在用蜂蜡建筑蜂房以前，已经在自己的头脑中把它建成了。劳动过程结束时得到的结果，在这个过程开始时就已经在劳动者的表象中存在着，即已经观念地存在着。他不仅使自然物发生形式变化，同时他还在自然物中实现自己的目的，这个目的是他所知道的，是作为规律决定着他的活动的方式和方法的，他必须使他的意志服从这个目的”。③ 实践精神的掌握世界，既体现对世界的认识，也体现实践者的需要和利益，它较之理论的掌握世界，更具实践性、直接性、具体性。

关于艺术的掌握世界的方式。在这段话里，马克思虽然没有直接给予说明，但他在稍靠后的地方，则明确地使用了“艺术方式”这个概念。马克思

---

① 《资本论》，《马克思恩格斯全集》第23卷，此语见第409页马克思自注。

② 《马克思恩格斯全集》第20卷，第672页。

③ 《马克思恩格斯全集》第23卷，第202页。

说："希腊艺术的前提是希腊神话，也就是已经通过人民的幻想用一种不自觉的艺术方式加工过的自然和社会形式本身"。马克思在专门谈神话的本质时则说："任何神话都是用想象和借助想象以征服自然力、支配自然力，把自然力加以形象化"。马克思在这里明确地指出"幻想"、"想象"、形象化，就是艺术的掌握世界方式的特征。我国学者早已指出，一些年来人们热衷讨论的"形象思维"，实际上这个词在西文中就是 Imagination，中译是"想象"，原谓意象的形成。同时指出，马克思在这里使用的幻想这个词，在西文中往往用作想象的同义词。① 马克思明确地将艺术的掌握世界的方式与理论的掌握世界的方式区分开来，并且指出前者的主要特征是想象和形象化，而后者的正当途径是从抽象上升到具体。这些论述，对于我们认识艺术的特征，将它与科学工作区别开来，是有极重要的指导意义的。

二、关于物质生产的发展同艺术生产的不平衡关系

马克思在《导言》第 4 节探讨意识形式同生产关系和交往关系的关系时，特意探讨了"物质生产的发展同艺术生产的不平衡关系"，并且提示人们："进步这个概念决不能在通常的抽象意义上去理解"。从抽象意义上去理解，就是片面地、直线式地去理解"进步"这个概念。马克思认为"决不能"如此来理解这个概念，因为在实际的社会发展过程中，进步当然是发展的总趋势，但在这个总趋势当中，也必然包括暂时的倒退、迂回和曲折。也就是说，必须如实地将社会发展理解为一个生动、复杂的过程。马克思、恩格斯在《共产党宣言》中确实说过："人们的观念、观点和概念，一句话，人们的意识，随着人们的生活条件、人们的社会关系、人们的社会存在的改变而改变，……精神生产随着物质生产的改造而改造"这样的话；② 马克思在《政治经济学批判·序言》里也确实说过"物质生活的生产方式制约着整个社会生活、政治生活和精

① 朱光潜著《谈美书简》，上海文艺出版社 1980 年版，第 97 页，第 98 页注①。并参见《朱光潜美学文集》，上海文艺出版社 1982 年版，第 2 卷，第 52 页。

② 《马克思恩格斯选集》第 1 卷，第 270 页。

神生活的过程”这样的话，这是就物质生产与精神生产发展的总体趋势而言的，决不能把艺术生产的发展与进步，看成是与物质生产发展完全一致的同步运动。马克思在探讨二者的关系时，明确指出其间存在着“不平衡关系”，这是十分深刻并富有远见的。马克思的这一论断，几十年来一直受到众多研究者的重视，就连在西方风行近半个世纪的权威性文艺学教科书，也不能不钦佩地承认马克思的这一论断“敏感地感受到了文学与社会之间那种迂回曲折的关系”。①

在我们选录的“关于艺术，大家知道，它的一定的繁盛时期决不是同社会的一般发展成比例的”那段话中，马克思实际上指出了两种不平衡的现象。一种是“在艺术本身的领域内部的不同艺术种类的关系中有这种情形”；另一种是“在整个艺术领域同社会一般发展的关系上有这种情形”。关于前一种情况，马克思举例说：“就某些艺术形式，例如史诗来说，甚至谁都承认：当艺术生产一旦作为艺术生产出现，它们就再不能以那种在世界史上划时代的、古典的形式创造出来；因此，在艺术本身的领域内，某些有重大意义的形式只有在艺术发展的不发达阶段上才是可能的”。这里，马克思说的“艺术形式”，也就是指上句话中所说的“艺术种类”；看来，马克思对艺术的分类，也主要是从形式上着眼的。关于这种艺术领域内部不同艺术种类的不平衡关系，似乎可以做双向的考察：一方面，某种特定的艺术形式，总是某个特定的社会发展阶段的特有产物，例如史诗，马克思在下文中说：“阿基里斯（引者注：古希腊史诗《伊利亚特》中的主要英雄人物之一）能够同火药和铅弹并存吗？或者，《伊利亚特》能够同活字盘甚至印刷机并存吗？随着印刷机的出现，歌谣、传说和诗神缪斯岂不是必然要绝迹，因而史诗的必要条件岂不是要消失吗?”马克思明确表示：某种艺术形式以社会发展的特定阶段为“必要条件”。同史诗这种口头集体创作形式相反，主要是供人阅读的长篇小说，却必须以活字盘、印刷机为生存条件。另一方面，只有某种特定的艺术形式，才能满足某个特定社会发展阶段的精神需要。各种艺术形式的存在是必然的，每一种艺术形式从它自己特殊的角度，使用自己特有的艺术手段去描绘社会生活的某些侧面时，都各

---

① 〔美〕韦勒克、沃伦著，刘象愚等译《文学理论》，三联书店 1984 版，第 108 页。

有自己的优势。“艺术发展的不平衡性也表现为在一定的阶段上，不同的艺术形式具有不同的发展速度：在古希腊时代，最先进的艺术形式是建筑和雕塑；在文艺复兴时期是绘画；在19世纪则是文学。这表明了在每一个历史时期有一种突出的艺术形式，它能够最完满地表现时代的艺术需要，并且对其他的艺术形式发挥决定性的影响”。① 既承认艺术形式的产生和发展受社会发展阶段的制约，又承认艺术形式有它的相对独立性，从这两个方面来考察，可以大致弄清上述第一种不平衡情形产生的原因。18世纪的法国人曾经幻想：既然我们在力学等等方面已经远远超过了古代人，为什么我们不能也创作出自己的史诗来呢？于是出现了以伏尔泰的赝品《亨利亚特》来代替《伊利亚特》的笑话。德国戏剧理论家莱辛在他所著《汉堡剧评》中巧妙地嘲笑过这件事，马克思在《资本论》中对莱辛给予肯定，并且从理论上指出：对物质生产和精神生产，都必须进行“历史地考察”，而不要陷入“泛泛的毫无内容的空谈”。② 至于马克思在谈这种不平衡情形时说的“当艺术生产一旦作为艺术生产出现”这句话，主要是从脑力劳动和体力劳动的分工的角度来界定真正的艺术生产的。随着生产力的发展，随着这种分工的出现和日益明显与确定，社会意识才日益划分为独立的领域，专门从事艺术创作的艺术生产者才成为专业工作者。

关于整个艺术领域同社会一般发展的不平衡情形，马克思是这样表述的：“关于艺术，大家知道，它的一定的繁盛时期决不是同社会的一般发展成比例的，因而也决不是同仿佛是社会组织的骨骼的物质基础的一般发展成比例的。例如，拿希腊人或莎士比亚同现代人相比”。为了弄清马克思的话的意思，有几个关键词语必须首先弄清楚。其一，艺术的“一定的繁盛时期”，意思是艺术的某些繁盛时期，而不是所有的繁盛时期。“一定的”意思是特定的，而非一般的。马克思在《政治经济学批判·序言》中，多次使用这个限定词，都是这个意思。由这里可以得出这样的结论：艺术发展史上某些繁盛时期，同社会的一般发展是不成比例的；而另一些繁盛时期，却是成比例的。这样认识艺术发展史同社会发展史的关系，要更全面、更符合实际一些。其二，所谓艺术的

① 〔苏〕齐斯著，彭吉象译《马克思主义美学基础》，中国文联出版公司1985年版，第196页。

② 《马克思恩格斯全集》第26卷第296页。

繁盛，既指数量之多，更指质量之高。马克思拿希腊艺术同现代艺术相比，在下文中盛赞前者“仍然能够给我们以艺术享受，而且就某方面说还是一种规范和高不可及的范本”，这就说明马克思所谓的“繁盛”，绝不是仅指数量之多的。其三，所谓“社会的一般发展”，既包括社会物质生活的生产方式（包括生产力和生产关系二者）的发展，也包括整个社会生活、政治生活和植神生活诸领域的发展。这样来理解社会的一般发展，才能更清楚地看到马克思所说的“进步这个概念决不能在通常的抽象意义上去理解”这句提示的深刻含义。人类社会发展史说明，社会各个领域的发展、进步，并不总是同步运动的，凋敝的经济、反动的政治、伟大的文学……同时呈现于某个民族历史的一定时期，矛盾纷繁，错综复杂，这种情形不是绝无仅有的。其四，所谓“仿佛是社会组织的骨骼的物质基础”是指社会生产力中的生产工具，它是生产力发展水平的物质标记。马克思在下文中拿希腊艺术同现代做比较时，主要讲“随着这些自然力实际上被支配，神话也就消失了”，并且不厌其详地列举了走锭精纺机、铁道、机车、电报、印刷机等等，这是证据之一。另外，马克思在《资本论》第一卷中，曾这样说过：“劳动手段不仅是人类劳动力发展程度的测量器，而且是劳动所在的社会关系的指示物。在劳动手段中，机械性的劳动手段（例如：导管，桶，笼，瓶等等，总括起来，那可以说种生产的脉管系统），能指示一个社会生产时期的有决定性得多的各种特征”。① 这也可以作为一个旁证。其五，必须指出，马克思在这里讲的是发展水平的不成比例，而并非性质之不相适应。马克思《导言》的最后一句话是：“这种艺术（引者注：指希腊艺术）倒是这个社会阶段的结果，并且是同这种艺术在其中产生而且只能在其中产生的那些未成熟的社会条件永远不能复返这一点分不开的”。这同他在一年多之后（1859 年 1 月）所说的“物质生活的生产方式制约着整个社会生活、政治生活和精神生活的过程”，② 是完全一致的。

关于艺术生产同物质生产发展水平不成比例的情形，也曾引起恩格斯的注意。1845 年，恩格斯在《德国状况》中说到 18 世纪末叶的德国社会状况：手

---

① 《资本论》第 1 卷，人民出版社 1953 年版，第 195 页。

② 《政治经济学批判 · 序言》。

工业、商业、工业和农业极端凋敝，对外贸易不景气，一切都烂透了，整个社会眼看要坍塌；然而，文学方面却是伟大的，歌德、席勒这样世界一流的伟大诗人出现于诗坛，文学、戏剧创作出现繁盛局面。① 恩格斯晚年在致保尔·恩斯特的信（1890 年 6 月 5 日）中，说到 19 世纪七八十年代挪威和俄国的情况，按当时的生产发展水平讲，这两个国家远远落后于英、法、德诸国；然而，它们的文学却出现了繁荣局面，并且影响到这些生产发展水平较高的国家。② 马克思、恩格斯所指出的这些情况，有目共睹，不存在什么争论。现在的问题是，究竟应该如何来解释这种不成比例的情形呢？马克思说，如果人们都承认上述的第一种不成比例情形是存在的话，那么，对第二种不成比例情形的存在，就不足为奇了。“困难只在于对这些矛盾作一般的表述，一旦它们的特殊性被确定了，它们也就被解释明白了”。这句话中的“它们”，显然是指这些矛盾；马克思说，一旦它们的特殊性被确定了，它们也就被解释明白了。

毛泽东的《矛盾论》指出：“研究事物发展过程中的各个发展阶段上的矛盾的特殊性，不但必须在其联结上、在其总体上去看，而且必须从各个阶段中矛盾的各个方面去看。……我们必须时刻记得列宁的话：对于具体的事物作具体的分析。这种具体的分析，马克思、恩格斯首先给了我们以很好的模范”。③ 关于某些时期艺术生产的繁盛同物质生产的发展水平不成比例的分析，就是这种模范表现之一。毛泽东的上述提示，包括两个方面：1. 必须在其联结上、在其总体上，去研究事物发展过程中各个阶段上的矛盾的特殊性；2. 还必须从各个阶段中矛盾的各个方面，去研究这种特殊性。实际上，马克思主义的几位经典作家确实曾经对艺术生产在整个社会生活领域中所处的特殊地位给予充分论述。比如，恩格斯曾经指出：“根据唯物史观，历史过程中的决定性因素归根到底是现实生活的生产和再生产。……但是对历史斗争的进程发生影响并且在许多情况下主要是决定着这一斗争的形式的，还有上层建筑的各种因素：……这里表现出这一切因素间的交互作用，而在这种交互作用中归根到底

---

① 《马克思恩格斯全集》第 2 卷，第 633 页。
② 《马克思恩格斯选集》第 4 卷，第 472 页。
③ 《毛泽东选集》第 2 卷，人民出版社，1952 年版，第 782—783 页。

是经济运动作为必然的东西通过无穷无尽的偶然事件向前发展”。① 恩格斯还指出过：“每一个时代的哲学作为分工的一个特定的领域，都具有它的先驱者传给它而它便由以出发的特定的思想资料作为前提。因此，经济上落后的国家在哲学上仍然能够演奏第一提琴”。② 这里，恩格斯特别指出了意识形态的某个领域自身的历史传统、遗产等，对自身的发展也具有直接影响。恩格斯在这里把宗教、哲学等等，称为“那些更高地悬浮于空中的思想领域”，其中也包括艺术。俄国杰出的马克思主义理论家普列汉诺夫在《唯物主义史论丛》中，将马克思关于社会结构的学说，概括为一个更为清晰的公式：“一定程度的生产力的发展；由这个程度所决定的人们在社会生产过程中的相互关系；这些人的关系所表现的一种社会形式；与这种社会形式相适应的一定的精神状况和道德状况；与这种状况所产生的那些能力、趣味和倾向相一致的宗教、哲学、文学、艺术”。③ 这个五项式，简明地表示出社会不同领域之间的因果关系，可以看到在艺术同生产力之间，存在着多么复杂、多么曲折的中介环节。普列汉诺夫在各个矛盾方面的联结上，从整体上研究了它们的特殊性。斯大林在《马克思主义和语言学问题》中，更是明快地指出：“上层建筑同生产、同人的生产活动没有直接联系，上层建筑是通过经济的中介，通过基础的中介同生产仅仅有间接的联系。因此上层建筑反映生产力发展水平的变化，不是立刻、直接反映的，而是在基础变化之后，通过生产变化在基础变化中的折光来反映的”。④ 至于这个“经济的中介”，照列宁的说法，它主要表现为政治。列宁在《再论工会、目前局势及托洛茨基和布哈林的错误》中说：“政治是经济的集中表现”。又说：“全部问题就在于（从马克思主义的观点来看，也只能在于）：一个阶级如果不从政治上正确地处理问题，就不能维持它的统治，因而也就不能解决它的生产任务”。⑤ 毛泽东讲得更为明确：“政治，不论革命的和反革命的，都是阶级对阶级的斗争，不是少数个人的行为。革命的思想斗争和艺术斗

① 《恩格斯致约·布洛赫1890年9月21—22日)》，《马克思恩格斯全集》第37卷，第460页。

② 《恩格斯致康·施米特（1890年10月27日)》，《马克思恩格斯选集》第4卷，第486页。

③ 《普列汉诺夫哲学著作选集》第2卷，三联书店1961年版，第186页。

④ 《斯大林选集》下册，第505页。

⑤ 《列宁选集》第4卷，第442页。

争，必须服从于政治的斗争，因为只有经过政治，阶级和群众的需要才能集中地表现出来。”① 19 世纪俄国社会思想、文学和艺术的繁荣，是人民群众反对沙皇制度和农奴制度的阶级斗争的直接表现；中国五四时期和 30 年代文学、戏剧、电影等的繁荣，也是中国当时实际存在着的阶级斗争的直接反映。这些事实，证明列宁、毛泽东强调政治对文艺的直接影响是有充分根据的。以上，通过对几位经典理论家的话的引述，表明他们对艺术生产在整个社会生活领域中所处的特殊地位，有充分的体察，也就是对艺术的特殊性，给予了充分的肯定。这对于解释艺术生产同物质生产在发展水平上不成比例的现象，已经是给出了答案。

西方的一些文学理论著作，不是称马克思的文艺观点是“严格的经济决定论”，② 就是说马克思进行文学批评依据的是“经济决定论的标准”，③ 这是完全不符合事实的，20 年代，苏联的弗里契在《艺术社会学》(出版于 1926 年)中说，艺术是“经济进化的标志”，“艺术作品是用艺术形象的语言翻译的社会经济生活”，这是对马克思学说的简单化、庸俗化，早已为人们所指责。深入地学习马克思在《导言》中的有关论述，可以使人免蹈覆辙。

三、关于希腊艺术和史诗具有“永久的魅力”

在《导言》的最后，马克思提出了一个重大的艺术理论问题，就是：希腊艺术和史诗，尽管产生它们的社会阶段早已永不复返，但是，它们何以仍然能够给我们以艺术享受，而且就某方面说还是一种规范和高不可及的范本呢?

马克思对此并没有给予直接的回答，而是做了一个引人回味的比喻。马克思把他所说的“希腊艺术和史诗”，比喻为“历史上的人类童年时代”的真实再现，这无疑是指上文中所说的希腊神话和被称为荷马史诗的《伊利亚特》和《奥德赛》，它们都是希腊原始公社时代和稍后于此的向奴隶制过渡时代的人民集体口

① 《在延安文艺座谈会上的讲话》。
② 〔美〕韦勒克著《近代批评史》第 3 卷，美国耶鲁大学出版社 1955 年版，第 239 页。
③ 〔荷〕佛克马·易布思著《20 世纪文学理论》，第 89 页。

头创作的作品，而不是指更为晚近的希腊古典时期的作品。马克思将古代人区分为“正常的儿童”和非正常的儿童（包括“粗野的儿童”和“早熟的儿童”两种）两大类，认为“希腊人是正常的儿童”。希腊的神话和史诗，是正常的儿童，也就是发展得最完美的人类童年时代的真实的再现，因而也是最完美的艺术。看来，马克思是从两个方面来肯定这种艺术和史诗的完美性：1. 它们真实再现了“那个不发达的社会阶段”上人类的精神面貌（马克思把它比喻为人的天性和性格）；2. 它们所再现的这些内容，是令人愉快的正常儿童的天真。完美的艺术能够产生永久的魅力，至今仍然给人们艺术享受，这不是顺理成章的事吗?

马克思的这个观点，给人以这样的启示：真实再现某个社会发展阶段上人类的精神风貌的艺术品，并不随着社会的变动而失去它的艺术价值，它们可以作为人类宝贵的艺术遗产，永葆青春。马克思说的“进步这个概念决不能在通常的抽象意义上去理解”这句名言所体现的思想闪光，不是也体现在他关于希腊艺术和史诗具有永久的魅力的论述当中吗?

文学艺术与时代

卢那察尔斯基（1875—1933）是俄国早期的马克思主义文艺评论家。他的美学著述，对苏联无产阶级文学理论的建设及文学创作的发展产生过巨大影响。

卢那察尔斯基早期的美学著作受到过经验批判主义和“造神说”的影响，但他的美学观点同马赫主义有着本质上的差异，他承认艺术的特殊性及古典文化遗产对无产阶级文化建设的巨大意义。他写过大量的分析与评价俄国与西方著名的古典作家及其作品的文章，在这些文章中，卢那察尔斯基的观点及其结论基本上是正确的。

卢那察尔斯基的美学观点经历了一个较长的曲折的发展过程。在革命导师列宁的严格要求及热情帮助下，到了革命高涨的年代，卢那察尔斯基基本上摆脱了马赫主义对他的影响，到了十月社会主义革命之后，卢那察尔斯基作为一个马克思主义文艺批评家就进入了成熟时期，在这个时期的美学著述中，卢那察尔斯基对列宁的美学思想进行了系统的记述及正确的阐发；并努力“追随弗拉吉米尔·伊里奇的巨人的脚印”，① 根据列宁看待文学现象的认识论、总方法及指导原则，正确地阐发了俄国、苏联及西欧许多重要的文学现象。对列宁系统论述过的领域，如托尔斯泰等，他以列宁的论述为基础，以列宁的方法为指导，继续将这门科学推向前进。另外，他又极其重视列宁在某个领域某个现象中留下的“点点滴滴”，“根据列宁一句话，一篇短文，几句评语”，凭借着

① 《高尔基创作四十周年纪念》。

他自己高度的马克思主义理论素养，就能描绘出一幅完整的图画。

卢那察尔斯基在苏维埃时期的美学著述中，尽管还存有某些缺点、错误和不当之处，但从认识论和科学研究的总方法来看，他是忠实于列宁的美学思想的。蒋路同志选译的卢那察尔斯基《论文学》，正是集中了卢那察尔斯基这个时期美学著述中的精华。《论文学》中的30多篇文章都具有较高的科学性，对我们认识文学现象有指导作用。另外，因为他对发生在不同历史阶段、不同国度里的文学现象的阐发，使用了各种相异的色彩，能将极精湛的思想化为优美的形象，再加上语言的洒脱动人，从而获得了极高的艺术性。阅读他的美学著作，我们可强烈地感受到他感情的激荡，他的美学思想真正是以美的形式表达出来的，其著作本身就具有不容忽视的美学价值。其中他对19世纪俄国诸作家的论述应格外引起我们的注意。

列宁美学遗产中最重要的一点，是对待历史过程中的现象持反映论态度，这是近代唯物主义美学所取得的最伟大的成就之一。卢那察尔斯基遵守列宁的反映论，以列宁对托尔斯泰的论述为范例，考察了世界文学史上许多重要的文学现象，特别是俄国19世纪从普希金、果戈理一直到托尔斯泰和契诃夫等一系列伟大作家的思想与艺术实践活动。卢那察尔斯基将俄国的19世纪视为一个统一的历史过程，因而他也就将这一历史过程的“反映者”——俄国19世纪的文学视为一个持续的文学过程来进行考察，用社会存在来解释社会意识，用物质存在方式来阐发精神生活的现象。在每一个作家的叙述中，既带有整个时代的色彩，又具有每个作家所处的具体历史阶段的特征。从中我们可以清晰地看出俄国文学中种种题材、体裁、主题，思想、形象的萌生、发展、演变的轨迹；审美发展的连续性；作家的时代影响及每位作家与前辈作家思想与艺术上的继承，了解到19世纪俄国文学艺术的的来源与本质，寻觅出19世纪俄国文学艺术之所以光辉灿烂呈现出空前繁荣的真正原因。

俄国19世纪的文学产生于俄国19世纪的现实生活之中。卢那察尔斯基为了正确地分析、解释与评价“反映者”，对“被反映者”——俄国19世纪的历史做了深入的探究，因为任何一个精神现象的出现，都可以在社会生活中找到其产生的根源及孕育的土壤。只有正确地探究了根源，才能正确地解释现象，只有正确地理解了“被反映者”，才能正确地阐发“反映者”。

俄国19世纪的历史发展过程是：封建农奴制度的崩溃、衰落和资本主义的崛起、发展，资本主义制度代替封建制度在俄国安排下来。这个过程虽然在俄国进展得相当迟缓，但表现得极为残酷。特别是这场革命发生在这样一个泱泱大国，封建势力格外顽强有力，资本主义的发展遇到重重障碍，因而经济基础的变动就比西欧来得格外深刻，而由于经济基础的变动所产生的对上层建筑包括文学艺术的推动作用也就表现得异常强烈。封建制度与资本主义的斗争、并存与替代，封建主义的生活方式向资本主义生活方式的演变，动摇并摧毁了俄国社会原有的生活基础，从而引起了俄国各阶级各阶层的关注和思想、心理、情绪上的动荡。封建贵族面临着不可挽回的悲剧命运，对资本主义的到来充满了恐惧；俄国广大农民群众对旧的农奴制度积满了仇恨与愤怒，对新的资本主义制度又发出了强烈的抗议；俄国的小市民在封建专制制度下横遭践踏，在资本主义的风暴中又感到苦恼与惶乱……俄国社会经历着巨大的社会危机，各阶级各阶层都在探求着俄国社会的出路。反映不同阶层利益和要求的种种思潮相继出现，并存互击，撕裂着人们的灵魂。19世纪的俄国，阶级矛盾尖锐复杂，社会生活动荡不安，充满了两种制度相互交替的剧烈创痛。所有这一切都撞击着冲荡着热爱生活的作家与艺术家们，引起了他们对这场陌生的巨大的社会变动的极大注意。使得对现实生活本来就敏感的作家，充满了强烈而丰富的印象，获得了进行文学创作的大量的重大的社会素材，由于沙皇政府严酷的思想统治，直接表达思想已不可能，“用艺术表达思想成为唯一可能的表达方式”,① 于是这些具有世界意义的社会素材强烈要求得到艺术的表现。作家、艺术家们在西方资产阶级或其他精神火花的点燃之下，他们因俄罗斯的黑暗腐朽而愤慨；他们为祖国人民的命运而忧虑；他们为祖国的解放而进行苦苦的思索、探求乃至斗争，几乎每个作家都曾为寻找出路而经历了深沉的痛苦，甚至每个作家的个人命运都染上了这个时代的悲剧色彩。他们的心中积满了愤与怨，对人生有着深刻而丰富的体验，他们极力要表达自己对生活的感受，对人生的评价，他们渴望给生活中的迫切问题寻找一个答案，于是创作出了光辉灿烂的作品，因为有愤有怨才会有诗。

---

① 《列宁与文艺学》。

卢那察尔斯基指出：19 世纪俄国灿若群星般的作家的涌现，除了每个作家个人的禀赋之外，主要的和在最大程度上取决于环境和时代。因为 19 世纪俄国社会的环境和时代，向俄国作家提供了“伟大的社会素材”，使这些作家们找到了与他们天才相当的“伟大的内容”，启迪了他们对于美的追求。由于社会问题的尖锐突出，致使这一时期的文学艺术几乎都集中到了“谁之罪”与“怎么办”的问题上。“伟大的内容”深深激荡着作家们的灵魂，必然会使他们找到完美的艺术形式来表现它。因此这一时期的俄国文学，思想与才华并重，内容与形式统一，美的欣赏与对现实生活的说明达到了高度的和谐一致。是变动深刻的现实使他们表现出遒劲有力的构思，是变动深刻的现实赋予他们的艺术以丰饶的诗意。“他们从时代本身获得了丰富的创造力”，① 从而创造出了优美的艺术形式，完美地表达了审美的内容。社会为这些作家与作品的出现创造了一切必备的条件。因此，19 世纪俄国作家的伟大，除了每个作家所特有的个人因素之外，在很大程度上，是取决于他们所反映的社会现实的宏伟与壮美。

“物质生活的生产方式制约着整个社会生活、政治生活和精神生活的过程”，② 从物质运动考察精神生活的过程，这是唯物主义美学的重要的思想基础。卢那察尔斯基正是从 19 世纪俄国生活的经济过程，特别是俄国资本主义的发展，考察与分析了作家们精神发展及文学艺术这一特殊精神形态的。这是因为客观的社会关系和事物规定着人的本质，制约着人的劳动活动，文学艺术创作是精神劳动，当然也要受其制约。

卢那察尔斯基指出：俄国资本主义的发展造成了贵族阶级的大悲剧，使之产生了惶恐不安的情绪及探索的精神。“惶恐情绪已深入那些相应的，人数众多而文化上又强大的贵族阶层。这种情绪的产生，是专制封建的、农奴制的、绅士加农民的旧俄国被经济、生活和意识上的新兴资本主义方式迅速取代的结果”。③ 资本主义的发展对贵族的影响是“多式多样的，多方面的”，造成的结

---

① 《列宁与文艺学》。

② 马克思《〈政治经济学批判〉序言》。

③ 《亚历山大·赛尔盖耶维奇·普希金》。

果“也是形形色色的”，“不过这些结果有其共同的根柢，它们可以说都是人心惶惶的贵族的个别代表在大悲剧各个时期所探求的一系列出路……”① 整个19世纪的俄国文学从普希金到托尔斯泰都深刻地反映了贵族阶级的这种悲剧。

普希金生活于19世纪的最初的三十几年间，处于这个悲剧历史过程的开端。那个时期，贵族阶级的崩溃，资本主义的发展，速度都比较缓慢，对立还不尖锐。但贵族阶级，特别是中等贵族的经济破产（普希金属于这一阶层）已经出现，农民处境也愈加艰苦。处于这种物质条件下的普希金，对上层统治者保持着一种独立的思想意向，对农民有一定的同情，对尚未充分发展的资产阶级也有某种兴趣，看到了它的一些进步性。所有这一切加在一起，在普希金的思想上“仅仅造就了幅度较小的痛苦的动摇”，② 始终不曾背弃过自己的贵族立场。托尔斯泰生活于19世纪的后半期，处于这个悲剧历史过程的末端。当时，资本主义的迅速发展、贵族和农民的旧俄国的急剧破坏，使托尔斯泰看清了资本主义发展的全部的罪恶，因而极端地仇恨它、憎恶它。他批判了资产阶级的一切：“私有财产、发财的渴望、对人的剥削，只能使一些人致富和使另一些人受穷的科学，只能给有闲者解闷取乐的艺术”。③ 但当他回过头来，发现自己的贵族也同资产阶级“一模一佯”，也具有同样的罪恶。因而“当他维护他自己的世界向资产阶级作斗争的时候，曾用批判摧毁了资产阶级的全部基础，可是这样一来，他也就烧毁了他自己的贵族之家，却保留了农民的木头房子，这房子是人可以过合乎戒律生活的唯一地方”。④ 于是，经过苦苦的探索，托尔斯泰终于背弃了自己的贵族阶级立场，而转到了宗法制农民的立场、将大变动时期的俄国农民的思想观点和社会心理放到自己的批判和自己的学说中去了。

卢那察尔斯基正是通过19世纪俄国社会的物质运动，阐发了从普希金到托尔斯泰一系列文学家思想发展与精神生活的过程。从中我们可以看到一个社会的思想发展与精神生活对社会物质运动的依从性。卢那察尔斯基也正是从俄

---

① 《亚历山大·赛尔盖耶维奇·普希金》。
② 《亚历山大·赛尔盖耶维奇·普希金》。
③ 《托尔斯泰和我们现代》。
④ 同上。

国社会生活的经济过程，从俄国资本主义的发展，解释与说明了普希金思想上痛苦的动摇及托尔斯泰世界观转变的原因，描述了他们的精神与艺术世界。

文学艺术是现实生活在作家头脑中反映的产物。因而，文学作品不仅反映着现实生活，也反映着作家的个性，反映着作家本人对现实生活的看法及审美理想。而作家的个性（性格、气质等），对生活的看法及审美理想与他们所处的时代、历史潮流之间又存在着内在的联系。

卢那察尔斯基指出：19 世纪的俄国作家们，大都是有教养的，他们比他们的环境高明，比他们周围的人明智。他们对祖国的现实不满，急切想改变祖国的面貌，但俄国统治者当局则“愿意停留在舒适的亚洲的泥坑里面”，“顽固坚持亚洲的封建生活方式”，这引起了先进作家的“强烈愤怒。另一方面，同愤怒并列着，是极其深沉的悲伤”。① 这是因为智慧和才能在落后的俄国只能横遭摧残，毫无用处，智慧和才能的代表在俄国只会感到莫大的痛苦与苦恼。19 世纪的先进作家们是这种智慧在文学艺术领域内的代表，他们大都遭受过封建反动势力的迫害，由于这种迫害，由于对社会出路的探索，几乎每个人的思想都积满了痛苦，几乎每个人的命运都是一出悲剧。因此，思想痛苦成了俄国 19 世纪作家们一种共有的精神现象。这痛苦，曾是他们孕育艺术作品的重要的感情因素，是他们命运中最富悲剧性的色彩。在这种精神现象中，除了共同的时代生活的内容之外，还包孕着由于生活道路、性格、气质等不同所造成的不尽相同的个人感情因素，打下了作家个人明显的印记。卢那察尔斯基依据反映论的原理，对俄国作家这种共有的精神现象，作了具体而深入的剖析，分析出了这种精神现象在每个作家身上所包含的不同内容、不同色调和在作品中所获得的不同的表现形式。

普希金出身于世袭贵族，这个贵族阶层的破落，“中等地主阶层里的古老贵族部分的惨重失败的感觉”，“对行将到来的阶级灭亡的恐惧”，“使普希金的思想意识栖惶不定”，心都碎了，他的这种痛苦的感情与情绪，“给他那黄金似的乐章造成了不均称，不谐调的音响”。②

---

① 《亚·谢·格列包耶陀夫》。

② 《亚历山大·赛尔盖耶维奇·普希金》。

果戈理的作品曾使人发出不朽的笑声。但残酷的现实与他的梦想、激情、美感之间深刻的矛盾，使他感到反动势力不可抗拒，会将自己消灭，只好表示屈从。“而他却要生活，要创造，于是在可怕的内心痉挛中，他的性格分裂了”。① 内心的痉挛，造成了他精神上极为深沉的痛苦，他毁灭着心灵中美好的东西，“在梦魇所在的地方，他却看到了一群可望而不及的光辉形象。一幅幅庄严模糊的面孔……主宰世界的怪物已经变成神明了”。② 在艺术家良心的驱使之下，他将《死魂灵》第二部手稿投入了大火之中。

涅克拉索夫生活的时代，由于资本主义进一步发展，在俄国社会中出现了一个新阶层——平民知识分子。由于道路不同，出现了两个世界：知识分子的社会主义世界和资产阶级的事务世界。卢那察尔斯基指出，涅克拉索夫“同时属于两个世界”，而这两个世界的矛盾、纠葛、冲突，他对自己“良心的苛责”，“使涅克拉索夫非常痛苦”。“涅克拉索夫写出了令人心碎的悲凉的乐曲，来责备自己未能克服这场内心纠纷”。③

在资本主义的激烈竞争中，小市民渴望功名显达，但小市民的希望很少实现过。在无情的竞争中大都沦落到社会的底层。卢那察尔斯基指出，陀思妥也夫斯基以磅礴的才气反映了市民阶层的无边苦难及痛苦心理，同时也反映了由于内心矛盾而造成的个人痛苦：“一方面是用空幻的宗教的办法解决恶的问题，虽然他自己并没有信心。另一方面是通过革命解决这个问题，虽然他那样恶毒地但也是徒劳地反对革命”。④ 这二者之间的搏斗，使他的内心世界因骚乱而痛苦。这两种痛苦交织在一起，在他的作品中得到病态的表现。他除了为主人公的“痛苦而痛苦之外，他还玩赏这些感受”，⑤ 他认为痛苦也就是生活，要人们在痛苦中寻找幸福。

“在使俄国转入另一历史发展阶段的革命时期，从农民苦难的深处，从当时在文化程度上的先进阶级即贵族阶级的深刻怀疑中，出现了巨人般的、有问

① 《尼·瓦·果戈理》，此文收在《论俄罗斯古典作家》中。
② 同上。
③ 《涅克拉索夫与诗人在生活中的地位》。
④ 《思想家和艺术家陀思妥也夫斯基》。
⑤ 同上。

题的、痛苦的、两重性的托尔斯泰形象”。① 为了解除广大农民群众的苦难，为了给自己的阶级寻找一条出路，托尔斯泰进行了思想上与精神上的苦苦的探索，并因思想体系上和生活方式上存在的矛盾而痛苦。他急于想找到一条途径“从而消除悔恨的痛苦”。他让自己小说中那些进行托尔斯泰式思想探索的人物，承担了自己心灵中的痛苦，他们在探索中感到苦闷、绝望，甚至想到自杀。托尔斯泰本人并不因为自己的痛苦在作品中有所寄托而稍稍减轻。托尔斯泰生命最后几年的沉郁的心情，他同家人的不和，他的离家出走，都反映了这种痛苦对他的折磨。

契诃夫“要写出现实的本来面目，并且历尽了诗人的创作艰苦要战胜这个现实，好让自己和别人有可能在它的怀抱中生活下去；但是他无法战胜它，反而感觉它仍然在向自己步步进逼。他清楚地意识到庸俗势力对他的这场胜利便是他的苦闷所在……”② 到了晚年，他相信生活可以变得光辉灿烂，美好的生活总有一天会到来，可又觉得它的距离如此遥远，不知它怎样才会到来。虽然他在艺术上取得了惊人的成就，可是，“现实决不接受艺术手法对它的治疗”。③ 契诃夫在作品中不大直接表现自己这种“无法自制的苦闷”和痛苦，总是将它隐藏在淡淡的微笑与温婉的幽默之中，通过优美的艺术形象表现它深沉的抒情性的悲伤。契诃夫追求艺术上的完美，想用艺术形象美去战胜生活中的丑恶，想在高度的艺术美中消溶自己的痛苦，“因此他无限热爱自己的艺术，向它倾注了巨大的艺术热情，追求高度完美的形式”。④ 在艺术中，契诃夫找到了一条消除痛苦的出路。

思想痛苦，是俄国 19 世纪作家们对当时俄国社会现实生活的一种共同感受，来源于他们对现实生活悲剧性的理解，也来源于他们对自己内心世界的剖析。因为这些先进的富有社会责任心的忧国忧民的作家们，除了观察分析客观的外在的世界之外，还观察分析自己本人的内心世界和精神状态，对自己的思想感情进行剖析。而这种剖析，是俄国 19 世纪文学的一个重要因素。这在托

① 《托尔斯泰与我们现代》。
② 《〈契诃夫文集〉序》。
③ 同上。
④ 同上。

尔斯泰身上表现得最为突出和强烈。卢那察尔斯基对此所进行的精湛的分析，既描绘出了共同的时代的色彩，又揭示了深刻的个性的特征。

在俄国19世纪的现实生活与文学艺术中，与思想痛苦密切相联的另一个重要的精神现象则是宗教。因为“宗教本身是没有内容的，它的根源不是在天上，而是在人间”,① 它是被压迫生灵的叹息，是无情世界的感情，是一种“精神慰藉”又是一种“鸦片”。卢那察尔斯基对宗教采取了分析态度，他指出：“正教却对俄国统治阶级起过某种积极作用，因为它不仅是从思想上欺骗文化落后的群众的一种基本方式，而且为那些希望同现实和解，具有高度文化的人的绝妙的机会主义开了一道独特的方便之门。确实，不管怎么说，基督教毕竟谈到了博爱、平等和和睦。尽管这一切被人抽象地了解为超现实的，甚至多多少少是来世的现象，还是在人间各种关系中投进了一片真理与人道之光”。② 在这里，卢那察尔斯基一方面指出了宗教对广大群众的欺骗作用，和少数有文化的人利用它同现实和解；另一方面又指出了宗教确实是对现实苦难的一种抗议。

空幻的宗教是一种精神，它不要求实际的改革，也不指望在现实中得到任何真正的反映，生活中的一切关系和秩序都可以照旧存在下去，它是统治阶级可以接受的。因此，那些思想上充满痛苦、又无力挣脱需要幻想处境的作家，除了用它进行精神慰藉之外，还常常用它来麻痹、抑制自己的反抗精神，以避免和统治者当局发生无望的冲突。另一方面，这些作家又深切同情被压迫者的苦难，希望解除人民的痛苦，但他们无力找到实现现实幸福的途径，于是就幻想一个幸福的宗教，想用宗教的感情去填充那冷酷无情的现实世界，想用宗教的“真理”与“人道”去抗议现实的苦难。尽管这感情、这真理、这人道都是空幻的，但作家们的用意则是异常真诚的。

卢那察尔斯基不仅对宗教这种精神现象采取了分析的态度，而且还具体地指出了许多作家由于他们具体处境不同所造成的对宗教的不同的理解、不同的需要及不同的态度。并且还以果戈理、陀思妥也夫斯基和托尔斯泰为例，说明

---

① 《马克思致阿·卢格》。

② 《思想家和艺术家陀思妥也夫斯基》。

与分析了俄国19世纪文学中利用宗教的三个阶段，在总的倾向上显示了一定的顺序性。

卢那察尔斯基认为果戈理对宗教的态度比较的单纯。“果戈理的为人们的笑声所激励着的批判天才”，“使他同专制政体和地主制度很快发生极猛烈的冲突”。这种冲突使果戈理感到害怕，于是“他急需找出这么一种散发着可爱的圣油和神气香味的妙法来同现实和解”。① 他企图用福音书去调度地主与农民的关系，以挽救他在《死魂灵》第一部中所描绘的那个即将坍塌的俄罗斯。果戈理对宗教的态度也有某种内心的疑惑，他看出了某种破绽，比如“这一切真是这样的吗？‘上帝的箴言’不会只是对地主方便的臆造之词吗？”② 不过这疑惑被他隐藏得十分巧妙，从表面上看不出来。

陀思妥也夫斯基是个思想极为矛盾复杂、情绪极不稳定的病态作家，沙皇政府残酷地迫害他、打击他，使他陷入极为可怕的境地。为了挽救自己，挽救自己的才能，他只好迁就现实，皈依了宗教。为此，他经历了痛苦的内心斗争的风暴，也造成了他思想中极为深刻的矛盾。他思想中深刻的痛苦，他内心中的骚乱不安，决定了他对宗教的态度与感情常常变幻不定，闪烁出不同的色彩。他不注重正教的表面形式，主张对教会要作深入“内在”的理解。“他把教会同国家稍稍对立起来，认为教会不仅是为国家辩护……它们还代表着一种在许多方面同其余一切生活方式相对立的力量”，他懂得“正教院的人和全体僧侣都是专制政府的官员，这些祭司把部长和县警察局长们的活动神圣化了，可是又认为，至少这批僧侣官员中的优秀分子和僧侣的‘精神’本身，就某一点来说是‘革命’的”。“‘教会以它的博爱和亲睦精神，总有一天要战胜国家和植根于私有制的社会，教会总有一天要建成一个特别的、几乎是非人间所能有的、以内心的一致为基础的社会主义社会”。③ 他所需要的是上帝、正教中的民主主义、个人主义、纯伦理因素的成分，用它同他所厌恶的社会现实相对立，用它同他所摒弃了的彼特拉谢夫斯基朋友们所启示给他的社会主义理想，

---

① 《思想家和艺术家陀思妥也夫斯基》。

② 同上。

③ 同上。

保持某种隐秘的联系，他将社会主义理想转移到了他的宗教的世界观中，由于这种转移，它显然被严重地歪曲了。陀思妥也夫斯基内心的矛盾，反映在他对宗教的这种深入的“内在”的理解之中。在作品中，陀思妥也夫斯基利用宗教安抚被压迫被凌辱者的伤痛，也慰藉自己痛苦的心灵。他幻想用宗教的“爱”去解决世界上的“恶”，但由于思想的深刻，他终于看出破绽，他疑惑了，通过宗教“宽恕的说教，号召人们去容忍世界上的邪恶、残忍、暴力和折磨”。宗教实际上是利用基督的宽恕在为恶势力进行辩护。因此，他看出了宗教的不道德不人道。于是他又冲破宗教空幻的说教，用活生生的真实形象，向现实中的丑恶势力提出控诉，发出抗议。陀思妥也夫斯基内心的矛盾，决定了他对宗教的理解与态度也是矛盾的、双重的。

“托尔斯泰断然排除正教本身，成了教会的直接的敌人。他不但清清楚楚地懂得教会起着巩固奴隶制的工具作用。而且正因为如此才恨透了它”。[①] 从卢那察尔斯基这段话里，我们可以看到托尔斯泰对官方宗教的十分明朗的敌对态度。在作品中，他无情地批判了官方教会的虚伪，揭露了它表面上虽然大谈慈悲与爱，而实际上却是统治阶级手中实行暴力统治的工具；各式各样的宗教仪式也完全是一种骗局。由于他对官方教会的叛离与反抗，被开除了教籍。但托尔斯泰在内心仍保留了对上帝对宗教的信仰。他把人从外在宗教的束缚中解放出来，又把宗教变成了人的内心世界。卢那察尔斯基认为，托尔斯泰完全摒弃了官方教会，而又在内心保留对上帝的信仰。主要目的是为“不以暴力抗恶”的学说进行辩护，是为了回避与对抗暴力革命的宣传。“托尔斯泰保留宗教到何种程度，正是要看他为‘不用暴力抗恶’论辩时需要而定”。[②] 托尔斯泰世界观的基石是善，因而善也是他对上帝信仰的基本内容。在他看来，善是非暴力的，人们通过道德的修养可以至善。在这里，他过分地夸大了道德与精神的力量。托尔斯泰对俄国社会生活真实而形象性的描绘，表明他同现实世界的势不两立，而他的宗教说教则表明他想“通过宗教去适应外界”，“想杜绝或

① 《思想家和艺术家陀思妥也夫斯基》。
② 同上。

者至少大大削弱‘良心’与‘邪恶’之间发生冲突的可能”。① 从而构成了极其深刻的矛盾。

19 世纪的俄国文学呈现着十分复杂的情况，在作家的思想意识中，在作家的理论思想体系同他们对现实生活的感受之间，作家抽象的议论同他们具体的艺术活动之间，作品中抽象的构思同对现实生活真实而形象的描绘之间，大都存在着矛盾状况。卢那察尔斯基对此进行了深入具体的分析，并做出了科学的评价。卢那察尔斯基对 19 世纪俄国文学之所以具有深邃的见解，来源于他对俄国 19 世纪现实生活及历史发展方面的深切了解。这不仅仅是因为 19 世纪俄国文学是 19 世纪俄国现实生活的反映，而且也因为作家们对生活的审美认识是一种社会认识，而这种认识是要受社会历史条件制约的。卢那察尔斯基对 19 世纪作家们的艺术世界几乎都做出了深刻的分析及恰切的评价，之所以能如此，原因在于他对每个作家的思想感情都有深刻了解。因为艺术家创作艺术作品，并不是单纯地为了再现现实生活的图景，而是为表达他们对生活的感受、他们的思想感情、审美情趣而再现生活的。卢那察尔斯基在对每一个作家、作品，每一个艺术现象做具体分析与研究时，总是将其置于 19 世纪文学发展的历史过程中，将其并列起来，分出顺序，比较其思想上及艺术上的差异，这是反映论艺术研究的基础。在个体研究的基础上，在具体分析其相同及差异的基础上，显示其整体倾向。卢那察尔斯基坚持了这种科学方法，从而获得了对俄国 19 世纪文学现象规律性的认识，产生了自己的艺术理论。卢那察尔斯基正是在研究“被反映者”——俄国 19 世纪现实生活特性的基础上，以社会历史观点探讨了俄国文学中的问题，表达了自己辩证唯物主义及历史唯物主义的美学观点。

① 《思想家和艺术家陀思妥也夫斯基》。

略说“社会意识形态不在上层建筑之外”及其他

——朱光潜著《西方美学史》（第二版）“序论”读后

读了朱光潜先生的《西方美学史》（人民文学出版社，1979年6月第二版）新增加上去的“序论”以后，深深敬佩朱先生在学术上大胆陈述个人见解的勇气。朱先生说“不弄清历史唯物主义，就不可能有正确的美学观点。”这话是十分深刻的。朱先生批评了斯大林《马克思主义与语言学问题》一书中的某些观点，是中肯的。正如毛泽东同志所说“斯大林有许多形而上学”（《毛泽东选集》第五卷，第347页）。朱先生详细说明了自己对马克思主义的经济基拙和上层建筑理论的理解，并依据经典著作的原文，对这一理论做了深刻分析，这对人是很有启发的。

读了“序论”以后，同时也觉得其中一些看法未必得当，现提出来向朱先生请教。

头一个问题：上层建筑是否包括意识形态（艺术等等）。朱先生说，他对这个问题的看法和下述看法“不谋而合”：艺术只是一种社会意识形态，而不是上层建筑；因为，马克思主义只把政治和法律列入上层建筑，而没有把社会意识形态列入上层建筑。我认为朱先生的这个看法是不恰当的，它不符合马克思主义经典著作的原意。朱先生的论据之一，是认为马克思在《政治经济学批判·序言》中，没有说社会意识形态属于上层建筑，而说社会意识形态与政治、法律等上层建筑是平行的，它们并列于经济基础上。“马克思主义创始人在较早的著作里也偶尔让上层建筑包括意识形态在内”，举的例子，是恩格斯的《反杜林论》“引论”中的一段话。应该说明，《反杜林论》是1878年完成的著作，它不是“较早的著作”，而是较晚的著作。实际上，把社会意识形态列入上层建筑，在马克思主义经典著作中不是“偶尔”的，而是大量的、普遍的。下边举几个例子。

上边已经提及的、马克思的那篇著名“序言”，朱先生说它是“历史唯物主义的总纲”，这是完全正确的。马克思在这里，就明明把意识形态列入上层建筑。马克思在讲社会革命到来时的情况时说“随着经济基础的变更，全部庞大的上层建筑”也发生变革。在后一方面的变革中，就包括“那些法律的、政治的、宗教的、艺术的或哲学的，简言之，意识形态的形式”的变革。马克思的这个基本观点，后来没有变化。比如，在《路易·波拿巴的雾月十八日》(写于1851年)一书中，马克思说过“在不同的所有制形式上，在生存的社会条件上，耸立着由各种不同情感、幻想、思想方式和世界观构成的整个上层建筑”。这怎么能说马克思没有把意识形态列入上层建筑呢?

朱先生的论据之二，是认为列宁在《马克思主义的三个来源和三个组成部分》一文中，不止一次地说过“马克思认为经济制度是政治上层建筑借以树立起来的基础”，“政治制度，是经济基拙的上层建筑”，而没有说意识形态也是上层建筑。这个论据是不能成立的。列宁在这里只是说，政治是基础的上层建筑，而没有说，上层建筑除了这个核心，这个最主要的内容以外，就什么也不包括了。实际上，列宁在全面说明基础和上层建筑理论的时候，从来都是把意识形态列入上层建筑之内的。比如，列宁在《什么是“人民之友”以及他们如何攻击社会民主主义者》这部重要著作中，首先引用了马克思的著名“序言”中的那段话，然后加以诠释说，马克思的“基本思想是把社会关系分成物质关系和思想关系，思想关系只是不以人们的意志和意识为转移而形成的物质关系的上层建筑”。试问，怎么理解“思想关系”是“物质关系”的“上层建筑”这句话?难道意识形态不包括在“思想关系”里吗?

朱先生的论据之三，是认为毛泽东同志在《新民主主义论》里，“并没有把意识形态列入上层建筑”。朱先生指的是下引这段话“一定的文化（当作观念形态的文化）是一定社会的政治和经济在观念形态上的反映，又给予伟大影响于一定社会的政治和经济，而经济是基础，政治则是经济的集中的表现。”毛泽东同志在这里确实没有说意识形态属于上层建筑，但是，似乎不能以此为依据，说他根本不认为意识形态属于上层建筑。《新民主主义论》里的这段话，同《在延安文艺座谈会上的讲话》里论文艺与政治的关系的那段话一样，都讲到由于政治是经济和群众需要的集中反映，所以，它在社会上层建筑中居于重要的地位，它对各种意识形态具有直接、巨大的影响作用。这个意思，同列宁的意思是一致的。这种共同的见解，是对马克思提出的经济基础和上层建筑理论的丰富，而不是修改。实际上，毛泽东同志在许多著作中，都明确指出上层建筑包括意识形态。比如《在中国共产党第八届中央委员会第二次全体会议上的讲话》谈到生产关系同生产力的矛盾、上层建筑同经济基础的矛盾时，就曾明确指出“上层建筑（其中包括思想、舆论）”。①

朱先生的论据之四，是认为社会意识形态“都有自己的历史持续性和相对独立的历史发展”，它的变革一般落后于政治、经济的变革，所以，它同政治、法律不同，具有自己的特殊性。

朱先生指出这一点是十分重要的，也是有很大现实意义的。在“四人帮”“极左”思想的影响下，否认意识形态特殊性的庸俗社会学曾经泛滥成灾，造成很坏结果。今天，指出并强调意识形态领域有其特殊性，这是必要的。但是，由这里应该得出的结论是不要在政治、法律和意识形态之间划等号（朱先生反复说明这一点，是完全正确的、有现实意义的），而不是意识形态特殊到不属于上层建筑的范围。

马克思、恩格斯多次强调指出意识形态具有相对独立性，有其自身发展的特殊规律。马克思在“序言”中把政治、法律和意识形态分开来说，并且在说上层建筑随着基础的变革而变革时，使用了“或慢或快地”这个副词，而不像斯大林在《马克思主义与语言学问题》一书中那样，笼统地讲整个上层建筑随

① 《毛泽东选集》第五卷，第319页。

着基础的变化而随着发生变化。这证明，马克思本人是充分注意到意识形态的特殊性的。列宁在《党的组织和党的文学》一文中，指出文学事业有自己的特点，不能跟党的其他事业同等对待。毛泽东同志把百花齐放、百家争鸣规定为促进艺术发展和科学进步的方针，而反对用行政手段来处理这些领域内的问题。充分注意意识形态的特殊性，对于上层建筑这个庞大体系中的各个特殊部分，采取不同的对待方针，这是十分重要的。但是，在强调这种特殊性的时候，恐怕不能否认意识形态属于上层建筑。

马克思主义经典作家在谈基础和上层建筑理论时，或强调政治、法律在上层建筑内部的重要性，它对基础（对下）、对意识形态（对上）的举足轻重的重要作用；或强调意识形态的特殊性，它的相对独立性。这些，都是这个基本理论的丰富内容。他们在强调这些内容时，并没有否认意识形态属于上层建筑。朱先生在“序论”中充分注意到这些内容，但是，却依据它们得出这样一个结论：“马克思把艺术当作一种社会意识形态，而没有把它列入上层建筑，他只把政治和法律列入上层建筑。”（说明：朱先生说，“我的看法显然和这个受斥责的‘硬说’，不谋而合”？在另一处又说，“我并不反对上层建筑除政权、政权机构及其措施之外，也可包括意识形态或思想体系”。两处是互相矛盾的，但从整个“序论”看，朱先生显然是更强调前一种意见的，所以，本文只就前一种意见谈谈看法。我认为朱先生的看法是不符合经典作家原意的。）以上是头一个问题，中心意思是“社会意识形态不在上层建筑之外”。

第二个问题，历史前进的动力有几种。朱先生说，依据马克思主义关于基础和上层建筑的理论，“历史前进的动力”“有三种”：经济基础，法律和政治的上层建筑，社会意识形态。首先说明，马克思主义的经济基础和上层建筑的理论，回答的不是“历史前进的动力”问题，而是对社会关系的内部结构和相互之间关系的说明。列宁对此曾有明确说明，他说，马克思主义这一理论的“基本思想”，“是把社会关系分成物质关系和思想关系”，前者是人们维持生存的活动的形式即生产关系，后者是前者的上层建筑。①

这一理论告诉我们在研究社会现象的时候，不要被社会的上层建筑领域里

① 《列宁选集》第一卷，第18页。

的光怪陆离的外表所迷惑，这些政治、法律和各种意识形态的纷乱现象，只不过是深深埋在地表之下的基础——人与人之间的物质关系，即在生产活动中的关系的各种曲折的反映，上层现象的根源在下层的基础之中。为了弄清社会的真相，必须揭示经济领域中的状况。

说这一理论不是对历史前进动力问题的直接回答，并不等于说，它跟这个问题无关。列宁为什么说物质关系决定着思想关系呢？这就涉及这个问题。列宁在《弗里德里希·恩格斯》一文中说"自然界中一切现象都有物质原因作基础，同样，人类社会的发展也是由物质力量即生产力的发展所决定的。人们在生产人类必需的产品时彼此所发生的关系，是以生产力的发展为转移的。"马克思主义经典作家关于生产力这个物质力量是历史发展的动力的论述，在经典著作中随处可见，这里不多引述。

朱先生认为，"历史前进的动力""有三种"：经济基础（即生产关系，它不包括生产力），法律和政治，意识形态。在这三种动力中，不包括生产力。朱先生在这个问题上的说法，同经典著作大相径庭，十分明显，不想多加评论了。

但是，这里似乎还存在着这么一个问题：说生产力是历史前进的物质动力，那么，这是否等于说，生产关系（即社会的经济基础），政治和法律，意识形态三者在历史发展中只是消极的、被动的因素，而不对历史发展发生什么作用呢？我觉得，朱先生似乎谈的正是这个问题。为了说清楚这个问题，还是先让我们从朱先生也提到的恩格斯 1890 年 9 月 21 日至 22 日给约·布洛赫的那封信说起吧。

朱先生在"序论"中大段引用了这封信的内容，说它是对马克思的"序言"（历史唯物主义的总纲）的阐明和补充。下边，我用自己的话，对这封信的内容做一概括介绍，从这里也可以看出我对它的理解是否合乎原意：根据唯物史观，历史过程中的决定性因素归根到底是生产和再生产，所以，经济状况是基础。但是，对历史进程发生"影响"的，还有上层建筑的各种因素，后者在许多情况下，主要是决定着它的"形式"。这里，表现出这一切因素之间的交互作用，而归根到底是经济运动作为必然的东西向前发展。列宁说，马克思"所用的方法就是从社会生活的各种领域中划分出经济领域来"，把它视为决定历史发展的基本因素。恩格斯在这封信中使用的方法，完全相同，也是在对历史进程发生影响的各种因素中，提出经济运动，把它视为决定性因素，在此前提下，说明社会上层建筑各因素对历史进程也发生“影响”，主要是决定着它的“形式”。不能否认，上层建筑各因素对历史进程发生很大作用，但是，当讲到历史前进动力的时候，却不能因此把它们和经济运动放到同等重要的地位，让它们平起平坐，不分主宾，不讲清哪个是基础，哪个是上层建筑。马克思、恩格斯在讲历史前进动力问题时，特别地把经济领域从社会生活的各种领域中“划分”出来，分别主次。朱先生在讲同一问题时，特别地把各种领域混同在一起，不分主次。这里的分歧，是十分显眼的。我们把马克思主义哲学称为唯物主义的一元论，认为物质是世界的本原。普列汉诺夫直接把马克思主义的唯物史观，称为“一元史观”，它认为历史前进的动力是物质力量而不是精神力量。当然，它也在承认物质力量即生产力是历史发展动力的前提之下，承认精神力量对历史发展也发生作用。但是，它不允许在二者之间划等号。如果笼统地说历史前进的动力是那样三种因素（请注意，它们之中不包括生产力），恐怕是不符合唯物史观的最基本原则的。

以上是第二个问题。

以上看法，都涉及哲学上的一些根本问题。我是初学，对这些问题也没有弄清楚，现在不揣冒昧，陈述己见，向朱先生请教。

（原载《天津师院学报》1979 年第 3 期）

不要当“蹩脚的画家”

——马克思恩格斯文艺思想体系问题试谈

认为马克思、恩格斯的文艺思想不成体系的看法，恐怕不符合实际，这个问题应该很好地讨论一下；认为马克思、恩格斯的文艺论著只是一些“断简残篇”，这种说法则肯定是片面的。马克思、恩格斯的文艺论著中，不仅有郑重的、完整的篇章，就是那些表面看来是片言只语的材料，其中往往也包含着关于艺术问题的真知灼见，不能把它们视为无足轻重的废纸。

关于上述的头一个问题，为什么说应该很好地讨论一下呢？这是因为这个问题确实是一个复杂的学术性问题，不是三言两语就能说透的。就我们接触的有限材料来看，似乎在半个世纪以前，国外研究马克思主义美学的理论家们，就存在着不同的意见，并且似乎展开过比较尖锐的讨论（可以参看苏联早期理论家卢那察尔斯基和苏联当代著名文艺理论家米亚里夫希茨以及匈牙利著名美学家乔治·卢卡契等人的有关著作）。我们国内，自从70年代初各个高等学校开始纷纷开设马克思主义文艺理论原著课以来，在研究、教学人员当中，也存在着不同的意见。先不用说对于马克思、恩格斯的文艺思想有无体系，和这个体系是怎样的这两个问题存在着不同意见；就是对“体系”这个词本身，也存在着两种不同的理解。有少数同志看到恩格斯《路德维希·费尔巴哈和德国古典哲学的终结》一书中批评黑格尔“建立一个体系”，以致这个“体系”把黑格尔哲学中革命的方面给“闷死”了的话，① 就径直认为“体系”不是什么好东西，他们果断地把手一挥，说道：“体系？马克思、恩格斯才不搞这个玩艺儿呢！只有那些唯心主义哲学家才忙于建立自以为是的体系。”这是对“体系”的一种贬义的理解，他们把它当成了脱离实际的空洞教条、脱离现实的理论僵尸来理解，无怪乎他们要否认马克思、恩格斯文艺思想有“体系”可言。

但是，在多数同志看来，“体系”并不是坏东西，他们把它当成一个褒义词来使用。今天，当我们说马克思、恩格斯的文艺思想是有体系这句话的时候，意思只是说，这个文艺思想是自成一家的，它既不是对古人观点的重复，也不是对他人意见的抄袭，而是有着内在独特性、一贯性的。当然，这并不等于说马克思、恩格斯在文艺思想方面，曾经效仿德国古典哲学家们，试图在这个领域里建立一个无所不包的、万能的教条系统，并企图以此来穷尽真理。不，马克思、恩格斯是伟大的、彻底的辩证唯物论者，他们始终坚持这样的信念：“我们的历史观首先是进行研究工作的指南，并不是按照黑格尔学派的方式构造体系的方法”。② 有的同志说，马克思主义文艺理论的体系是开放的，发展的，因而它是先进的，这话是中肯的。

几十年来，国内外的研究者们对上述这些问题存在着不同的意见，这一方面是由于马克思、恩格斯的文艺论著，有一个逐步发现、不断公诸于世的过程；另一方面，人们对这些材料也有一个逐步认识、理解的过程。基于这样的原因，我们认为目前对这些问题存在不同看法，是正常的，属于学术讨论范围的事情；但又由于马克思主义是我们从事各项工作的指导思想，因而这又是一些要很好地进行讨论的问题。

我们同意不少同志的意见，认为马克思、恩格斯的文艺思想是有体系的。至于它为什么是有体系的，以及这个体系是怎样的，这是本文在下边就要说到的。

上文已经述及，我们认为马克思主义文艺理论是不同于古人和他人的、独特的理论。为什么是这样的？原因在于马克思、恩格斯在成为共产主义者以

---

① 见《马克思恩格斯选集》第4卷，1972年版，第213—214页。

② 《马克思恩格斯选集》第4卷，第475页。

后，他们在观察、研究文艺时的基本立场、观点、方法是始终一贯的，而这个立场、观点、方法是从根本上不同于古人或他人的。

1859 年，马克思在为《政治经济学批判》一书所写的著名“序言”中，以极其恳挚的语言，回顾了自己思想发展的过程。他说：“1842—1843 年间，我作为《莱茵报》的主编，第一次遇到要对所谓物质利益发表意见的难事”。“为了解决使我苦恼的疑问，我写的第一部著作是对黑格尔法哲学的批判性的分析，这部著作的导言曾发表在 1844 年巴黎出版的《德法年鉴》上”。接着，马克思以极其严谨的科学语言，表述了自己的研究结果。这，就是被后人誉为关于辩证唯物主义历史观的经典性论述的那段众所周知的文字。马克思在做这个表述之前，说了这样意思的话：我所得到的这个研究结果，一经得到，就成为指导我的研究工作的总的指导思想。① 这个说法，也同样符合恩格斯的情况。因为这个科学历史观，是他们共同发现的。可以这样说，起码是从 1844 年开始，马克思、恩格斯对文艺现象的观察和研究，都是以这个基本结论为指导线索的。这种内在的统一性，使他们的文艺思想成为前无古人、异于同时代他人的、自成一家的美学理论，并且使这个理论具备了独特性、一贯性；即使那些大量的零散的关于文艺问题的言论，也在实质上具备郑重性、一致性，而不仅仅是“断篇残简”，或无足轻重的随意而谈。如果仅仅因为这些言论是零散的而否认它们具有内在一致性（这也就是所谓具备体系的意思），那么，试问孔子的主要著作《论语》是不是语录式的片言只语？老子的只有五千多字的《道德经》是不是“断简残篇”？但是，又有谁否认孔子的思想不同于老子的思想，他们的学说是各自都具有体系的呢？

马克思、恩格斯文艺思想的体系，就是贯穿在他们一生四、五十年当中的大量关于文艺问题言论中的那条始终一致的思想线索，这条线索所以是始终一致、不同于其他文艺理论的，就在他们研究文艺问题的立场、观点和方法的一致性。那么，这条理论上的贯穿线是什么呢？

恩格斯认为，思维和存在的关系问题，是全部哲学的“重大的基本问

① 《马克思恩格斯选集》第 2 卷，第 81—82 页。

题”。① 哲学家们依据他们如何来回答这个基本问题，而使自己的思想具有不同的特色和相异的体系。如果说对于整个哲学来说情况是这样，那么，对于哲学的一个分支——美学（不是有人把它称之为“艺术哲学”么?）来说，情况同样是如此。艺术和现实的关系问题，就是美学的一个重大的基本问题，任何理论家要谈论美学，他都首先会遇到这个问题，而依据他们对这个基本问题的回答，他们的艺术理论和美学思想，便具有了不同的面貌，形成不同的体系。

对于马克思、恩格斯来说，情况也是这样的。他们一生中对这个问题的回答是前后一致、统一和谐的，因而也是自成体系的。本文在下边仅就这个问题做一点历史性的考察，以证明上述看法不是无稽之谈。

起码是从1844年开始，一直到马克思、恩格斯先后去世，在长达半个世纪的时间里，不管他们是针对何种具体文艺现象说话，也不管他们是从何种角度出发，每当他们谈到艺术问题时，他们都是强调这样一种根本思想：艺术创作必须从现实出发，而不要从某种观念出发；塑造人物形象，必须从人物所处的客观社会环境出发，把由这个现实环境所形成各种不同性格的人物，生动地描绘出来，而不要把人物变成某个观点、观念的化身或传声筒；艺术评论也必须从客观实际出发，以被反映者（即“社会原型”）为尺度，来检查反映的结果是否真实，而不是从某种抽象的观念出发，“用观点来评判观点”。总之一句话，艺术的内容是客观社会生活的一种特殊形式的反映，而不是相反，这就是贯穿在马克思、恩格斯一生中所有美学言论中的一条基本理论线索。这个思想，前后一致，反复强调，始终坚持，毫不含糊。

首先让我们来看马克思、恩格斯在1844年合写的头一部著作《神圣家族》中关于艺术的观点。1842—1843年，法国作家欧仁·苏的长篇小说《巴黎的秘密》在巴黎发表，它一下轰动了法国内外。1844年6月，德国青年黑格尔派分子施里加，在《文学总汇报》第7期上，发表了吹捧这部小说的评论文章。马克思、恩格斯在《神圣家族》一书中，针对这部小说的创作思想和施里加对它的评论方法，发表了不同的意见。以上这些材料，至今我们国内还没有能够详尽地占有，这给我们的研究工作造成一定困难。但是，从目前能够看到

① 《马克思恩格斯选集》，第4卷，第219页。

的材料里，仍然可以发现马克思、恩格斯在这里首次提出了他们对艺术和现实关系问题的看法，并且尖锐批判了上述作家、评论家的完全相反的观点。

马克思、恩格斯认为，《巴黎的秘密》中所描绘的“种种现实”，并不是对客观现实的忠实反映，而是“对现实的歪曲和毫无意义的抽象”。这表明，马克思、恩格斯在评价一部文学作品时，首先是检查它对现实的反映是否忠实，首先是用客观现实作为依据，去检验观念形态的小说内容是否真实。这种做法的背后，隐藏着他们的美学观点，即他们认为艺术的内容应该是客观现实的忠实反映。在分析《巴黎的秘密》中的人物形象时，马克思、恩格斯说：“欧仁·苏书中的人物，必须把他这个作家本人的意图充作他们思考的结果，充作他们行动的动机”，因而，“他们不是过着真正有内容的生活”，而只是欧仁·苏一个观点的化身。比如小说中的“刺客”这个主要人物，“他的独立性，他的个性完全消失了。但是，和蹩脚的画家不得不在自己的画上题字来说明画的内容一样，欧仁苏也在‘刺客’这头‘看家狗’的嘴上贴了一张标签，这就是‘刺客’时刻诵之于口的一句话：‘你有心肝和骨气这几个字使我成了人。’一直到咽最后一口气，‘刺客’都不是在自己的人类个性中寻求自己的行为的动机，而是到这句标签式的话中去寻找这些动机”。这就是说，“刺客”这个人物所表现的不是某种人的性格，而是基督教教义中的一个观点。①

那么，青年黑格尔派分子对这部小说的评论，从方法论的角度看，其要害何在呢？马克思、恩格斯说：这里的“主要秘密之一”，就是“用观点来评判观点”，即从一种抽象的观点出发，去评判小说中宣扬的观点，而不是从客观现实出发，去检查小说中的观点。马克思、恩格斯说，照青年黑格尔派的分子看来，小说中的每一个人，“都变成了观点”，这就是“把现实的人，变成了抽象的观点”。那么，什么又是“观点”呢？马克思、恩格斯指出，青年黑格尔派把老黑格尔所说的“自我意识”换成了一个听起来比较简单的术语——“观点”。他们对《巴黎的秘密》的评论方法是“用观点来评判观点”，也就是从“自我意识”出发，去评判小说中体现出来的“自我意识”，而不是从客观现实出发，去检查小说的内容是否符合这个现实。因此，马克思、恩格斯认为，

① 以上引文见《马克思恩格斯选集》第4卷，第210、230、233等页。

这种评论方法的“总秘密就是使陈旧的思辨的胡说死灰复燃”!①

由于《神圣家族》成书于马克思、恩格斯世界观刚完成转变的时期，所以在上引字句中，个别地方仍然留有费尔巴哈人本主义的痕迹。比如，他们说“刺客”这个人物，“不是在自己的人类个性中寻求自己的行为的动机”，而是把作家的意图充作自己行动的自觉动机，因而，他不是过着有真实内容的生活。这个“人类个性”及其他类似的提法，就是人本主义的用语。不久之后，马克思、恩格斯即扬弃了这种用语。1845 年春天，马克思在关于《费尔巴哈的提纲》中，就批判了费尔巴哈，指出他是“撇开历史的进程”，“假定出一种抽象的——孤立的——人类个性”，而没有看到，人类和他们的思想感情，都是“社会的产物”，人的本质是社会关系的总和。在此后的岁月里，他们再讲到人的活动动机问题时，就不再讲它是出于“人类个性”，而认为它是“从他们所处的历史潮流中得来的”。② 但是，尽管马克思、恩格斯这时使用的个别字句还有不够科学的地方，然而，他们的基本思想是明确的和坚定的，那就是坚持唯物主义，反对唯心主义的思辨哲学。

马克思、恩格斯在他们合写的这头一部著作中提出的基本艺术原则和美学观点，在他们以后的同类有关言论中，都是始终不变的；甚至他们在这里初次使用过的个别词句，在他们以后几十年中的其他著作中，也照样使用过。比如，上面引用过的“个性完全消失了”，恩格斯在 1885 年 11 月 26 日给敏·考茨基的信中，就有类似的用语。再如，他们反对的“用观点来评判观点”的文艺批评方法，恩格斯在 1846—1847 年写的《诗歌和散文中的德国社会主义》一文中，谈到对歌德的批评时，发表了同样的见解。他反对用一种抽象的观点做尺度，去衡量歌德，主张“用结合着他的整个时代，他的文学前辈和同代人”，“从他的发展上和结合着他的社会地位”来评判他的方法来评判歌德。1873 年，马克思在为《资本论》第 1 卷第 2 版作的“跋”中，同意别人把他们的研究方法叫做“严格的现实主义”，并同意别人对他的方法的归结：“批判的出发点不能是观念，而只能是外部现象”。这些前后几十年间的见解，是那

① 见《马克思恩格期选集》第 4 卷，第 244、246 页。
② 见《马克思恩格斯全集》第 29 卷，第 518—587 页。

么相同，贯穿在其中的彻底的唯物主义，是那么一致，怎么能说它们无体系可言呢？

下边，再让我们看看1859年马克思、恩格斯在批评拉萨尔和他的剧作《济金根》时，所表现的美学观点。

事情无独有偶，拉萨尔这个被恩格斯称之为“一个虔诚的老年黑格尔派”的人，如同青年黑格尔派一样，对历史的理解也完全是唯心主义的。比如恩格斯说他在研究罗马法规的时候，“不是从罗马人的社会关系中，而是从意志的‘思辨概念’中引申出罗马的法权规范”，从而得出了完全违反历史的论断。①拉萨尔同黑格尔一样，对历史做了头脚倒置的解释。他从这种唯心史观出发，认为能够使16世纪初叶德国历史上那一系列重大事件（包括宗教改革、骑士暴动、农民战争等）出现的终极原因，不在于当时社会关系的变动，而在于早在这些实际运动出现之前，在德国上空“就已经绝对地存在”着一种所谓“改革的意识”。正是这个“意识”，外化为那一系列威武雄壮、有声有色的重大历史事件。在这一系列事件中活动过的著名历史人物（如马丁·路德、胡登、济金根等），都不过是这个“意识”的“代表和化身”而已。从这个唯心史观出发，拉萨尔提出了一种被恩格斯称之为“非常抽象而又不够现实的”戏剧观点：他认为他的悲剧的描写对象不是客观的历史事实，而只是这个意识本身；他所写的那些人物，只不过是这个意识的传声筒而已。另外，拉萨尔还通过对莎士比亚和席勒的轩轾，提出一种违反艺术特征的写作方法。②

是从历史事实出发，还是从某种意识出发？是把艺术创作看成是从一定的立场出发，对特定生活的反映，还是当成是某种意识的图解？是像莎士比亚那样，通过生动丰富的情节和鲜明突出的性格描绘，让作者对这个特定生活的评价自然而然地流露出来，还是把人物变成某种精神的传声筒，使论辩性的议论代替艺术形象？这就是马克思、恩格斯与拉萨尔在美学思想上的分歧。这实际上也就是唯物主义和唯心主义两种创作倾向的分歧。分歧的核心问题是：艺术

① 见《马克思恩格斯选集》第1卷，第173页。

② 以上拉萨尔的观点，均见他为《济金根》一剧所写的序言和他为此而写给马克思的那封信。

和现实二者究竟是何种关系。恩格斯批评拉萨尔说，“不应该为了观念的东西而忘掉现实主义的东西，为了席勒而忘掉莎士比亚!”这句话里，包含了恩格斯对于艺术和现实关系的基本看法。而这个看法，也包含在他和马克思对青年黑格尔派的批判当中。

下边，让我们看一看，又过了20多年，就是19世纪80年代后期，恩格斯的美学思想。1885年11月26日恩格斯给敏·考茨基和三年后给玛·哈克奈斯的两封信，历来受人重视。这两封信的中心思想是：强调小说必须“通过对现实关系的真实描写”，来表现作者的合乎现实关系发展趋势的倾向，反对不顾或忽视对现实关系的真实描写，而简单地宣传作者政治信念的写作方法。这两封信，都涉及到艺术作品的真实性、倾向性和艺术性的关系问题。恩格斯认为，真实性是最重要的、最基本的，它的含义是对现实关系及其发展趋势的真实反映；艺术性是艺术品必备的条件，它的首要原则是通过场面和情节，亦即通过鲜明、生动的形象，来自然而然地流露作者的思想感情，而最忌不顾形象地直接说教；倾向性也是不可缺少的，也根本是不可能没有的，但对它来说，最重要的是要在真实性的基础上通过艺术性，间接地表露出来，而最忌的是不顾真实性，作者在作品中直截了当地来鼓吹自己的政治观点。恩格斯把后者称之为拙劣的“倾向小说”。

人们一谈到恩格斯给玛·哈克奈斯的这封信，就必然要说到他对巴尔扎克的评价问题。这里，人们有时忘记了恩格斯说到巴尔扎克时的那个前提，这样就不免把事情弄混乱了。恩格斯在这里是在强调艺术创作首要的、最根本的是必须真实地描绘历史和现实这个思想的时候，为了从另一个侧面把这个思想更加有力地强调出来，才用一种比较急促的语气，一口气说了如下的话：“我决不是责备您没有写出一部直接了当的社会主义的小说，一部像我们德国人所说的‘倾向小说’，来鼓吹作者的社会观点和政治观点。我的意思决不是这样。作者的见解愈隐蔽，对艺术作品来说就愈好。我所指的现实主义甚至可以违背作者的见解而表露出来。让我举一个例子”。接着，就比较详尽地谈到巴尔扎克在实际创作过程中，“不得不违反自己的阶级同情和政治偏见”的问题。恩格斯在做这种强调时，前提是那个主要观点：对一个以反映社会生活为己任的作家来说，首要的是必须像巴尔扎克那样，“对现实关系具有深刻理解”，而不是迫不及待地在作品中，直接图解自己的政治信仰！按照恩格斯的观点，作家只有做到对现实关系具有深刻的观察和理解，那样，他从理论上得到的正确政治信仰，才会得到验证，从而才具备创造伟大作品的前提条件。而对现实关系的深刻观察和理解，还有可能使作家在创作过程中，违反自己原有的政治偏见和阶级同情，像巴尔扎克那样。这里，做到这样的一切关键，是要达到对现实的深刻认识。这里，恩格斯的主要思想十分清楚，他还是重申那个最基本的唯物主义。

综上所述，可以清楚看到贯穿在马克思、恩格斯几十年间的美学言论中的主要线索是什么了。

现在我们遇到的问题是：照上述说法，似乎马克思、恩格斯从来没有指出过作家的世界观对他的创作有什么作用。也就是说，他们似乎只强调了从现实出发，真实反映现实这一面，而忽视了作家、艺术家的主观世界在创作过程中作用这一面，事情果真如此吗?

事情并非如此，在马克思、恩格斯的美学言论中，指出人的主观世界在创造艺术形象过程中的重要作用的话，不止一处。本文限于篇幅，不能对这个问题进行说明，留待以后有机会再说。不过，有一点必须指出，在马克思、恩格斯的美学言论中，强调前一个方面，对后一方面说得较少，有时不说，这确实是一种客观事实。关于这一点，恩格斯在晚年曾经说过：“我们在反驳我们的论敌时，常常不得不强调被他们否认的主要原则，并且不是始终都有时间、地点和机会来给其他参与交互作用的因素以应有的重视”。① 马克思、恩格斯在讲人类历史的发展原因时，存在这种情况；同样，在他们讲人类创造艺术品的问题时，也存在这种情况。从上边所介绍的材料中可以看出，由于马克思、恩格斯在后一个领域中遇到的“论敌”，一般都是不同情况、不同程度地违背唯物主义原则，不是错误地把“观点”或“意识”视为创作的源泉，就是出于一片好心，想在艺术作品中图解自己的政治信念，而忘掉去真实地反映现实。马克思、恩格斯因此“不得不强调被他们否认的主要原则”，没有来得及详尽说明参与艺术创作的其他诸种因素的作用问题。这是历史条件造成的一种不可

① 《马克思恩格斯选集》第4卷，第479页。

避免的“片面性”。但是，话还得说回来，我们所以要在片面性三个字上边加个引号，意思是想表明：这种片面性只是没有来得及说到问题的其他方面，而不是说马克思、恩格斯所强调的不是问题的“主要原则”，也不是说他们颠倒了问题的主要和次要方面。

马克思、恩格斯的美学思想有无体系，这个体系是如何构成的，贯穿这个体系的中心思想又是什么，这些问题都不小，历来大家有不同看法。这里，仅仅提供一种意见，聊供大家参考。

（原载中国人民大学《马列文论研究》）

马克思：纯批判的态度

一、这“距离”不是那“距离”

马克思、恩格斯致拉萨尔评历史悲剧《济金根》两封信的开始部分，一般不为人十分注意，而实际上却正是对文艺批评方法、态度的郑重申明。马克思说：“如果完全撇开对这个剧本的纯批判的态度，在我读第一遍的时候，它强烈地感动了我。”但是，为了对剧本有一个公正的评价，却必须“撇开”这种感情激动的心境，而使自己冷静下来。恩格斯表示了完全相同的意思：剧本“使我在情绪上这样地激动”，“为了有一个完全公正、完全批判的态度，所以我把《济金根》往后放了一放”，他们都强调“情绪激动”的时候，是不能从事评论的，因为它不利于对作品做出完全公正的评价。他们把这种完全撇开审美感情、而以一种冷静科学的态度分析、研究作品的心态，称之为“纯批判的态度”。

“批判”，他们在这里使用这个德国古典哲学概念，是用它的本意，即科学地分析、研究。这也就是说，马克思说的“撇开”，就是指拉开一定的心理距离。对于这种纯批判的态度，意大利共产党人葛兰西就把它称为马克思主义的“距离说”。他解释说，进行艺术评论时，不应陶醉于审美情感里边，不能钻进艺术的象牙之塔，相反，必须保持一定的距离，站在辩护社会文明的立场，采取一种文化批判的态度。大家都熟知，美学上著名的“距离说”，本是瑞士美学家布劳在《心理距离》一书中提出来的。他认为，“距离把艺术提高到超出个人利害狭隘范围之外”，“提供了审美价值的一个特殊标准，以区别于实用的（功利的、科学的）或社会的（伦理的）价值”。布劳的“距离”是指必须超功利、超社会、超科学、超伦理，才能获得审美价值。而葛兰西的“距离”却正与之截然相反，认为必须从象牙之塔中逃离出来，摆脱掉审美的陶醉心理，才能获得对艺术的科学理解，认清它的价值。我认为，葛兰西的距离说，正是对马克思、恩格斯的“纯批判的态度”的绝妙注释，它同近年中我国某些评论者所提倡的“审美的批评”，正好是截然相反的一种批评方法。

让我们来看实际情况。恩格斯说，他是把《人间喜剧》当成一部法国社会史来读的，他从这里甚至在经济细节方面（如革命以后动产和不动产的重新分配）所学到的东西，也要比从当时所有职业的历史学家、经济学家和统计学家那里学到的全部东西还要多。列宁认为，高尔基的《母亲》是一部对俄国无产阶级运动非常及时的教科书，它能教育工人由自发斗争走向自觉斗争。毛泽东教导青年人要通过阅读《红楼梦》，来认识中国封建社会的罪恶。他们都是撇开艺术作品带给他们的陶醉心态。当然，他们并不否认自己也被陶醉过，而专门从社会功利的角度，对文艺作品进行价值甄别。向人们说明它们的优劣得失。如果讲马克思主义文艺批评模式，这大约就是它最主要的特征了。

二、“严格的现实主义”

马克思本人同意别人把他从事文化批判的方法称之为“严格的现实主义”，这在他1873年1月写成的《资本论》第一卷第二版的跋语中，有明确的交代。前一年，俄国彼得堡《欧洲通报》上发表一篇专谈马克思的研究方法的文章，认为它是“严格的现实主义”，并认为它的要义是：“马克思把社会运动看作受一定规律支配的自然历史过程，这些规律不仅不以人的意志、意识和意图为转移，反而决定人的意志、意识和意图。既然意识要素在文化史上只起着这种从属作用，那么，不言而喻，以文化本身为对象的批判，比任何事情更不能以意识的某种形式或某种结果为依据。这就是说，作为这种批判的出发点的不能是观念，而只能是外部的现象。”对于这个概括，马克思本人不无欣喜地说道：“这位作者先生把他称为我的实际方法的东西描述得这样恰当”，无疑得到了马克思的首肯。这种“严格的现实主义”批判方法，实际上是马克思、恩格斯一生从事文艺批评工作始终坚守的原则。今天要谈马克思生义文艺批评模式的优劣得失，不了解这一点也是不行的。早在 1844 年马克思、恩格斯合写头一部著作《神圣家族》，对法国作家欧仁·苏的小说《巴黎的秘密》以及德国青年黑格尔派分子对它的评论进行双重再评论时，使用的就是这种方法。他们指出，这部小说的要害是“把现实的人，变成了抽象的观点”，小说中的每一个人物，“都变成了观点”，“他们不是过着真正有内容的生活”，人物的独立性、个性完全消失了，他们都把作家本人的意图当作自己行动的动机。而德国人对它的吹捧，其要害在于“用观点来评判观点”，不顾小说中所描绘的“种种现实”，完全是“对现实的歪曲和脱离现实的毫无意义的抽象”。马克思、恩格斯在这里以“外部现象”为出发点，检查小说内容是否对它的真实反映，而反对以某种观念为出发点，“用观点来评判观点”，正是一种“严格的现实主义”。1846 年底—1847 年初，恩格斯在评论另一个德国青年黑格尔派分子格律恩的《从人的观点论歌德》一书时，提出了对这种“严格的现实主义”方法的解释。他说：“我们决不是从道德的、党派的观点来责备歌德，而只是从美学和历史的观点来责备他。我们并不是用道德的、政治的、或‘人的’尺度来衡量他。我们在这里不可能结合着他的整个时代、他的文学前辈和同代人来描写他，也不能从他的发展上和结合着他的社会地位来描写他。因此，我们仅限于纯粹叙述事实而已”。长时期以来，在坚持“政治标准第一、艺术标准第二”批评原则的时候，我们的评论者们对这段含有刺目字眼的话或讳莫如深，或佯装未睹。更有甚者，一部高校文学理论教材竟然将这几字删掉，专挑出“美学和历史观点”来做文章，并且另立一节，谈政治标准之必要与重要。这么回避问题，有什么必要呢，道德观点、政治观点、党派观点与艺术作品的思想内容，同属意识形态范畴，它们都不过是“移入人的头脑并在人的头脑中改造过的物质的东西而已”（马克思语），为了检验、评判它们的品格，不能以自己一伙为尺度，而必须用发生学的眼光，从它们的根源（所谓“物质的东西”或“外部现象”）上来衡量它们的是非曲直。这个原则，恩格斯在这里又把它称为用历史观点来批评歌德，并把它用比较通俗的话表述为：“结合着他的整个时代、他的文学前辈和同代人来描写他”，“从他的发展上和结合着他的社会地位来描写他”，以及“纯粹叙述事实”。这段话的前后两半是统一的，而不是互相妨碍的。恩格斯说不是以政治观点为尺度来衡量艺术家，根本原因在于政治观点本身也必须拿到实践中去检验。

这里，为了证实这个说法还不算离谱，不妨看一看列宁的一段话。马克思曾经说过，他的理论按其本质是批判的和革命的。列宁解释说：“请注意，马克思在这里说的是唯物主义的批判，他认为只有这种批判才是科学的批判，这种批判就是把政治、法律和习俗等等方面的事实拿来同经济、生产关系体系，以及在一切对抗性社会关系基础上所必然形成的各个阶级的利益加以对照。”（见《列宁选集》中文版卷一，第 81 页）批判就是“对照”，谁跟谁对照呢，上层建筑领域中的现象与经济领域两相对照，并由此揭示前者的底蕴，这就是唯物主义批判。列宁所阐发的，正是“严格的现实主义”。马克思、恩格斯用这个方法，对历史悲剧《济金根》做出了鞭辟入里的批判，指出它美化了济金根，在历史上，他本来是“作为垂死阶级的代表”行动的，“实际上只不过是一个堂吉诃德”，而不是什么革命者。剧作者忽视了他命运中的真正悲剧因素，把他塑造成一个悲剧英雄，与史不符。恩格斯把他对《济金根》历史内容的这种批判，称为以“历史观点”为尺度，对剧本的衡量。这个所谓“历史观点”，实际上就是那个“严格的现实主义”。头几年，某些评论者在“历史观点”四个字各式各样的说，有些是不符合恩格斯原意的。

三、“纯粹是形式问题”

“纯批判的态度”是马克思、恩格斯从事文艺评论的根本原则和方法，它强调“撇开”，要求拉开距离，即如上述。在这个大前提之下，恩格斯又提出还要以“美学观点”为尺度，来衡量歌德和《济金根》，这个“美学观点”的衡量就不可能是我们的某些评论者所说的那种“审美批评”即个人鉴赏式的批评、在陶醉状态中对个人感受的宣泄。恩格斯不会自打嘴巴，在前边说要撇开一段时间，以便使自己从激动的状况中冷静下来，然后才能做出公正的批判，后边又说要做审美式的赏析，前后自相矛盾。那么，恩格斯的话又是什么意思呢，我们从那两封信中可以看出，他所说的“美学观点”的批判，实际谈的

“纯粹是形式问题”（马克思信中语）。恩格斯用一整段文字谈《济金根》的情节、韵律、道白、对话和人物描绘等，最后说：“这些都是次要的事情，我提到它们仅仅是为了使您看到，我在您的剧本的形式方面也用过一些心思而已。”然后，他又概括说，这是从“美学观点”出发，对剧本的评论。马克思的评论是同一模式：首先谈剧本的韵律、情节等，并且明确说明谈的“纯粹是形式问题”。审美鉴赏当然离不开对形式的赏析，但是，它并不仅仅是冷静地研究形式在表现内容上的成败得失，它要复杂得多，它起码还包含品味、赏玩、领悟、想象、动情、愉悦等等因素。而后边说的这一切，在“纯批判的态度”和“严格的现实主义”以及葛兰西的“距离说”中，这正好是马克思主义文艺批判模式的特色。

为了发展我们的文学评论，我们当然要继承上述“纯批判的态度”和“严格的现实主义”基本精神，但也要用新的成果补充它，更加重视对文学自身的研究，这样，也许会使我们的文学评论焕然一新。

（原载《文学自由谈》1988 年第 4 期）

论文学艺术的再现与表现

日本著名美学家今道友信是这样描述东西方美学精神的不同的：在东方，“关于再现即写生的思想产生于近代”；“东西方关于艺术与美的概念，在历史上的确是同时向相反方向展开的”；“艺术这个概念的历史很清楚，东西方在互无交流和影响的情况下，在自律的发展中，东方从表现到再现，西方则从再现到表现，这是同时展开的一种逆现象”。①

对于东西方美学精神的发展进行这样的描述是过于粗略过于简单化了，而且也是不够准确的，因为它不能涵盖所有的艺术门类和概括艺术发展的全部过程。持这种观点的学者的一个重要依据是，西方文学艺术以叙事、以准确描绘外部世界为主，以再现为特征，东方文学艺术以抒情、以精神性为主流，以表现为基础。这种依据也是不确的，因为它淹没了东方、特别是中国以诸子散文和《史记》为代表的相当丰富的叙事文学传统，迎合了一种重视诗歌而轻视散文的偏见，我们描述艺术精神发展的历史轨迹，除了依据理论成就还应注意实践的具体表现，中国是诗之国同时也是叙述大国。而且叙事作品未必都是再现外部世界的，特别是在西方，特别是西方的现代。

在文学艺术中，“再现”是用以表述艺术品与外在世界的关系的术语，“表现”是用以表述艺术品与艺术家，或艺术品与人物内心世界的关系的术语。而理想的艺术，从来都不是单纯地描写外部世界的，因为，“艺术在本质上是心

① 今道友信《关于美》，黑龙江人民出版社 1983 年版，第 74—75 页。

灵性的”,① 情感是文学艺术必需和显著的成分：文学艺术无法不表现人的情感。同时，理想的艺术也从来不是只表现作者狭隘的主观意识，它总是同外部世界同现实生活有着千丝万缕的联系，就是作者的主观意识与情感，也是在同外部世界发生关系时生成的。因此，从总体上看，文学艺术既要反映生活又要表现思想情感，既要再现外部世界，又要表现人的心灵世界，二者既相互对立又相互寓存。下面我们主要从西方与中国文学艺术理论发展的情况，看看再现与表现的发展轨迹以及二者之间的关系。

一

在西方美学史上，自古以来就并存着再现说与表现说、摹仿说与灵感说。这种情况不仅体现在不同的理论流派和不同的理论家身上，而且往往体现在同一理论流派甚或同一个理论家身上。

古希腊哲学家苏格拉底教导画家和雕刻家，应该准确地观察感情支配人体动态的方式，以便表现出人的内在心灵活动,② 这可以说是一种艺术表现论，但他的学生柏拉图，却从唯心主义的“理式论”出发，提出了自己的摹仿说和灵感说，柏拉图摹仿说总的精神是：诗是理念的摹本；诗人是神的代言人，创作是神灵附体。在他模糊与混乱的论述里，我们看不出明确的再现说的理论；相反，倒突出了作家的主观精神与作用及艺术表现情感的观点，我们看到的是他对再现说的破坏。

柏拉图认为，最高的现实或事物真正的本质是“理式”，它是神创造出来的，是万物之本。感性的现实世界是对“理”的摹仿，艺术世界是对现实世界的摹仿，因此，艺术是“理式”的“影子的影子”、“摹本的摹本”，艺术家是“影象的制造者”，在“洞喻”说里，柏拉图明确表示，艺术只是艺术家的幻觉，不是现实的真实反映。到了文艺复兴、启蒙运动和浪漫主义时期，不少人

① 〔德〕黑格尔《美学》第1卷，第62页。

② 〔英〕贡布里希《艺术发展史》中译本，天津人民美术出版社1988年版，第50页；参见《西方美学家论美和美感》商务印书馆，第21页。

将柏拉图的“理式”解释为“理想”，从而发展为文艺要表现理想的理论。

柏拉图在谈到语文美、乐调美、节奏美时指出，这些都是艺术家好性情的表现，而这些好性情则是由于艺术家心灵真正尽善尽美。因此，是艺术家的心灵和品格决定着艺术品的美与不美，艺术是艺术家心灵和人格的表现，这与中国的气韵说很相似。

柏拉图是最早提出“灵感说”的人。“灵感”被他解释为一种神性的着魔，艺术家获得了灵感就失去理性进入一种迷狂状态，不陷入迷狂就没有能力创造，因此文学艺术活动是天才是灵感的表现，而且柏拉图认为，文学艺术是以强烈的情感感染读者，而不是以真理启示读者。透过柏拉图对创作活动源泉的解释来看，他的基本倾向是认为文艺是表现情感与精神的。他的灵感说对后世产生了深远影响，一直延续至我们在尼采的酒神精神、弗洛伊德的创作是白日梦、克罗齐的直觉即表现中都可以看到到柏拉图的明显影响。

亚里士多德是古代艺术和美学方面最大的理论家，是欧洲美学思想的奠基人。在《诗学》中，他提出了艺术摹仿现实的学说，并构成了他的理论核心，但艺术表现心灵、艺术表现理想仍是他学说的重要组成部分。

亚里士多德突破了古希腊对现实作简单摹仿的观点，他提出“诗人的职责不在于描述已发生的事，而在于描述可能发生的事，即按照可然律或必然律可能发生的事”。艺术家应对原物的范本有所改进，按照事物“应当有的样子”进行创造性摹仿；为了诗的效果，“一桩不可能发生而可能成为可信的事，比一桩可能发生而不能成为可信的事更为可取”。① 在这里，可然律、必然律、事物应当有的样子、可信性等的本身，都是看不见的，是无法摹仿的，因为它们存在于艺术家的心中。同时他还提出，艺术家应通过事物的特殊相，表现出事物的普遍相，艺术应高于现实比实际更美。这些观点都更加提高与加强了艺术家在艺术创造中的主体作用。正因为作品中融入了艺术家的思想感情、表现了理想，艺术才能高于现实。在《诗学》中，亚里士多德提出悲剧的效果是引起人们的怜悯与恐惧，并使这种情感得到陶冶。在《政治学》中，他提出音乐的目的是教育、净化、精神享受。“陶冶”与“净化”原文是一个词 Katharsis

① 亚里士多德《诗学》第28、94、101页。

(卡塔西斯)，国内外学者对这个词至今仍有不同的解释，但不管做何种解释，有一点是共同的，观看悲剧会引起强烈的感情反应，这种感情主要源于作者。

郎加纳斯在《论崇高》中明确提出，文艺不仅要摹仿现实，还要表现作家的思想感情。没有任何东西能像“真情流露”那样导致崇高，崇高是伟大心灵的回声。郎加纳斯十分强调天才、激情、想象，追求强烈的艺术效果。从郎加纳斯开始，西方的美学精神出现了明显的转向，浪漫主义的美学理想开始萌发。

罗斯屈拉塔斯在他的著作《狄阿那的阿波洛尼阿斯的生平》中明确指出，文艺在摹仿之外，还有想象，想象是“用心来创造形象”，“它比摹仿是更为巧妙的一位艺术家。摹仿仅能塑造它所看到过的东西，而想象还能塑造它所没有看到过的东西”。① 斐氏十分强调想象在艺术活动和美感过程中的作用，与郎加纳斯相比，他论述得更为生动具体。在斐氏的论述里，明确地指出了文艺有两种：一种是摹仿能看见的外在的现实；一种是塑造不能看见的心造的形象，他将前者称之为摹仿，将后者称之为想象，他并断言想象优于摹仿。

普洛提诺是古代最后一位美学理论家，他将柏拉图的“理式论”导向了更加神秘的方向。他认为艺术的美不在于物质，是“由于分享了来自神那里的理性”，而这理性就存在于艺术家能够构思的心灵中，存在于艺术家的想象中。换句话说，艺术品之所以美，在于它体现了艺术家的心灵和想象，他还提出，艺术不是集中反映人生，而是表现客观现实中所缺乏的美，这种美，属于神的世界，在现实生活中是找不到的。他的观点深刻地启示与影响了中世纪的美学思想及后来的浪漫主义和唯美主义。

中世纪是基督教统治的世纪，人们理论思维活动的方向朝向着神学，是一个神学的时代，所有的意识形态都被包容在基督教的世界观中，文学艺术更是如此。由于基督教高扬精神与灵魂，精神不只是认知的主体，同时也成了认知的对象。因此，文学艺术的对象就由外在的现实转向了人的精神与灵魂，中世纪的文学也就由对现实的再现转向了对心灵与精神即对上帝与神的表现。于是出现了大量的浪漫故事、抒情诗、动物故事、讽刺故事、神仙故事、寓言等。

---

① 《西方文论选》(上卷)，上海译文出版社1979年版，第133、134页。

圣·奥古斯丁是中世纪基督教神学的重要代表。他提出，美的根源在于神，艺术的主要任务是通过自然歌颂神的理性、神的秩序与神的美；艺术的对象不是现实世界而是上帝，不是尘世而是天堂，不是局部事物而是一般的理论理念和概念。

圣·托马斯·阿奎那在《神学大全》中提出，艺术摹仿的对象“乃是创造者的心灵中的观念”，艺术起源于人的心灵，而人的心灵是通向神的心灵的，所以归根到底，艺术表现的对象应是上帝是神。

由此可见，中世纪的理论家们，虽然字面上仍用“摹仿”，但实际上他们已把艺术摹仿现实，换成了艺术表现精神、表现神，精神、神是不可视的，无法摹仿，于是出现了寓意与象征。中世纪的创作理论就从摹仿说变成了象征主义的表现说，象征成了中世纪美学思想的主派。

文艺复兴时期主要是继承了“艺术摹仿自然”的传统观念，但未能摆脱中世纪表现说的影响，因此，它继承的是双重传统，是摹仿与表现的一种综合。

但丁用“寓意说”对《神曲》的主题、主角、目的进行解释，指出了《神曲》的数层含义：寓言或象征的意义，神学的意义，个人道德的意义。从中可以明显看出对中世纪文艺表现说的理论继承。达·芬奇在《笔记》中提出了他的“镜子说”，同时还指出，文艺不仅要反映现实而且要描绘内心的活动，由描绘人的行动扩大到人的内心生活、表现人的灵魂。马佐尼在《〈神曲〉的辩护》中得出了这样的结论，诗是依靠想象力，它是由虚构的和想象的东西组成的，想象是艺术家的一种心理能力，是艺术家创造形象的能力。在《为喜剧申辩》中，他将艺术区分为摹仿艺术和非摹仿艺术，而摹仿艺术又分为真实摹仿和幻觉摹仿，而幻觉摹仿是艺术家心中自己创造出事物来，这实际上是一种表现。表现艺术家自己的想象与创造。锡德尼在《为诗辩护》中指出，人类各种艺术皆以自然为对象，可以摹仿，而诗凭其创造的力量，自己生产并形成另一种境界，或者创造出比自然更好的东西，或者创造出自然没有的事物。

17 世纪的古典主义继承的是模仿的传统。它对古典的模仿是转借古人的形式或思想，巧用匠心加以影射，实际上是对古人技巧的模仿。由于它强调理性，感情与想象受到了窒息。

意大利学者维柯在《新科学》中探讨诗的起源与诗的本质特征时，对柏拉图的模仿“理式”及古典主义的理性主义进行了反拨，提出幻想、想象是诗和艺术的的真正本性，情感是诗的特征、是艺术想象。艺术创作和艺术作品的特征，是艺术想象的推动力。

18 世纪的中叶，在西方，由于诗与音乐的繁荣，诗与音乐统一的理论得到进一步发展，这时在文学潮流和美学精神的发展中，古典的摹仿与再现，已转向浪漫的情感的表现。

18 世纪的美学理论，主要是依据郎加纳斯的观点形成的。郎加纳斯特别强调艺术作品强烈的感情效果——情感的激荡与白热化。到了 18 世纪这激荡的白热化的情感被称之为“激情”，这种情感被理智所提升超越了琐碎的情绪，也超越了理性，进入一种宗教宏伟状态。

18 世纪的启蒙运动的理论家们都主张艺术摹仿自然，但由于他们要呼唤社会变革，所以更强调感情、想象与天才。就是他们所说的自然，含义也与以往不同，卢梭与狄德罗都主张描写粗犷的、未经雕琢的纯朴的自然，甚至是野蛮的原始状态的自然，因为只有这样的自然，才能激发强烈的感情、丰富的想象，① 他们关于“自然”与“感情”的观点，成了后来浪漫主义文艺运动的思想基础。启蒙运动到了德国形成了“狂飚突进”运动，同样体现了这一特点。18 世纪的德国古典美学是西方资产阶级美学的最高成就，它也十分重视感情、想象和天才，它对这些问题的论述，对西方 19 世纪浪漫主义文学运动起了巨大推动作用。

18 世纪后半期在英国出现的感伤主义文学，渲染、夸大、放任感情，多愁善感、故作多情，作品中充满了浪漫的痛楚及浪漫的忧郁，这在西方文学史上是一次大的心理变革，直接影响了 19 世纪浪漫主义文学的产生与发展。

18 世纪末期登上文坛的华兹华斯，在《〈抒情歌谣集〉序言》中提出，“诗是强烈情感的自然流露”，诗“起源于在平静中回忆起来的情感”，② 情感是创作的动因，诗人创作的目的是传递情感，在题材方面，华兹华斯将审美对

---

① 〔法〕狄德罗《论戏剧诗》，《狄德罗美学论文选》，人民文学出版社 1984 年版，第 206 页。

② 〔英〕华兹华斯《〈抒情歌谣集〉序言》，见《19 世纪英国诗人论诗》第 22 页，人民文学出版社 1984 年版。

象由外部世界转向人的内心，将人的灵魂、人的精神世界作为艺术描写的中心，在 1815 年的新序言中，更侧重于想象、创造性的论述，被视为浪漫主义诗论的核心。

雪莱的《诗辩》是浪漫主义的一篇重要文献，在《诗辩》中，雪莱提出诗是“想象的表现”，而想象是诗人的创造力，是一种高级的思维活动。雪莱接受了柏拉图“灵感说”的影响，但他认为诗人的这种灵感不是来自外界的神灵，而是诗人“内发的”。与柏拉图相比，少了些神性，但他对灵感的表述仍是十分神秘的，来无踪去无影。

到了 19 世纪，由于自然科学的辉煌成就与影响，使许多作家力求自己观察社会的观点同科学家研究自然的观点相吻合。巴尔扎克在《〈人间喜剧〉前言》中提出，他要“严格地摹写现实”，不高谈道德，不指摘是非，不让自己为厌恶和热情所左右，总之要抱一种不偏不倚的科学观察者的态度。但当巴尔扎克按照历史的趋向，描写贵族阶级的没落衰亡时，他却充分流露了对贵族上流社会的欣赏与留恋，表现了对贵族衰亡的巨大同情。当他同样按照历史趋向描绘资产阶级的发迹时，他揭露资产者的罪恶，暴露他们肮脏的灵魂，难以压抑对他们的厌恶。这些都是他思想情感的真实表现，也是他艺术力量的真正源泉。

继巴尔扎克之后，福楼拜更加强调科学精神，提出“客观而无动于衷”的创作原则。他说：“艺术家不该在他的作品里露面，就像上帝不该在自然里露面一样”。① 意思是作家在再现生活时，要把自己的感情、态度和观点完全隐匿起来，不对自己所描绘的人和事进行道德与美学的评价，不表现自己。这实际上是不可能的。在创作《包法利夫人》时，福楼拜努力克制自己，但从爱玛的悲剧命运里，我们仍然可以感受到作家对丑陋的现实，对摧残与扼杀人精神的社会现实的愤怒的抗议，对包法利夫人的同情。这是因为“……艺术不仅仅是描绘。而且真正的描绘，充满推动画笔的灵魂”。② 左拉作为自然主义理论

① 福楼拜 1875 年 12 月致乔治·桑的信，《西文文论选》下册，上海译文出版社 1979 年版，210 页。

② 乔治·桑 1875 年 12 月 18—19 日致福楼拜信，同上，第 209 页。

的创始者，强调自己的小说是科学的研究与道德无关，他只是对观察到的事实作中立的分析。左拉的自然主义理论是再现论的最极端的表现，但左拉最喜欢的一个句子却是“一件艺术品是具有某一性情的眼睛看到的自然的一部分”。①这就是说，他承认中立观察者也必须运用眼睛，而这眼睛是有性情的，这性情就可以容忍艺术家太多的个人意见，这也就实际上背离了他的自然主义信条。左拉的创作实践亦是如此，他的巨著《卢贡·马卡尔家族》，充满了他对法兰西第二帝国强烈的愤慨，对这个帝国的政治、经济等许多方面他都进行了暴露与抨击，鲜明地体现了他的民主主义思想和进步倾向。

与自然主义几乎是同时出现的唯美主义、象征主义就提出了完全相反的观点，唯美主义的代表作家王尔德说，艺术创作的想象活动犹如梦幻，同现实生活及其时代没有关系，不能传达事物的真相，不能再现生活，艺术的目的就是表现美。艺术大师列夫·托尔斯泰则在《艺术论》中明确提出，艺术是人与人相互交际的手段之一，人们用语言互相传达思想，而人们用艺术互相传达感情，艺术家创作的目的是为了把自己体验过的感情传达给别人，感情感染了别人，这就是艺术。“在自己心里唤起曾经一度体验过的感情，在唤起这种感情之后，用动作、线条、色彩、声音以及言辞所表达的形象来传达出这种感情，使别人也能体验到这同样的感情——这就是艺术活动”。② 在托尔斯泰的理论中，感情既是艺术创作的源泉又是艺术表现的对象，同时他还把感染性作为衡量艺术与非艺术及艺术品价值高低的重要标准。从他的创作实践看，列宁称他的作品是“俄国革命的镜子”，真实而深刻地再现了俄国 1861—1905 年的社会生活，同时他又是一位“热烈的抗议者，愤怒的揭发者和伟大的批评家”，他的抗议、揭发和批判，使他的作品产生了巨大的艺术力量。

20 世纪 20 年代，西方出现了绝对的表现论——表现主义，它是一种和摹仿说、再现说针锋相对的现代艺术思潮。它认为艺术是表现是创造，不是再现，更不是模仿：它要求突破对人的行为和环境的描写而揭示人的灵魂，强调主观感受、主观创造，主张在内心熔铸观察到的印象而不去复制自然。

① 〔英〕利连凡·弗斯挎·彼得斯克林《自然主义》，花山文艺出版社 1989 年版，第 37 页。
② 〔俄〕托尔斯泰《艺术论》，人民文学版社 1958 年版，第 41 页。

超现实主义者则进一步从根本上否定了现实世界图象和人的正常心理活动的真实性，将文学艺术的创造导向了梦幻和无意识。包括表现主义和超现实主义在内的整个现代主义都是将意识领域作为艺术表现的重要对象。当前现代主义文学运动已趋向衰落，以再现生活为主的现实主义又开始回归。

从上述情况看，在西方众多的理论派别和理论家中，有的确实主张文学艺术以再现社会生活为主，有的则主张以表现情感和心灵为主，有的则主张二者并重，而且从理论发展演变的轨迹来看，从柏拉图到亚里士多德，从亚里士多德到郎加纳斯，到普洛提诺；从古代到中世纪，从中世纪到文艺复兴，从文艺复兴到古典主义、到启蒙运动、浪漫主义，从浪漫主义到现实主义到自然主义，从现实主义、自然主义到现代主义，从现代主义到现实主义回归，再现与表现似乎是在交替地成为主要的理论类型，这种交替推动着文学艺术的理论不断向前发展，因而，只以再现说或只以从再现到表现来概括和描述西方文学艺术的发展轨迹，似乎是不准确的。

二

在中国，诚然“诗言志”① 的观念确实形成很早，现代著名学者朱自清称它为中国文学的“开山的纲领”,② 对后世影响极为深远。汉代学者说：“诗者，志之所之也，在心为志，发言为诗”。③ 唐代学者称“情志一也”。④ 强调诗应该表现作者的思想情感，着重诗的抒情作用，这确实是中国文学艺术的一大特色。

但是在看到这一特色的同时，不应忘记，与“诗言志”具有同样久远历史、并同样对后世产生极为深远影响的还有“陈诗以观民风”的文学观念。⑤ 这两种观念相辅相成，在中国文学艺术思想史上绵延不绝，共同形成一种生动

① 《今文尚书·尧典》，又《左传·襄公二十七年》。
② 《诗志辩·序》。
③ 《诗大序》。
④ （唐）孔颖达《尚书正义》。
⑤ 《礼记王制》：“岁二月，（天子）东巡守，至于岱宗，会诸侯，命大师陈诗以观民风”。

的局面。所谓“陈诗”，古人注释为：采当地的诗歌民谣而观之，“观民风”，就是考察社会状况、民情风俗和政治盛衰。《左传·襄公二十九年》记载吴公子札在鲁国观周乐的情形，记述这位最早见于记载的文艺评论家，对《诗经》各个部分的评论，通过各个地方的诗所呈现的不同风貌，他看出各个地方不同的社会状况，古人认为，“审乐以知政”、“声音之道与政通矣”，① 实际上就是说文学艺术的内容是社会状况，尤其是政治盛衰的一种反映，这就是说，已经认识到文艺反映社会生活的功能。

上述两种文学观念，都出现于孔孟之前。到了孔子时，他提出了“诗可以兴，可以观，可以群，可以怨”的重要见解。所谓兴，朱熹《四书集注》解释为“感发志意”。所谓观，郑玄注释为“观风俗之盛衰”，朱熹注释为“考见得失”，可以看出，孔子的重要见解，是对上述两种文学观念的综合，既是表现的，又是再现的。孔子自称“述而不作”，他的兴观群怨便是如此。

关于文学评论的方法，孟子提出著名的“知人论世”说，他认为，要想对一首诗做出确切的理解与评论，最正确的途径是要首先了解作者的生平思想，以及他所处时代的具体状况。他的这种认识的思想基础，就是已经意识到文学除了是对作者的思想感情的表现以外，也是对客观社会状况的一种再现，并且意识到此二者是统一在一起的。

此后，《礼记·乐记》提出物感说，这是对中国古代音乐理论和文学理论的一大贡献。《乐记》的《乐本》篇指出：“凡音之起，由人心生也。人心之动，物使之然也。感于物而动，故形于声。”这里，不仅把音乐视为人的内在情感的一种抒发，而且强调了外在事物对人的内在情感的触发机制。汉代学者所撰《诗大序》，概括了先秦儒家关于诗乐理论的重要见解，并加以系统化，形成较为完整的理论体系。它表述的文艺见解，和《礼记·乐记》是相同的，就是认为诗乐通过对作者内心情感的抒发，而再现着不同时代的面貌，不同的社会、政治状况，从而形成不同的艺术风格。今天，我们很难简单地把这些重要的理论归结为表现说或再现说，而毋宁说它们是二者的统一。

有鉴于曹丕说过诗赋不必寓教训之类的话，鲁迅称“曹丕的一个时代可说

---

① 《礼记·乐记》。

是文学的自觉时代”。①魏晋南北朝，是中国古代文学艺术理论发展的黄金时代。在这样一个时代，物感说也得到充分的发挥。陆机《文赋》的序言说：“每自属文，尤见其情，恒患意不称物，文不逮意。”在这里，将文学创作说是“意”与“物”、“文”，与“意”互相追踪并统一的艰苦过程。认为意称物（作家在作品中准备表现的思想感情，必须与外界事物符合）、文逮意（作品的形式必须表达出所要表达的内容）才是文学的极致。刘勰在《文心雕龙》的“物色”篇，专门探讨外在自然景物的四时变化，对作家心情和他的文学创作的决定性影响：“情以物迁，辞以情发”是它的结穴字句。在“时序”篇，刘勰又着重讨论时代与文学的关系，“文变染乎世情，兴废系乎时序”，认为文学随着时代的变化而变化，时代的风貌决定着文学的风格。这些重要见解，都是既重视文学表现作家情志的一面，又强调文学反映时代与社会，时代与社会制约着作家情志的更根本的一面。

南齐著名画家谢赫的《画品》，被美学史家称为中国历史上第一部最有系统的绘画理论著作，而它的最大贡献，在于第一次提出了绘画六法的要诀。在这六法之中，如果说“气韵生动”，是要求绘画表现所绘对象的气韵和画家本人个性特征的话，那么“应物象形”、“随类赋彩”，“传模移写”，就是明确要求绘画必须再现所绘对象的形象，“骨法用笔”一法，也包含有要求画家用有骨力之笔触，准确再现对象形貌的意思。南朝姚最的《续画品》明确提出“心师造化”的要求，认为画家的创作必须以对自然界变化的观察和体味为根本，这成为后代许多画家的共同主张。形神兼备，再现与表现的统一，是中国文学艺术追求的理想。单就绘画而言，从形似到神似到形神兼备，就经历了一个漫长的发展过程。中国古代绘画的一个基本要求就是画形，从春秋战国到汉代，中国绘画艺术是一个写实、追求形的时代，《尔雅》云：“画，形也”。画形就是模仿、再现。这从出土的秦兵马俑可以看出，它生动地再现了生活在西北黄土高原的彪形大汉。到了魏晋南北朝，由于文人画派的兴起，产生了对形似的冲击，理论家们将神似的作品尊为上品。从魏晋时代到唐朝末年的六百余年间，画坛上一直进行着形似与神似的争论。在绘画实践中，形似较易，神似则

---

① 《魏晋风度及药及酒之关系》。

难，理论家们倡导“神似”的一个重要目的是为了克服在大量艺术实践中，“空陈形似”的倾向、吴道子说：“众皆谨以象似，我则脱落其凡俗”，他的话表明：在当时的工匠画中和凡俗画中，追求的是形似，是逼真。在这期间，神似派与形似派进行了多个回合的反复较量，虽然神似派在理论上占了上风。但形似派仍继续存在，特别是在艺术实践中。到了明代，主张神形兼备的理论就占了主导地位，近代的大画家齐白石主张绘画要在“似与不似”之间，从中国大量的绘画艺术实践看，有的以写神见长，有的以画形见长，有的则形神兼具。大量的宫廷画与工匠画都要求忠实地再现绘画对象，对形似要求十分严格，就是主张“以形写神”的画，也需要寻找神的外在表现，同样需要再现技巧，绘画不可能离开形似而单纯追求气韵，因此日本学者今道友信说：“意味着模仿的再现，在东方决不能成为艺术的观念，画家因此也不会去画客观的世界”，① 这样的判断是否太武断了？

唐代是中国诗歌创作高度繁荣时期，这时的诗歌理论中：既有侧重于表现论的兴象说和韵味说，强调诗主要是表现诗人的情趣，使诗歌具有“韵外之致”、“味外之旨”。② 同时更有要求诗歌反映社会生活、提倡兴寄的主张，而且这种主张在当时是占据主流地位的。中唐的白居易不仅是大诗人，而且是杰出的文学理论家，他继承先秦儒家和《乐记》、《诗大序》以至他的诗界前行者陈子昂、杜甫的创作思想，以复古为号召，实际上是在进行诗界革新，白居易诗歌理论的核心观念是强调诗歌应该反映国事民生、干预政治，“文章合（应当）为时而著，诗歌合为事而作”，③ 为此，作品内容必须信实，即，“其事核而实”，使“采之者传信”，④ 白居易创作的《秦中吟》、《新乐府》等讽谕诗的内容，大都有事实作依据，正是这一再现论创作的表现。

根据闻一多先生的看法，中国文学史的前大半部，“实质上只是诗史。但是诗的发展到北宋实际上也就完了。……中国文学史的路线南宋起便转向了，

---

① 今道友信《东方的美学》，三联书店出版社 1991 年版，第 136 页。

② 司空图《与李生论诗书》。

③ 《与元九书》。

④ 《新乐府序》。

从此以后是小说戏剧的时代”。① 下面就简单说说中国古代的小说理论。

自公元1世纪的《汉书·艺文志》贬斥小说为小道，一直到18世纪清代官修的《四库全书总目提要》，将近两千年中间，在中国占据正统地位的小说观，始终固守这种看法，认为小说是街谈巷议、道听途说者之所编造，不是什么正经的著作，唐代大文学家、史学家说：“恶道听途说之违理，街谈巷议之损实”，② 这句话很清楚地说明了正统文人贬斥小说的主要根据：违理与损实。在这两条罪状中，如果说前者是政治标准（即有违于儒家的正理），而后者则可以说是一种艺术标准，则认为小说没有真实地反映社会的历史和现实。从这种贬斥中，不是可以发现他们所主张的正是一种可以称之为再现论的思想吗?

对于这种正统观念，历代都有持异议者，尤其是到了明代中叶以后，尊崇小说的文人代不乏人，这里只说两个人，一个是明末清初的金圣叹，众所周知，他推崇《水浒传》和《西厢记》，将它们和《史记》、杜甫诗并列，通称为才子书。他为什么推崇《水浒传》? 他自己说过：“天下之文章，无有出《水浒》右者”，“《水浒》胜似《史记》……《水浒传》不说鬼神怪异之事，是他气力过人处”，“别一部书，看过一遍即休，独有《水浒传》只是看不厌，无非为他把一百八个性格都写出来”。《水浒传》何以能取得如此高的成就? 金圣叹说，原因就在于“天下之格物（研究客观事物）君子，无有出施耐庵先生右者。……施耐庵以一心所运，而一百八人住自入妙者，无他，十年格物”而已。③ 十分明显，金圣叹对《水浒传》的推崇，是基于他主张小说必须再现实生活的创作思想。清初张竹坡在《批评第一奇书金瓶梅读法》中说：“《金瓶梅》是一部《史记》。……作《金瓶梅》者必曾于患难穷愁、人情世故，一一经历过，入世最深，方能为众角色摹神也。”张氏继武金氏，推崇小说和小说作者，也是基于一种现实主义的创作观念。

以上所列材料证明：认为中国传统的美学思想主要是表现论（或称抒情论，即只着重抒写作者的情性）。在东方，在中国，文学艺术的发展是“从表

---

① 《闻一多全集》（一）《文学的历史动向》。
② 《史迹·采撰》。
③ 所引金圣叹语，见《第五才子书施耐庵水浒传序三》和《读第五才子书法》。

现到再现”，“意味着模仿的再现，在东方决不能成为艺术的观念”等理论观点是缺乏根据的、是片面的。在两千多年当中，历代都有倡导再现论的艺术理论家和以再现论为指导的艺术家，他们力主艺术要再现社会和人生。

最后还要指出，在现代欧洲出现的那种认为艺术家的主观和直觉是唯一的真实，否定客观世界真实性的表现主义和超现实主义思潮，对中国人来讲是相当陌生的，从中国美学史上似乎找不到类似的踪影。

三

在艺术品的众多形式与类型中，有些艺术类型（主要是小说、绘画），在通常情况下，人们可以说它们是以再现现实与外部世界为主要特征的艺术；而另外一些类型（主要是诗歌和音乐）人们可以说它们是以表现作者情感为主要特征的艺术。但人们不能将它们绝对化，这是因为艺术创作是一种精神活动，而“精神从一开始就很倒霉，注定要受到物质纠缠”。“如果说存在和意识的关系问题是哲学最根本的问题”，“我对我环境的关系是我的意识”的话，那么，外在客观现实和作家主观思想感情的关系问题，就不能不是艺术哲学的首要问题，“情以物迁，辞以情发”，就不能不是一种简单的事实，如果把两个方面绝对地割裂开来，硬说我表现的只是我自己，它与外物无关；或者硬说我再现的只是外物，它与我无关，这是违背科学的。一位英国伯爵在30年代就说过：“如果不是月亮、太阳和星星照耀着天空，我们决不会被灿烂的朝霞、宁静的落日或者闪烁着光辉的神秘的夜所激动。”① 这说明，一方面必须承认在人类的美感经验中存在着一定的客观因素；另一方面，也必须承认这种经验产生自某个个体，只有从这两方面的关系之中，才能探得形成这种特殊经验的真谛。

---

① 〔英〕李斯托威尔《近代美学史评述》中译本，第145页。

略谈形象思维

《毛主席给陈毅同志谈诗的一封信》公开发表，使人们耳目为之一新。正如恩格斯在《路德维希·费尔巴哈和德国古典哲学的终结》一书中，回忆45年前费尔巴哈《基督教的本质》一书出版后的哲学界情况时所说："魔法被解除了！'体系'被炸开了！这部书的解放作用，只有亲身体验过的人才能想象得到"。毛主席谈形象思维的这封信，使我们从十多年的困惑状态中清醒过来。它的"解放作用"，凡是吃过"四人帮"文化专制之苦的人，是都可以体验到的。我们深信，这封信廓清了文艺创作理论上的一个根本问题，必将对我们的文艺创作事业起巨大的促进作用。

文艺创作过程，是一个生动的认识生活并通过塑造典型艺术形象来反映生活的过程。在这个过程中，文艺工作者有自己一套独特的思维方法。文艺工作者的思维方法不同于自然科学工作者和一般社会科学工作者的思维方法。自然科学和社会科学工作者的思维方法是逻辑思维，或叫抽象思维，而文艺工作者则要进行形象思维。但是，十多年来，"四人帮"却把形象思维说成是一个"反动理论"，"是现代修正主义文艺思潮的一个认识论基础"。与此同时，他们在文艺创作上提出一个"主题先行论"，即在创作之前，先提出一个"主题"实即他们的反革命政治意图，然后让人们去对这个主题用文艺形式加以图解。正如大家早已批判过的，这是地地道道的唯心主义、形而上学货色。这种"主题先行论"，完全否定了文艺工作者要用形象来进行思维，他们的目的，是要炮制出一批思想上极端反动、艺术上空洞概念的毒草，作为他们篡党夺权的舆论工具。

在文艺创作过程中，到底有没有形象思维？十多年来，由于"四人帮"的反革命文化专制，人们讳莫如深。毛主席的这封信，三次谈到“要用形象思维”，肯定了形象思维是文艺创作的一个基本规律，粉碎了“四人帮”的谬论，彻底解决了这个问题。

马克思在《政治经济学批判·序言》中指出，法律、政治、宗教、艺术、哲学等都是“人们借以意识到这个冲突（按指社会基本矛盾）并力求把它克服”的形式不同的社会意识。但是，为了认识并解决社会基本矛盾，人类为什么需要创造这么多不同形式的社会意识呢？人类为什么在法律、政治、哲学这些社会科学以外，还需要艺术呢？这原因就在于，这些不同形式的社会意识分别满足着人类生活和斗争的不同需要。文学艺术与政治、法律、哲学等社会意识形态，在反映事物的本质，揭示事物的规律上，其方式是不同的，因此，文学艺术工作者的思维方法，也与政治、法律、哲学工作者的思维方法有别。一个是用具体的感性形象来思维，一个是用抽象的概念来思维。

毛主席在《在延安文艺座谈会上的讲话》中指出，作为文艺创作源泉的是社会生活。“革命的文艺，应当根据实际生活创造出各种各样的人物来，帮助群众推动历史的前进。”毛主席把塑造典型环境中的典型性格看作文艺反映生活并反作用于生活的主要手段。这种典型环境中的典型性格，要比生活中的形象“更高，更强烈，更有集中性，更典型，更理想，因此就更带普遍性”。从美学的角度上说，也就是从生活美达到艺术美，比普通的实际生活更美。只有这种典型化了的艺术形象，才能使群众“惊醒起来”，“感奋起来”，成为“团结人民，教育人民，打击敌人，消灭敌人”的有力武器。

从毛主席的教导中，我们知道文艺创作就是文艺工作者从感知社会生活中的美到创造出艺术美的过程。这种艺术创作过程，有哪些特点呢？

头一个特点，是文艺工作者在认识社会生活时，不仅要认识事物的本质方面，而且要注意认识事物的现象方面，或者说，要特别注意观察、分析和研究事物的内在本质是怎样透过生动的、变化万端的现象表现出来的。要对事物的形象进行观察、分析和研究，从而把那些能够体现出事物本质特征的诸现象选择出来，集中起来。在艺术创作上，这就是创作过程的第一步，即把生活中的大量原始素材加以排比、汰选，从而先形成一个题材的轮廓。

毛主席教导我们说：“我们看事情必须要看它的实质，而把它的现象只看作入门的向导，一进了门就要抓住它的实质，这才是可靠的科学的分析方法。”① 透过现象看本质，现象只起一种“向导”的作用。一般的自然科学和社会科学工作者，对事物的认识必须遵循这一规律，透过现象看出本质。他们使用的方法是抽象化的方法，即把许多同类现象的共同本质即共同特征抽取出来，先形成能标志这些共同本质的概念，然后再用这些概念去思维。但是，文艺工作者却不是这样。文艺工作者要对纷纭复杂的社会生活现象进行观察，透过现象看清事物的本质，不能采取抽象思维的方法，而要用形象思维的方法。这种形象思维方法，即文艺工作者在认识社会现象时，并不把这些生活现象一一概括成抽象概念，而是在一定的世界观、社会情感和审美观点的制约指导下，直接在能够体现出社会生活本质的诸形象中去概括、集中、加工、补充，乃至加以创造性的想象，然后，把它们再用感性的、具体的、生动的形象表现出来。在艺术创作上，这就是进一步提炼题材，并通过典型化方法来完成艺术作品的创作。当然，艺术创作过程是很难分为前后几个不同步骤的，有些作者从开掘素材，提炼题材，到典型化地完成作品，往往是一次解决的。但是，我们从中可以看到，在整个创作过程中，一时一刻也不能离开对事物形象的思维。换句话说，文艺工作者在认识社会生活时，不仅要认识现象背后的本质，而且要认识现象怎样反映本质，本质怎样通过现象的无限生动、无奇不有、变化万端，显示自己。文艺工作者在认识社会生活时，不仅要认识偶然性背后的必然性，而且要认识必然性怎样通过无数的偶然性为自己开辟前进的道路。这就是形象思维艺术思维的特点。

艺术创作应当运用形象思维，这是毛主席很早以来的一贯思想。毛主席在《讲话》中，强调文艺工作者在深入实际生活斗争的过程中，必须对“一切生动的生活形式和斗争形式”进行观察研究；必须把“日常的现象集中起来”，造成典型形象。这些教导，都是注意到文艺创作过程中的思维特点才提出来的。我们要特别注意毛主席说的把“日常的现象集中起来”这句话。这是在告诉我们，文艺工作者在集中、概括、典型化的过程中，只能集中那些代表了某种事物本质的生活现象，而不是抽象概念，只有这样，才能塑造出典型的艺术

① 《星星之火，可以燎原》。

形象。这种艺术形象，既是极其生动、具体、个别的，又是极其充分、鲜明、尖锐地反映了社会生活的本质的。从表面上看，它可能是非常偶然的，而仔细思考，它又是有必然性基础的。它既是客观事物的一种反映，又包含着一定阶级对这个事物的评价。这样的艺术形象，它不是对某些生活现象的毫无目的、毫无意义的描绘，也不是以概念的形式对社会生活本质的抽象，而是本质与现象的统一，一般和特殊的统一，必然和偶然的统一，思维和形象的统一。虽然它是概括、集中的结果，但它表现出来却是社会生活的感性、具体的形象，这样的艺术形象的塑造，完全有赖于文艺工作者的形象思维。

毛主席说，文艺作品中反映出来的生活应该比普通实际生活“更高，更强烈，更有集中性，更典型，更理想，因此就更带普遍性”。最后这个“更”字，即“更带普遍性”，乃是更能反映事物的本质，更加典型化的意思，这种艺术形象就是典型的艺术形象。这样的艺术形象也只能是形象思维的结果。缺少了前一项形象，它不会是个别的；缺少了后一项思维，它不会是“更带普遍性”的。既然是思维，它就不会是不受一定世界观指导、制约的下意识活动，而是在实践基础上，以一定世界观为指导的一种从感性到理性的认识活动。所以形象思维与逻辑思维是有密切关系的。形象思维必须接受逻辑思维即作者的世界观、政治立场等等的制约和指导，艺术创作必须运用形象思维，这一条规律已由许多成功的文艺作品和作家的创作经验所证明。伟大的无产阶级作家高尔基在晚年曾深有体会地说：“我是一个文学工作者。这个职业逼着我注意琐细的事情，这个义务已经变成习惯了，有时候是一种讨厌的习惯。”（见回忆录《列宁》）这话十分深刻地道出了文学工作者观察、认识社会生活时的特点：“注意琐细的事情”。而这也就是注意观察、研究“一切生动的生活形式和斗争形式”的意思。高尔基在这本回忆录里，首先描绘了他在 1925 年在俄国社会民主党第三次代表大会上初次见到列宁时的情况；当有人介绍我们认识的时候，他紧紧地握着我的手，用锐利的眼睛审视着我，带着老相识的语调玩笑似地说：“你来了，这好极啦！你不是喜欢打架吗？这里将要大大地打一场架。”我所预料的列宁并不是这样。我觉得他缺少着什么东西。用喉音卷着“嗯”，把两手交叉地插在腋下，他很洒脱地站着。总之，这整个人是太朴素了，在他身上感觉不到有丝毫“领袖”的风度。接着高尔基又描绘了他在同一时间里见到普列汉诺夫时的情景：当我被“引见”普列汉诺夫的时候，他双手交叉在胸前挺立着，严厉地、有点厌烦地看着我，好像一个对于自己的职务感到厌倦的教师看着一个新学生一样。他向我说了一句极普通的应酬话：“我是你的天才的一个崇拜者。”除此以外，他不曾说过什么令我忘掉不了的东西。在代表大会整个期间，不管是他也好，不管是我也好，都没有想作“知心”的谈话的愿望。但是，那个秃头的、用喉音卷着“嗯”的、结实的、强壮的人，一只手摸着那苏格拉底式的前额，另一只握着我的手，亲切地闪亮着他的一双灵活得惊人的眼睛，立刻就谈到了《母亲》这本书的缺点。从节录的这几段文字中可以看到，高尔基用惊人的速写，十分具体、生动地描绘了无产阶级伟大领袖列宁和普列汉诺夫这两个人完全不同的音容笑貌。尽管作者没有附加一句评语，但从字里行间却透出了这两个人的完全不同的政治与思想本质。这是艺术家运用形象思维的一个卓越范例。

形象思维不仅需要逻辑思维的指导，而且还需要注入作者的强烈的社会情感，就是说，在创作过程中，文艺工作者对社会生活的思维，总是伴随着强烈的感情，往往出现欲罢不能、寝食不安的激动，这也是不同于一般科学工作者的。“研究是要用理智，要冷静的，而创作须情感，至少总得发点热。”这是鲁迅先生在 1927 年 7 月说的话。① 所谓“研究”，鲁迅先生在这篇文章中说，是指“研究文章的历史或理论”；所谓“创作”，是指“做诗，或戏曲小说”，又叫“做文章”。在这之前，鲁迅先生还多次说过类似的话。鲁迅先生说的这句话是经验谈，它通过文艺创作与科学研究的对比，极其深刻地指出情感在文艺创作过程中的作用。

鲁迅先生在晚年，更为明确地指出感情在文艺创作中的重要意义。他说：“现在很有懂得理论，而感情难变的作家。然而感情不变，则懂得理论的度数，就不免和感情已变或略变者有些不同，而看法也就因此两样。”② 我们可以看到，鲁迅先生的看法同毛主席关于知识分子必须改变思想、感情的那一系列著名教导，是完全一致的。在《讲话》中，毛主席特别强调文艺工作者“灵魂深处”的

① 见《而已集·读书杂谈》。
② 《论“第三种人”》。

思想感情改造。文艺工作者在改造自己的过程中，不仅要改变自己的非无产阶级世界观，而且必须深入工农兵的生活，和工农大众在生活上打成一片，从而在获得工农大众的革命思想同时，还要获得工农大众的阶级情感以及工农大众的语言。只有这样，才能创作出有血有肉的，真正为工农大众所熟悉所欢迎的作品。毛主席在含有六个“更”字的那段著名的话里，有一个“更强烈”。在讲文艺的作用时，毛主席要求革命文艺要能使群众“惊醒起来”、“感奋起来”。这些地方，都是深刻地注意到“创作须情感”的特点才提出来的。而毛主席的《送瘟神》诗前的“小序”，则从实践上把这一特点反映出来。1958 年 6 月 30 日的《人民日报》上，报道了江西省余江县消灭了危害劳动人民千百年的血吸虫的消息。毛主席读报以后，“浮想联翩，夜不能寐”。一幅“千村薜荔人遗矢，万户萧疏鬼唱歌”的旧社会的苦难图，一幅“春风杨柳万千条，六亿神州尽舜尧”的社会主义事业成就图，在诗人心目中联翩而至，海浪般的对劳动人民的深厚感情，在诗人心中起伏，以至“夜不能寐”，一直持续到“微风拂煦，旭日临窗”，诗人于是“遥望南天，欣然命笔”，一气呵成，写成了伟大诗篇七律二首《送瘟神》。这两首七律前的散文诗一般的小序，把“创作须情感”的创作特点，十分清楚而典型地表现出来了。

我们强调创作要有逻辑思维的制约和指导，强调艺术作品中的情感，这都是形象思维本身必不可少的因素，只有把它们完美地结合起来，才能够创造出使群众“惊醒起来”、“感奋起来”的成功的艺术作品。如果不是这样，就只能写出淡而无味的东西，群众肯定是不欢迎的。

这几年，我们有些作品不生动，也不感人，群众读后说“概念化”、“空洞”、“不够味”、“不带劲”，造成这种现象的一个根本原因，就在于作者没有很好地运用形象思维去进行创作。

总之，形象思维是艺术创作的一个根本规律，这个规律被“四人帮”一伙粗暴地加以歪曲、否定，多年以来给我国的文艺事业带来严重的恶果。《毛主席给陈毅同志谈诗的一封信》的发表，重新肯定了这一条重要的艺术创作规律，砸碎了“四人帮”强加于文艺工作者的一条理论枷锁。这是文艺战线上两条路线斗争的一件大事，也是文艺工作者欢欣庆幸的大事。固然，形象思维问题是一个相当复杂的理论问题，我们还应当深入一步地加以探讨，加以阐明。

但坚冰已经打破，春风已经吹来，社会主义文艺园地中的百花，将由此而更加蓬勃地开放了。

我对文艺理论问题了解不多，水平有限，文中谬误之处，请同志们指正。

（原载《天津师院学报》1978 年第 1 期）

试论所谓“内宇宙”

刘再复同志在《文学评论》上连续两期发表《论文学的主体性》的长文，文章认为，当前，我们在文艺创作中尤其应该强调“人的精神主体性”，“要使我们的文学观念摆脱机械反映论的束缚，踏上更广阔、更自由的健康发展的道路”。文章指摘了“机械反映论”的种种不足，和“我国文学在相当长的一个时期，普遍地发出主体性失落的现象”。文章对这些问题的论述，有的地方极其深刻，有些话说得发人深省，可以说，文章对所谈理论问题，有很大的推进。但是，也不能不指出，文章中的某些基本观点，恐怕是值得认真探讨的。

再复同志的长文谈的是文艺问题，但同时又用了相当多的篇幅谈论哲学问题。如果说，去年早些时候，再复同志在《文汇报》上的谈同一问题的文章，可能限于篇幅，没有能把自己的意思说得十分详尽，那么，现在这篇长文，应该说是比较周详地谈出了自己的全部观点。这时才发现分歧要从哲学上谈起，也就是看从什么是主体性，以至什么是“推动人类历史前进的动因”（再复同志文章中用语）等古老问题上谈起，这是出乎意料之外的。但是，既然把问题提出来了，借此机会也谈一谈这些话题，也许不是没有意义的。

不管哲学界的朋友们对恩格斯如下一段话怎么看，但这段话所提出的问题，恐怕是谁都无法回避的。刘再复同志《论文学的主体性》的文章，实际上也是围绕这个轴心在转动的。恩格斯说，从远古的时候起，人们就不得不思考灵魂对外部世界的关系问题。“全部哲学，特别是近代哲学的重大的基本问题，是思维和存在的关系问题”。① 再复同志的文章强调文学主体性，首先就涉及到这个从远古时候起，人们就一直不得不思考的基本问题：人的主体对外部世界的关系问题。再复同志说：“人作为行动着的人，实践着的人，则表现出能动性，即按照自己的意志、能力、创造性在行动，支配着外部世界。我们强调主体性，就是强调人的能动性，强调人的意志。能力、创造性，强调人的力量，强调主体结构历史运动中的地位和价值”。再复同志提出“文学中的主体性原则”，正是建立在这个重大的基本问题之上的。

再复同志把“人的主体性”又称作“内宇宙”，认为这是“一个独立的、无比丰富的神秘世界，它是另一个自然，另一个宇宙”，并且认为：“历史就是两个宇宙互相结合、互相协作、互相补充的交叉运动过程”。那么，再复同志所说的这个“内宇宙”，它是怎么形成的呢？它在参与创造历史的活动中，是凭着什么魔力才那样神通广大的呢？孙悟空出世以后，还要有一个拜师学艺的阶段，那么，一般的人是如何变得如此能动并具有创造性呢，为了真正弄清再复同志的观点，还是引用原话为是，虽然这会使本文显得拖沓。

再复同志在文章的第二节中说：“环境与人的关系，实际上并不是一种单向的因果关系，而是对立统一的辩证运动。一方面人的性格、人的情感是环境的产物，但是典型性格也不只是简单地被典型环境这种单一原因所决定的（引者按：这句话有语病，但意思还明白）。从主体的角度来考虑问题，也可以说，时代是人创造的，环境是依靠人调节的。人对环境具有巨大的制约和支配的力量。以往我们对于人的本质，更多地看到它被客观世界本身的规律所制约、所决定的一面，当然，否认这种制约性是错误的。但是，我们往往忽视人的本质的巨大创造性，也就是说，人的本质在很大的程度上是‘自主’的，不是‘他主’的。环境既作用于我，我也影响客观世界，因此，人的性格也是人的自我创造过程，每个人都有性格自身的历史”。再复同志认为：“人与动物最根本的区别是在于人能自由创造，自由选择，自由调节，在于人的创造能力”。“人是一种自由自觉的实体，是一种最富有能动性的自我调节系统。人完全能够主动地、能动地改变和创造环境，使环境适应人自身的生存和发展的需要，而不是

① 见《路德维希·费尔巴哈和德国古典哲学的终结》第二章。

消极、被动地接受环境的影响，变成自然性的奴隶，因果链条上的一环。人从最初感受世界开始，其感觉不仅依赖刺激物的性质，也依赖感觉的结构和机能的性质，依赖感受体的内部状态”。

从以上的引文中可以看出，再复同志认为，人的主体性（或人的本质），一方面是环境（即外部世界）的产物，但是，另一方面，它“在很大的程度上是‘自主’的，不是‘他主’的”，它是“人的自我创造过程”的产物，是一个“按照自己的方式去行动的”，“按照自己的方式去思考，去认识的”，“独立的、无比丰富的神秘世界，它是另一个自然，另一个宇宙。我们可称之为内自然，内宇宙，或者称为第二自然，第二宇宙”。它与外宇宙“互相结合、互相作用、互相补充”，构成合力，共同“推动着历史的前进”。这就是说，再复同志认为，人的主体性除了一部分是环境造成的以外，还有相当大的一部分（再复同志说，“在很大的程度上”），是“自主”的，是“自我创造”的，是“独立的”，是一个与外部世界没有关系的自我创造出来的无比丰富的神秘世界。如果以上的归纳是符合再复同志原意的（但愿如此），那么，这里不能不遗憾地指出，这种观点是二元论的，是不能接受的。

对于再复同志的这个观点，这里先不进行评论，以后还要说到它。这里仅仅先就平行四边形的问题，看看再复同志在对恩格斯的思想进行引申时，是怎样不同于恩格斯的原意的，到那时，自然也就弄清楚再复同志上述观点的偏颇之处了。

再复同志在讲“内宇宙”也是“推动人类历史前进的动因”时，讲到恩格斯关于历史是无数个力的平行四边形的合力推动向前的话。恩格斯的话，出自他1890年9月21—22日致柏林大学学生约·布洛赫的信中。恩格斯在信中，首先重申了唯物史观的基本观点：“历史过程中的决定性因素归根到底是现实生活的生产和再生产”。然后，针对对这个基本观点做庸俗理解的年青人，又进行开导说：“如果有人在这里加以歪曲，说经济因素是唯一决定性的因素，那么他就是把这个命题变成毫无内容的、抽象的、荒诞无稽的空话”。恩格斯全面地郑重地论证了这个观点，指出：“经济状况是基础”，“经济的前提和条件归根到底是决定性的”；但是，“上层建筑的各种因素”，“政治等等的前提条件，甚至那些存在于人们头脑中的传统，也起着一定的作用”，后者“对历史斗争的进程发生影响”。历史的进程，“表现出这一因素之间的交互作用”。那么，这是不是说这些因素是没有区别的呢？不是的，恩格斯紧接着就强调：在这两类前提和条件中，前者是“决定性的”，后者“不是决定性的作用”，前者是“基础”，后者“在许多情况下主要是决定着这一斗争的形式的”。再复同志在引用恩格斯的这个意思的时候是这么说的：“具有主体意识的内宇宙和被人所认识和实践着的外宇宙构成合力，推动着历史的前进。恩格斯曾说，历史是无数个力的平行四边形的合力推动向前的”。这显然不是恩格斯的原意。

再复同志的观点与恩格斯的思想不一致，更主要的还在于下述地方。再复同志说：“限于以往的科学水平，人们往往把它（引者按：指那个“无数个力的平行四边形的合力”）理解为外宇宙的合力。而随着人类实践能力和认识能力的深化，则能意识到现在必须在这个外在的平行四边形（客体）之上叠加一个内宇宙（主体）的平行四边形。只有认识到内宇宙的平行四边形的力量，才能更全面地描述人类的历史运动和推动人类历史前进的动因”。这里涉及的仍然是一个最古老的问题——“推动人类历史前进的动因”！确实，“随着人类实践能力和认识能力的深化”，这个古老问题也应该有新的回答。再复同志不讳言他在这个大问题上与恩格斯的见解不完全一致，尽管在这个地方，他的话不那么明快，但意思是清楚的，即认为今天必须对恩格斯的见解进行补充——在恩格斯认为是“推动人类历史前进的动因”之外，再“叠加一个内宇宙”，再复同志显然是在强调他的主体性。

那么，恩格斯在讲他对“推动人类历史前进的动因”问题时，是否忽略了人的主体性呢？在以下的分析、介绍中可以看出，恩格斯并没有忽视这个主体性，不过，他是从唯物史观的一元论来阐释客体与主体之关系的，而再复同志却是从主体与客体相脱离的二元论来说明这一点的，这里的分歧，洞若观火。

恩格斯在同一封信中讲过上述似乎只讲外在平行四边形而不讲内在平行四边形的那些话以后，接着就单刀直入，提出了人的主体在创造历史过程中的作用问题，他说：“我们自己创造我们的历史”！这意思很明确，那是说：经济的前提和条件是历史进程的决定性因素，然而，历史又是由人类自己来创造的，人的主体在创造历史的过程中，发生着作用。但是，人怎样才能发挥自己的创造作用呢？人的主体创造性与客观存在的前提和条件（其中首要的是经济因素），二者在创造历史的过程中，发生怎样的关系呢？人的主体是怎样形成的，它所具有的创造性又从何而来？恩格斯可能充分估计到会有人在这里提出挑战，因此他在以下的文字中，毫不含糊地回答了这些问题。他说：不错，历史是人类自己创造的，但是，第一，“我们是在十分确定的前提和条件下进行创造的”。在这些前提和条件当中，经济“是决定性的”。第二，人类创造自己的历史，“最终的结果总是从许多单个的意志的相互冲突中产生出来的，而其中每一个意志，又是由于许多特殊的生活条件，才成为它所成为的那样。这样就有无数互相交错的力量，有无数个力的平行四边形，而由此就产生出一个总的结果，即历史事变，这个结果又可以看作一个作为整体的，不自觉地和不自主地起着作用的力量的产物。因为任何一个人的愿望都会受到任何另一个人的妨碍，而最后出现的结果就是谁都没有希望过的事物。所以以往的历史总是像一种自然过程一样地进行，而且实质上也是服从于同一运动规律的”。历史是人类自己创造的，人具有主体性，他是自觉的、自主的，然而，创造的结果却出乎人的意料之外，这结果表明它是一个“不自觉地和不自主地起着作用的力量的产物”。人类历史也像“自然过程”一样，实质上服从于同一运动规律。恩格斯明白地说“每一个意志，又是由于许多特殊的生活条件，才成为它所成为的那样”。看来，人要发挥主体性，变成脱离生活条件的纯碎的自主体或自由的意志，实际上并不那样容易，这就如同孙猴子再神通广大，也跳不出如来佛的手掌心一样，自己干着急是没有用的。“在社会历史领域内进行活动的，全是有意识的、经过思虑或凭激情行动的、追求某种目的的人，任何事情的发生都不是没有自觉的意图，没有预期的目的的。但是，不管这个差别对历史研究，尤其是对个别时代和个别事变的历史研究如何重要，它丝毫不能改变这样一个事实历史进程是受内在的一般规律支配的”。① 这“一般规律”，就是马克思主义所揭示的关于人类历史运动规律的真理。

再复同志强调“人作为主体而存在，是按照自己的方式去行动的”，“是按照自己的方式去思考，去认识的”，给人一种印象，似乎这种主体性是不受任何制约（恩格斯认为它是每个人的“特殊的生活条件”造成的），来无踪去无

① 《路德维希·费尔巴哈和德国古典哲学的终结》第四章。

影的一个神，它不被任何东西所创造，反而要创造一切，甚至是人类历史前进的动因之一。再复同志在这个地方是否把话说得过了头，把主体性给无限吹胀，以至使它变成一个绝对了呢？要知道，动力之后还有动力，在主体的“导向”、“形式”、“矢量”和“历史”的背后，还有一个动力存在，那动力正存在于主体所存在于其中的“前提和条件”之中。

现代西方有一位很有影响的哲学家名叫波普，他认为，同物理世界和精神世界并存着一个“客观精神世界”，即“世界3”，它是人造的，但又是“自主的”，他把本来是具有相对独立性的意识，无限夸大为具有绝对独立性的东西。西方中世纪的神学家，把神说成是“一个存在于某个地方，而又不与空间上的任何一点相合的实体，一个没有体积，又占有体积，而且完整地存在于这个体积的每一部分里，本质上与物质不同，而又与物质联合为一体，跟在物质后面推动物质，而自身又不动，影响物质，而又受物质的一切变迁影响的实体”。法国18世纪的唯物主义哲学家已经“很难接受”这个“实体”了。① 对于再复同志的“主体性”，今天恐怕有不少人也是“很难接受”的。狄德罗说：“我们就是赋有感受性和记忆的乐器。我们的感官就是键盘，我们周围的自然弹它，它自己也常常弹自己……”但是，“在一个发疯的时刻，有感觉的钢琴曾以为自己是世界上存在的唯一的钢琴，宇宙的全部和谐都发生在它身上”。② 贝克莱就是这样一架发疯的钢琴。狄德罗的比喻曾被列宁引用，并表示赞赏。现在，我们想提醒一句，在强调人的主体性的时候，请千万不要忘记那架“发疯的钢琴”。

---

① 《西方哲学原著选读》下卷，商务印书馆，第137页。

② 《路德维希·费尔巴哈和德国古典哲学的终结》第四章。

方法问题漫议

20 世纪以来，西方对文学研究方法的探讨，表现出极大热情，这个领域中出现了令人眼花缭乱的局面。近年来，随着对外开放，这种热情和局面，也开始在我国出现。仅 1985 年前半年，全国性的关于文学研究方法的研讨会，就召开过不止一两个。这方面的论文集和著作，成了书籍市场上的热门货。对于这种现象，据我的不全面的了解，在中年以上的文学工作者中间，大概有三种不同的评价和态度。一种是热情欢迎，认为这是由年青人领头干起来的一件大好事，是吹起的一股春风，令人振奋，认为它必将对我国的文学事业带来积极影响。持这种态度的人，大概不占多数。另一种人的态度是惶惑。面对大量涌到眼前的探讨新方法，或使用新方法研究文学的文章，有的连读也读不懂，①从而产生一种落伍感和自卑心理。这种人，大约是多数。第三种态度是反对，认为它们是野狐禅。公开持这种态度的同志，据说也不是多数。

我的态度比较简单，首先是欢迎和支持，其次是推敲并研究，既不无根据地瞎捧场，也不固执地在看也没有看十分清楚的情况下，就断定它是邪门歪道。为什么采取这种态度? 这是由于认识到方法对于一个研究者来说，是不能不讲究的一个重要方面。这方面的历史教训，是促使我重新思考问题的原因之一。

人们都知道，方法之与事业，犹刃之与刀，不得其法，事倍功半，甚或误入歧途。尤其是从事文学研究，由于它是无比复杂的一种社会精神现象，关于

① 有一位朋友对我说：“我连句子也读不断，看来到了这把年纪，还得练一练句读基本功……”。

它的一些带根本性的理论问题，迄今已经困惑人类几千年了。今日要想在研究上取得突破性成绩，研究者低下头去，先把手中的武器审视一番，再设法琢磨一番，确乎是十分必要的。君不见“文革”期间，某一代文学巨匠误用庸俗社会学的研究方法，去研究李白与杜甫，从杜甫所住茅屋“屋顶的茅草有三重”、“有一尺多厚”、“比瓦房还要讲究”，以及成都草堂拥有土地“一顷余”等家庭经济条件，给诗人划定了地主的个人成分，并进而推论出他的全部诗作，都不过是为地主阶级服务的结论，其武断与不通情理，不是早已引起国内外杜诗研究者们的摇头和腹非了吗？看来，即使是巨匠，在那个使不少人头脑发胀的可悲年代，也未能免俗。今天，引起我们深思的，不仅是巨匠的一时不慎而失误，而主要是导致他失误的原因——巨匠误用了错误的研究方法。

庸俗社会学，也是一种从外国传来的文学研究方法，它简单化地理解并运用社会意识形态阶级制约性原理，把马克思主义关于人类群体（如阶级社会中的某一阶级或社会集团）意识反映该群体在社会生产中所处地位的原理，搬过来硬套在某特殊个人意识的头上，将某特殊个人的思想、情感，通通视为纯粹群体意识的典型代表，否定形成个体意识的复杂条件及个体意识的复杂性，忘记了马克思本人关于“不应该认为，所有民主派代表人物都是小店主或小店主的崇拜人。按照他们所受的教育和个人的地位来说，他们可能和小店主相隔天壤”的教导”。①“文革”当中，人们在评论文学作品时，只是一味强调作者本人的阶级出身和经济地位，和作者某些支离破碎的关于政治问题的议论，认为这二者就完全决定了他作品内容的全部性质和价值，而不承认前后两者之间实际存在的矛盾现象，就是这种流行病的恶性发展形态。这种坏东西，在“文革”期间被吹捧、美化为马列主义，倒了人们的胃口。今日青年人误认为它就是马克思主义，这其中不免有李代桃僵、代人受过的冤枉。历史启示了文学研究者，今日不少人重视对方法问题的研究和更新，正是历史的必然。从这个角度考虑，我认为应该积极支持这种工作的展开。

当然，我也并不认为这种工作是十全十美的，在下述三方面，似乎应该引起人们的注意。

---

① 见《路易·波拿巴的雾月十八日》。

一是不要误认为长期流行的庸俗社会学就是马克思主义。李代桃僵、代人受过，这从伦理学上说，也许可以说是人的一种顾全大局、能容忍的美德。然而，对于理论上的原则问题，却不可以采用这种逆来顺受的态度。必须说清楚，不仅庸俗社会学不是马克思主义，而且就是那些对马克思主义的不纯熟的运用，也并不就是马克思主义。马克思主义被它们歪曲了，甚至完全走了原样。而真正的马克思主义科学研究方法，对我们多数人来说，恐怕还不能说是已经理解得相当深透了。我们不能依据“文革”中某些人编写的，被冠以马克思主义美名的什么“文学原理”之类的货色（其实，那多半是不折不扣的庸俗社会学，甚或是“四人帮”的黑货），或依据50年代从某些国家评介过来的，也是被冠以马克思主义美名的什么美学教科书（其实，那里边也有不少“左”的东西），来确认马克思主义的“不是”与“缺陷”。相反地，倒是应该原原本本地从马克思、恩格斯、列宁著作本身，去弄清什么才是马克思主义的科学方法。比如说吧，今日有的朋友说，马克思主义对文学鉴赏问题理解得肤浅、片面，它没有把鉴赏者的艺术再创造心理活动，以及现实环境对这一活动的影响估计进去，因而提出要重建这方面的理论。这种看法，恐怕就是一种误解。其实，马克思本人不仅早在1844年就提出“我的对象只能是我的一种本质力量的确证”,① 而且在后来还明确讲过，路易十四时代的法国人“正是依据他们自己艺术的需要来理解希腊人”，并从而提出了“被曲解了的形式正好是普遍形式”的著名论断。② 这怎么能说马克思主义没有关于这方面问题的理论观点呢？最近，一位读者在《读书》月刊“读书献疑”专栏著文指出，所谓“接受美学”的真正开山鼻祖应该是萨特，而不像有人认为的那样，是罗曼·英伽顿和汉斯·罗伯特·尧斯。③ 这里我要说，其实，“接受美学”的主要观点，早在马克思的著作中就已经提了出来，只是过去我们了解得不够罢了。那种认为马克思主义美学思想贫乏与陈旧的看法，是不符合实际的。今后在积极引进新方法，开拓思路和眼界的同时，还必须继续钻研马克思主义。如果摒弃

---

① 《巴黎手稿》。

② 见1861年7月22日致裴·拉萨尔。

③ 见该刊1985年第8期。

人类这项最伟大的精神财富于不顾，欲达“突破”目的，恐怕是会适得其反的。

二是不要抽象地谈问题。

西方大致存在两种文学方法论原则，一种原则认为文学与外部因素（诸如社会现实、自然环境、社会心理等）息息相关，因而在对文学本身进行研究时，时刻不忘记这种联系，并试图用外部因素来解释文学的奥秘。另一种原则认为文学是一个自给自足的封闭领域，认为文学与外部诸因素无关，从而仅仅从文学本身寻求对文学的解释，而不顾及到文学与外部的联系。由这里我们可以看出，文学研究方法论与文学本质论的一致，研究方法受制约于或反映出研究者的文学观念。

其实，这也是一个普遍现象。已故学者罗根泽先生于新中国成立后，回顾自己的研究道路时说，五四时代，认为“文学是感情产物”，在这种文学观念指导下，研究工作出现某种偏差，新中国成立以后，接受了“阶级意识”理论，从而又使研究工作向另一方向变化。① 今天从老一辈学者走过来的道路，也可以看出文学观念是怎样深深影响着研究方法和方向。就是庸俗社会学的研究方法，也何尝不是建立在对文学本质的庸俗理解之上的呢？胡乔木同志说得好，由于庸俗社会学仅仅把文学视为“某种政治观点的图解物”，从而才导致“孤立地把政治标准作为衡量文艺作品的第一标准”的批评方法的出现。② 这都说明文学研究方法与文学观念的一致。今日我们在积极引进国外新方法的时候，在这个问题上必须保持清醒头脑。

马克思认为，“观念的东西不外是移入人的头脑并在人的头脑中改造过的物质的东西而已”。③ 马克思主义研究精神现象，从来不脱离它与物质世界的关系这一基本环节，“规律即关系”，④ 不谈“关系”，只是就文学谈文学，如同上述后一种方法那样，就必然会把人世的现实具体问题，变成天国中的抽象问题，结果会越谈越玄，这样，不仅不能揭示文学的壸奥，还会失去读者群。

---

① 见《中国文学批评史》新版序言。

② 见《当前思想战线的若干问题》。

③ 《资本论》）第一卷第二版跋。

④ 列宁《哲学笔记》。

其实，不要“抽象地谈问题”，这也是列宁早就专门就文艺学方法论问题提出的一个著名命题。1908—1910 年，借着托尔斯泰 80 寿辰和逝世的机会，俄国国内各种报刊，一时都接连发表了数不清的大小文章。这些文章把这位伟大作家说成是什么“生活的导师”、“公众的良心”、“平民化的老爷”、“俄国灵魂的表达者”、“伟大的寻神者”、“强大的和始终如一的人”、“真理和美的宣传者”、“天国在我们心里的宣传者”，“宣传和平与爱的伟大导师”、“先知”、“全人类的思想原则——良心的原则的最纯粹最完美的化身”、“真正的人道主义者”，把托尔斯泰的作品内容说成是什么“痛苦的良心的表现”、“文明人类的呼声”、“世界一致的反响”、“真和善的观念”等等，不一而足、五花八门。列宁当时针对所有这些文章，指出它们在方法论上有一个共同特点，就是“故意用装腔作势的言论和冠冕堂皇的空谈”，来掩盖和回避尖锐的、刻不容缓的现实问题，一句话，就是“抽象地谈问题”。列宁认为，研究文学的正确方法，应该是“明确地、历史地、具体地提出问题，必须把作家和他的作品，放到他所生活的时代中去，具体地研究时代怎样造就了作家、作家如何创作了作品，以及作家和他的作品，又怎样反映和影响了时代”。离开这个大前提，只是一味“抽象地谈问题”，仅仅把作家和作品称为什么“永恒的”哲学、道德原则的“化身”和“反映”，是无助于弄清问题的实质的。我认为，列宁在这里提出的这个方法论原则是正确的、重要的，今日我们积极地用新方法来丰富、发展马克思主义的基本方法时，不能从已经取得的高度上退下来，而应该是在已有高度上继续攀登，否则，恐怕会达不到“突破”和开拓的目的。

三是一个小问题，就是不要过多地生造新名词，不要随便地把本来还有生命力的比较简明的名词术语放弃不用，而另造一批由三个、四个，甚至五个、六个汉字构成的新名词。就是借用自然科学中的名词术语，最好也要消化一下，不要硬搬过来。当然，一律排斥新名词是不对的，既然不少新东西是刚从国外或自然科学领域中移植过来的，产生一批新名词，是理所当然的。但是，这又是一项必须慎重从事的工作。我国著名科学家钱三强同志在人民日报上著文指出，对外来的自然科学新名词，要“在周密考虑科学概念和汉语的构词特点的基础上”，确定新名词术语，而不能简单地翻译。① 这个原则，文学工作者更应该坚持。

以上三点意见，虽然是经过考虑的，但未必得当。说到底，方法是个工具或武器问题，研究者不能不讲究，但更重要的是使用它取得突破性的研究成果，只有这样，新方法也才能确定下来，并被多数人所接受。

① 《人民日报》1985年6月20日。

“形象大于思想”漫议

在中外文学史上，确实存在着这样一种现象，即：某些伟大作家用抽象议论的方式所表达的政治见解和用同样方式表述的创作意图，往往和他的作品的客观社会效果、客观思想意义，不完全一致。许多文艺评论家早就发现并试图解释这种现象。

19世纪俄国革命民主主义批评家杜勃罗留波夫在《黑暗王国》一文里指出H·A·奥斯特洛夫斯基的“一般的理论信念”，和他的作品实际，并不“完全的和谐”。被列宁誉为“无产阶级艺术的权威”的高尔基，他在《俄国文学史》的序言中指出，“在每个俄国作家的作品里，你都可以发现那些超出他的倾向范围而且本质上与之相矛盾的过剩题材和多余思想。”还说，甚至在西欧作家那里，也可以发现这些矛盾。无产阶级的伟大导师恩格斯指出，法国伟大作家巴尔扎克在作品中违反了“自己的阶级同情和政治偏见”，违背了自己的见解。列宁在评论列·托尔斯泰的文章中指出，这位伟大艺术家对于正在他周围轰轰烈烈进行着的俄国革命，是“显然不了解的、显然避开的”，但是，他的作品，“却反映出革命的某些本质的方面”，成为反映俄国革命的一面镜子。

从中国文学史上看，也确实存在着类似的现象。在唐人传奇中，元稹的《莺莺传》是一篇流传广、影响大的作品。从它的流传和演变中可以发现，不仅我们今人从这篇作品中所看到的思想意义，和作者本人在这篇作品的结尾处所表示的主观意图之间存在矛盾，而且那些把它演为杂剧传奇的金人、元人对它的理解，也跟作者本人对他所反映事件的评价不一致。再比如，杜甫的名句

“朱门酒肉臭，路有冻死骨”，今天具有马克思主义思想的读者，从这幅图画上所看出的意义，远远超过了它的作者对此生活图景的主观理解。再次，我们不妨假想一下，如果真有灵丹妙药使曹雪芹重返人间，当他睁开已经闭了二百多年的睡眼，看到他的《石头记》被今人做了如此这般的解释，恐怕他是会目瞪口呆的。

今人从他所描绘的生活图景中所看出的意义，远远超过了他自己对此的理解，有些地方，恐怕他还是会表示不同意的。文艺理论对于中外文学史上确实存在着的这种现象，做了理论的概括，提出了一个醒目的命题“形象大于思想”。在这个命题中，形象是指文学作品中所描绘的生活图景、所反映的生活事实；思想，指创作者的主观思想和创作意图，创作者本人对他所反映生活图景的主观认识。形象大于思想。这意思是说，文学作品中的生活形象在客观上的思想意义，有时会大于作者的主观认识，当代和后世的读者从作品的形象本身所看出的意义，有时是创作者本人始料所不及的。这个命题，概括了世界文学史上确实存在着的一种矛盾现象。

可是，前几年在“四人帮”的极“左”思潮影响下，这个命题也被否定了。那时，人们在评论作品时，只是一味强调作者的阶级出身和主观的“理论信念”，强调这两个方面“决定”了作品的全部价值，而不承认二者之间有时会出现矛盾的现象。于是，许多具有人民性的、在客观上具有一定价值的作品，一律被否定了。

也许有的同志会说，虽然杜勃罗留波夫敏感地发现形象大于思想现象的存在，但是他对这种现象的解释，恐怕不能说是完全正确的。另外，我国50年代有些同志不适当地利用这个命题，忽视或否认作家世界观对他的创作的重要作用。因此，这个命题应该被否定。

事情确实是这样的，但是，恐怕这些不能成为否定这个命题的充足理由。这里的关键，是对它进行正确的解释。

马克思主义哲学认为，任何事物都是现象与本质的统一，现象是可以直接为人感知的，本质是隐蔽的，是内在的。列宁说：“人的思想由现象到本质，由所谓初级的本质到二级的本质，这样不断地加深下去，以至于无穷。”这就是产生“形象大于思想”现象的认识论上的原因。古人基于一定的正确思想，对当时的社会现象有了一定的认识，认识到那现象背后的某些本质或“初级的本质”。在此基础上，塑造出了比较真实的艺术形象。后代的人，由于时代的进步，思想的提高，透过这种真实的艺术形象，看出了更多、更深的意义，对它所反映的社会现象的“二级的本质”，也有所认识，于是产生了“形象大于思想”的现象，这又有什么神秘的呢？更何况艺术表现作者的“理论信念”，不是像在政论作品中那样直说，而是通过生动的形象来流露。只要这种形象是来源于生活实际，是对实际生活的基本正确的描绘，而不是对这种抽象的“理论信念”的生硬图解，那么，这种形象的客观思想意义大于作者的“理论信念”，甚至违背这种“理论信念”，那都是很容易产生的现象。总之，凡是由于作者具有一定的正确思想，或世界观当中具有一定的正确的成分，因而在作品中比较真实地描绘了社会生活的种种现象，艺术上又比较成功，这样的作品，一般都会产生“形象大于思想”的客观效果。

今天，重温这一命题是有意义的。当我们试图运用马克思主义的武器来分析古代优秀作品的时候，一定要说清哪些是原作者所认识到了的，哪些是形象本身的客观意义，不然的话，会起到美化古人、抬高古人的不良作用。比如，有的同志在分析《诗经》中的《伐檀》、《硕鼠》这两首古代优秀民歌时，尽量“挖掘”它们的思想意义，拚命“提高”它们的政治价值，结果给人以周代的奴隶具有了现代的、已经觉悟了的无产阶级战士的觉悟水平的感觉。这个例子说明，在评论古代作品的时候，充分注意到“形象大于思想”的现象，是多么重要。

（原载《文学评论》1972 年第二期）

漫话“创作须情感”

1976年清明节，天安门广场成了诗的海洋。当时真是“诵者声泪俱下，抄者废寝忘食”。捧读《天安门诗抄》，不禁想起“愤怒出诗人”这句古诗。是的，没有烈火一般的情感，也就没有诗。其实，岂止是诗需要感情，任何艺术作品都必须饱含着感情。

“愤怒出诗人”，过去译为“义愤出诗人”，是愤怒促使我写诗的意思。它原是古罗马一位贫困的诗人尤维纳利斯的第一首讽刺诗中的一句，自从伟大导师恩格斯在《反杜林论》中引用了它以后，就成为一句名言了。当然，恩格斯对它的内容并不是没有保留的。恩格斯认为，对可耻现象仅仅发泄高尚义愤，那是不够的，必须进一步对它进行说明，证明它的出现和灭亡都是必然的。对于诗来说，当然离不开感情，但诗不应该仅仅停留在这个地步，而且要表现深刻的思想。

说艺术离不开情感，这是对的；但是，如果像俄国大作家列·托尔斯泰在他的《艺术论》里那样，认为艺术只表现人的感情，那就是片面的了。普列汉诺夫批评他说，这话是不对的。“不，艺术既表现人们的感情，也表现人们的思想，但是并非抽象的表现，而是用生动的形象来表现。艺术最主要的特点就在于此。”（普列汉诺夫《论艺术》，中译本，三联书店1973年版，第四页）普列汉诺夫的这本艺术理论著作，是毛泽东同志生前亲手圈定的高级干部必读的30本书中的一本，上引那段话，本来也是马克思主义文艺理论对这个问题的最全面的看法。学习、掌握这个观点，无疑地对我们的文艺创作会带来积极结果。但是，林彪、“四人帮”从极“左”一面来批判人性论、唯情论，以及所谓家务事儿女情倾向时，毫无道理地把它也给否定了。那时谁也不许说艺术除了表现一定的思想，还要表现一定的情感，更不能强调一下创作者必须具有饱满的感情。否则，就会给你戴上一大堆帽子。在这种情况下，那几年的确出现了一些“无情的”作品。

1975年7月7日，姚雪垠同志在给茅盾同志的信中，发出了这样的感叹：“为什么我们读有的作品除能得到思想教育以外，同时也得到较多的美学享受，而读另外的作品，尽管它反映的内容很不错，却得不到美学享受？为什么《红楼梦》在艺术上那么感染人？具有魅力？”这话问得好！那些内容尽管不错而缺乏强烈、深厚感情的作品，它怎么能够引起读者的美的感情？《红楼梦》之所以令人百读不厌，具有巨大的魅力，这跟曹雪芹在整个写作过程中，双眼满含“辛酸泪”，能够说是没有关系的吗？

本来，“创作须情感”这是鲁迅先生从自身经验中总结出的一条规律。1927年，鲁迅在一次讲演中说：“研究是要用理智，要冷静的，而创作须情感，至少总得发点热”。① 鲁迅说这话的时候，已经从事过中国小说史、文学史的研究工作，并且已经成为中国现代文学史上头一位伟大的小说作家。可以说，这话是他从自己的实践中总结出的真理。毛泽东同志在关于文艺问题的讲话中，一再强调作者的感情在创作中的重要作用。他曾经手书“诗言志”三个大字（按古人说，情、志一也）。他在《送瘟神》诗前写的那个小序，生动、真实地记录了他的创作经过，表明情感在这个过程中的突出地位和重要作用。这一切，都说明“创作须情感”是一条艺术创作的客观规律。

最近，有的同志在谈艺术的特征时说，艺术的本质特征和作用，不在模仿，也不在或主要不在狭义的认识。艺术主要是教人去行动、去改造世界，它主要是使人激励起来，它给人一种情感的力量。艺术的这种本质和特征，便决定了它的思维方式——形象思维。（见广东《学术研究》1978年第一期李泽厚同志的文章）他在这里提出一个引人深思的问题。人们多年来都是一般地认为艺术也和其他形式的社会意识（哲学、政治）一样，都不过是一种认识，而不去探讨艺术的特征。实际上，艺术与哲学、政治，不仅在反映内容、反映方式上各有特点，而且在各自所负使命（人类为什么除了这个还要别个？），对社会生活发生反作用的

---

① 《而已集·读书杂谈》。

具体作用点，都是各有特点的。周总理 1961 年 6 月 19 日在《在文艺工作座谈会和故事片创作会议上的谈话》中要我们研究文艺创作的客观规律，只有大胆地去探讨这些问题，才可以发现艺术创作的固有秘密。

创作方法是文艺界的特殊问题

创作方法是文艺界的特殊问题。创作方法这个术语，容易引起初学文艺的青年的思想混乱。他们往往把它和写作方法、创作技巧、描写手法等一些不相同的概念混同起来。关键还不在术语，而在对这个术语所概括的那个与文艺创作有关的问题的理解。我觉得，文艺界对这个问题的理解需要澄清。

早在1928年，鲁迅先生就曾批评、讽刺当时中国文艺界在创作方法问题上的胡乱议论。他在题目为“扁”的那篇杂文①中说：“中国文艺界上可怕的现象，是在尽先输入名词，而并不绍介这名词的函义。于是各各以意为之。看见作品上多讲自己，便称之为表现主义；多讲别人，是写实主义；见女郎小腿肚作诗，是浪漫主义；见女郎小腿肚不准作诗，是古典主义；天上掉下一颗头，头上站着一头牛，爱呀，海中央的青霹雳呀……是未来主义……。还要由此生出议论来。这个主义好，那个主义坏……。”我觉得，多年来，有些人关于创作方法的议论，和鲁迅先生所嘲讽的现象有些类似。

当“四人帮”在文坛上肆虐的时候，他们关于创作方法的胡乱议论，就是把所谓“三突出”说成是无产阶级文艺的创作方法、创作原则。把它吹到囊括政治和艺术，并且凌驾于政治之上的再也不能上升的高度。然后，他们又把它变成一根大棒，在文坛上横扫起来。

本文想提出两个问题：一，把创作方法问题跟政治问题混淆起来，然后把它变成一条大棒去打人，这种现象和做法仅仅发生在“四人帮”横行时期吗?

① 见《三闲集》。

二，这一套做法在文艺界留下的后遗症，今天消除了吗?

先说第二个问题。实际情况表明，在这个问题上多年留下的后遗症，远没有消除。不少文艺工作者一听到又在讲创作原则便心有余悸，退避三舍。大家为什么要回避这个问题呢？难道不就是因为多年来留给大家这样一个总的、深的印象：这是一个在缸（“纲”）沿上的政治问题，稍有不慎，就会出大问题吗?

再说第一个问题，把创作方法跟政治问题混淆起来，把创作方法变成囊括一切创作思想，凌驾于政治之上的做法，不自“四人帮”始。远的，可以说，在20世纪二三十年代，极“左”的“拉普”在年青的苏联文坛上称王称霸的时候，这种做法已经开始了。近的，在我国50年代中后期，也就这么做了。当时，文艺界的一批抱着繁荣文艺的无可非议的探索者，就创作方法问题说了几句话。还没有等人把话说完、说透，一阵暴风骤雨袭来，给说话的人戴上帽子、封住嘴。此后，创作方法问题就变成一个让人谈虎色变的、大得令人不敢正眼看一下的政治问题，谁也不敢去碰了。

在创作方法问题上，这种混淆艺术与政治界限的做法，符合马克思主义原则，符合文艺创作的实际经验吗？我觉得，完全不符合。

1942年，在延安文艺座谈会上发表讲话的时候，毛主席就说过，“艺术方法是文艺界的特殊问题”，它不同于当时“中国政治的第一个根本问题”——抗日，也不同于民主这另一个大问题，而仅仅是文艺界内部的、一个容许有不同主张的特殊问题。列宁本人对在20世纪初曾一度风行于俄国的未来主义，是抱反对态度的。但是，列宁认为这是艺术领域里容许存异的特殊问题，并没有把个人的意见当成无产阶级的意志，强加于艺术家们。苏联早期诗人马雅可夫斯基在艺术方法上原来曾是未来主义者，就是后来，在他的诗中也带有未来主义的痕迹。1922年3月6日，列宁在一次大会上，即兴式地说到马雅可夫斯基的讽刺诗《开会迷》，列宁热烈称赞这是一首好诗，然后说：“我不知道在艺术方面怎样，至于政治方面，那我保证，这是完全正确的。”请看伟大导师是何等谦虚、谨慎，从他的话里，可以看出他显然是把艺术与政治分开来看待的。

这种把艺术（艺术方法是它的一个方面）与政治区别开来的观点，在《党的组织与党的文学》、《关于正确处理人民内部矛盾的问题》等著作中，都是一清二楚地记载着的。然而，在实际上，多年来总有那么一些人把艺术方法说成是政治问题，自己则以无产阶级的全权代表自命，挥舞大棒，乱打一气。实际上，这种做法是与马克思主义格格不入的。

我们再从实际的创作经验来看看艺术方法的性质。在西方，早在两千多年以前，亚里士多德在《诗学》里总结古代创作经验的时候，已经提到创作方法问题；在中国，这个问题的提出，不比西方晚。但是，作为创作方法的现实主义、浪漫主义这两个词，是德国诗人歌德和席勒在 18 世纪首创的。这两位伟大诗人在创造这两个新词来讨论艺术创作经验的时候，注意力集中在人与自然，亦即主体与客观的关系上，这是跟亚里士多德完全一致的。最早把现实主义、浪漫主义的概念介绍到中国来的，大概是王国维。20 世纪初，深受德国哲学和美学熏陶的王国维，在《人间词话》里提出艺术创作中实存在“理想与现实二派”，诗人有“客观之诗人”与“主观之诗人”之分，初步谈到创作方法，使当时的人们耳目一新。

思维和存在的关系问题，是全部哲学的基本问题；作为艺术哲学的美学，它的最基本的问题，不能不同样是思维和存在，即艺术和现实的关系问题。创作方法，它所要回答的，正是在实际创作过程中（即依据现实塑造艺术形象的过程中），这一对基本矛盾的关系问题。从古代（包括西方和中国）到近代，从近代到 20 世纪 30 年代，斯大林领导文艺家们探索新的创作方法的时候，人们在探讨创作方法问题时，注意力都是集中在艺术与现实这一对基本矛盾的关系上。因此，可以说这个关系即是创作方法问题的核心。

那种把创作方法说成是政治问题，实际上，是抹煞、淹没了创作方法的核心，抹煞、淹没那个对艺术来说生命攸关的基本问题。这就等于切断了艺术的生命线，把艺术从它赖以生长的土壤里连根拔起。艺术枯萎了，那是意料中事。

总之，无论从马克思主义经典作家的观点看，还是从古今艺术家的创作经验看，创作方法都不是一个政治问题，而是文艺创作领域中，仅仅与艺术家在塑造形象时如何处理现实与艺术的关系有关的一个艺术问题，当然，由于艺术与现实的关系问题，同哲学的基本问题是密切相连的一个问题，所以，创作方法总是与作家的世界观有重要的联系。忽视这一点，把创作方法解释成为写作技巧，那是错误的。但是，无论如何，创作方法不是一个政治问题。艺术问题，世界观问题，政治问题，反党反社会主义问题，这是些有严格界限的问题。如果承认创作方法不是一个政治问题，而仅仅是一个文艺界的特殊问题，那就应该让艺术家们通过创作实践去解决它，而不应该利用行政力量，强制推行一种方法，禁止另一种方法。

（原载《天津日报》1980 年 9 月 10 日）

这“距离”不是那“距离”

——谈马克思的文艺批评方法

马克思、恩格斯致拉萨尔评历史悲剧《济金根》两封信的开始部分，一般不为人十分注意，而实际上却正是对文艺批评方法、态度的郑重申明。马克思说：“如果完全撇开对这个剧本的纯批判的态度，在我读第一遍的时候，它强烈地感动了我。”但是，为了对剧本有一个公正的评价，却必须“撇开”这种感情激动的心境，而使自己冷静下来。恩格斯表示了完全相同的意思：剧本“使我在情绪上这样地激动”，“为了有一个完全公正、完全批判的态度，所以我把《济金根》往后放了一放”，他们都强调“情绪激动”的时候，是不能从事评论的，因为它不利于对作品做出完全公正的评价。他们把这种完全撇开审美感情、而以一种冷静科学的态度分析、研究作品的心态，称之为“纯批判的态度”。

“批判”，他们在这里使用这个德国古典哲学概念，是用它的本意，即科学地分析、研究。这也就是说，马克思说的“撇开”，就是指拉开一定的心理距离。对于这种纯批判的态度，意大利共产党人葛兰西就把它称为马克思主义的“距离说”。他解释说，马克思主义者进行艺术评论时，不应陶醉于审美情感里边，不能钻进艺术的象牙之塔，相反地，必须保持一定的距离，站在辩护社会文明的立场，采取一种文化批判的态度。大家都熟知，美学上著名的“距离说”，本是瑞士美学家布劳在《心理距离》一书中提出来的。他认为，“距离把艺术提高到超出个人利害狭隘范围之外”，“提供了审美价值的一个特殊标准，以区别于实用的（功利的、科学的）或社会的（伦理的）价值”。布劳的“距离”是指必须超功利、超社会、超科学、超伦理，才能获得审美价值。而葛兰西的“距离”却正与之截然相反，认为必须从象牙之塔中逃离出来，摆脱掉审美的陶醉心理，才能获得对艺术的科学理解，认清它的价值。我认为，葛兰西的距离说，正是对马克思、恩格斯的“纯批判的态度”的绝妙注释，它同近年中我国某些评论者所提倡的“审美的批评”，正好是截然相反的一种批评方法。

让我们来看实际情况。恩格斯说，他是把《人间喜剧》当成一部法国社会史来读的，他从这里甚至在经济细节方面（如革命以后动产和不动产的重新分配）所学到的东西，也要比从当时所有职业的历史学家、经济学家和统计学家那里学到的全部东西还要多。列宁认为，高尔基的《母亲》是一部对俄国无产阶级运动非常及时的教科书，它能教育工人由自发斗争走向自觉斗争。毛泽东教导青年人要通过阅读《红楼梦》，来认识中国封建社会的罪恶。他们都是撇开艺术作品带给他们的陶醉心态。当然，他们并不否认自己也被陶醉过，而专门从社会功利的角度，对文艺作品进行价值甄别。向人们说明它们的优劣得失。如果讲马克思主义文艺批评模式，这大约就是它最主要的特征了。

马克思、恩格斯评论历史悲剧《济金根》两封信开头的几句话，一向不为人留意。实际这句话很重要，正是在这个地方，他们对自己从事文艺批评的方法做了郑重申明。

马克思说：“如果完全撇开对这个剧本的纯批判的态度，在我读第一遍的时候，它强烈地感动了我”，“但是，为了对剧本有一个公正的评价，我须撇开这种激动的情绪，而使自己冷静下来。”恩格斯表示了完全相同的意思：剧本“使我在情绪上这样地激动”，“为了有一个完全公正、完全批判的态度，所以我把《济金根》往后放了一放”。他们都强调在受到作品感染而情绪激动的时候，是不能从事评论的，因为这种精神状态不利于对作品做出公正评价，他们把这种完全撇开感情、而以冷静科学态度分析、研究作品的态度，称为“纯批判的态度”。

批判，他们在这里使用这个德国古典哲学术语，是用它的本意，即科学地分析和鉴别而不迷信和盲从。对于这种批评态度，意大利的马克思主义者葛兰西（1891—1937）把它称为马克思的“距离说”。他解释说，马克思主义者进行艺术评论时，不应陶醉于审美感情里，不能钻进艺术的象牙之塔，相反地，必须同艺术世界拉开一定的心理距离，站在维护社会文明的立场，对它采取一种冷静鉴别的态度。众所周知，美学上的距离说，本来是瑞士美学家布劳于1912年在《心理距离》一书中提出来的，他认为。心理距离“把艺术提高到超出个人利益狭隘范围之外”，提供了审美价值的一个特殊标准。以区别于实用的（功利的、科学的）或社会的（伦理的）价值。布劳的“距离”，是指超功利、超社会、超科学、超道德，他认为只有如此，才能获得审美价值。可见，这“距离”不是葛兰西所说的那“距离”。葛兰西所说的“距离”，可说是对马克思的“纯批判的态度”的绝妙注释，它同近年中我国某些评论者所提倡的“审美的批评”，恐怕还有相当的距离。

让我们来看马克思等人的文艺批判实践，前已述及，马、恩都承认《济金根》使他们情绪激动，但他们在撇开这种激动情绪之后，看出了这剧本的根本错误：美化了不应肯定的“作为垂死阶级的代表”的济金根，这个人物的描写，违背德国历史实际；作者通过剧本为德国革命提出了一条机会主义路线。恩格斯对于巴尔扎克的《人间喜剧》，自称是把它当成一部法国社会史来读的，他说自己从这里甚至在经济细节方面所学到的东西，也要比从当时所有职业的历史学家、经济学家和统计学家那里学到的全部东西还多。恩格斯对于年轻女作家写的小说《城市姑娘》，它是首先肯定它是一件小小的艺术品，然后也是指出它对英国的工人运动做了不真实的、不正确的描写。他们都是撇开艺术作品带给他们的陶醉心情（当然，他们并不否认自己被作品感动过，并且认为这种感染作用对于艺术十分重要），而冷静下来，从社会功利的角度，对艺术品进行价值甄别，指出它们对社会的实际作用。近些年中人们不断讲马克思主义文艺批评的特征，我想这大约是它最主要的特征了吧。

这里，为了证实这个说法还不算大错，不妨看一看列宁的一段话：“马克思认为他的理论的全部价值在于这个理论在其本质来说，它是批判的和革命的。请注意，马克思在这里说的是唯物主义的批判，他认为只有这种批判才是科学的批判，这种批判就是把政治、法律、社会和习俗等等方面的事实拿来同经济、生产关系体系，以及在一切对抗性社会基础上所必然形成的各个阶级的利益加以对照。"① 批判就是对照，谁跟谁对照？上层建筑领域中的各种现象（包括艺术）与经济领域两相对照，由此揭示前者的底蕴。马克思说，他对于文艺采取一种纯批判的态度，列宁的解释，可以说是对此的最准确的说明。

马克思从事文艺评论的基本态度是强调撇开感情，要求拉开距离，对文艺作品进行社会历史的分析、评价。在这个前提下，恩格斯又提出还要从"美学观点"的角度，对文艺作品进行鉴定。这个"美学观点"的鉴定，也并不是像近年中我们有些同志所理解的那样，是一种鉴赏式的、在陶醉状态中对个人感受的宣泄。如果是这样的话，那不正与"纯批判的态度"相对立吗？对于"美学观点"的批评，马克思、恩格斯在那两封信中都有明确说明。他们说，这种批评实际谈论的"纯粹是形式问题"，是对"剧本的形式方面"的评论。他们承认，这方面的评论同前一方面的评论相比，"都是次要的事情"。今天人们说的审美鉴赏，当然也离不开对形式美的赏析，但是，它不限于此，它起码还包含品味、赏玩、领悟、想象、动情、愉悦等等心理活动。而这一切，在"纯批判态度"的文艺评论中，是被放到次要的位置，这恐怕可以说是马克思进行文艺批评的主要特色。

近些年当中，人们不断谈论所谓"马克思主义文艺批评模式"，出现了不少说法，其中有些说法似乎并不符合马克思从事文艺评论的实际情况。这里，谨将一己体会公诸同好，也不知是否说到点子上了。

（原载《天津日报》1989 年 10 月 10 日）

① 《列宁选集》，卷一，81 页。

谈文学的分类和体裁

——兼谈关于新文体论的建立

一

文学分类是一门很古老的学问。远在两千多年前，古希腊的哲学家亚里士多德就在他的《诗学》里提出了关于艺术分类和文学分类的问题。其后两千年间，西欧历代著名的美学家都对这个问题进行过研究，围绕着这个问题展开了唯物主义与唯心主义的斗争。19 世纪俄国伟大的革命民主主义者别林斯基曾写了专门论述文学文类问题的文章，题目叫做“诗的种类和划分”。

我国古典文艺理论中的“文体论”，也是一门有将近两千年历史的学问。从现在可以见到的古代文献中看，魏代曹丕（187—226）的《典论·论文》，最先建立了文体论。曹丕把文章分为“四科”，并且指出每种文章所应有的风格及特点。另外，更重要的是他还探讨了形成文章的不同种类、不同风格的原因。他说：“夫本同而末异，盖奏议宜雅，书论宜理，铭诔尚实，诗赋欲丽。此四科不同，故能之者偏也，唯通才能备其体”。他说文章“本同而末异”，我们从《论文》全文中可以知道，所谓“本”，他指的是文章的社会作用，即：“盖文章，经国之大业，不朽之盛事”。所谓“末”，指的是文章的特点和风格。从根本上说，文章的社会作用是相同的，都是为政治（所谓“经国”）服务的。但是，社会的需要是多方面的，政治的范围是很广泛的，这就要求不同的文章具有不同的特点和风格。曹丕的这些见解，今天看起来基本是唯物主义的，是正确的。继曹丕之后，晋代大文艺理论家陆机（261—303）在他的《文赋》中，把文章分为十种，更详细地论述了各种体裁的文章的特点。他说："诗缘情而绮靡，赋体物而浏亮，碑披文以相质，诔缠绵而凄怆，铭博约而温润，箴顿挫而清壮，颂悠游以彬蔚，论经微而朗畅，奏平彻以闲雅，说炜晔而谲诳"。刘勰《文心雕龙·定势》，对文体论又作了进一步阐发。以后梁昭明太子萧统（501—531）更在他的《文选》一书中具体地进行了文章的分类，并且在序言中，对文体论作了更精密的论述。文体论在魏晋南北朝这一历史时期，基本上达到了完善的地步。清代桐城派古文家姚鼐在纂集《古文辞类纂》的时候，把所收文章分为13类（不收诗歌），即：论辩、序跋、奏议、书说、增序、诏令、传状、碑志、杂记、箴铭、赞颂、哀祭、辞赋。这13类与《文赋》所分得十种，基本上是一致的。

从以上可以看出，具有悠久历史的我国古典文艺理论中的"文体论"，除了研究文章的分类和体裁以外，还研究文章的风格特征问题。我国古代的文论家们把这二者密切地结合起来进行研究，并且探讨了二者之间的辩证关系，这是一个了不起的创造。今天，我们在建立自己的新的文体论的时候，这一点还是应该继承下来的。另外，我们也应看到，我国古代的文体论的研究对象是"文章"，它既包括文学作品，也包括非文学作品。这是必须注意的。

今天，我们迫切地需要建立自己的新文体论，来研究文学的种类、体裁和风格问题。周扬同志在第三次文代会上指出：我们的社会主义文学是"政治方向一致性和艺术风格多样性的统一"，"在艺术的风格、形式、体裁和题材等方面，我们提倡多样化，鼓励自由创造，而反对千篇一律、刻板和狭隘化"。

体裁是构成文学形式的重要物质手段之一，文学的形式固然是为文学内容所决定的，但是，不可否认，文学的形式也有着相对的独立意义。在几千年来的文学创作实践当中，文学的体裁除了随着社会生活的发展和文学内容的发展而变化以外，它自身也存在着固有的特殊的发展规律，每种体裁都有自己特定的容量和独特的表现内容的能力，我们探讨并总结这些特殊的规律和前人的经验，无疑地，对我们的文学事业是有指导意义的。

今天，我们建立新的文体论，有着非常好的条件。首先，我们有丰富的遗产。我国固有的文体论以及外国古代先进的美学家们关于文学分类和体裁的著作，都总结了古代作家的经验，有着宝贵的内容，我们经过分析研究，完全可以作为我们建立新文体论的基础。其次，我们的社会主义文学事业已经取得了辉煌的成就，我们的作家们，写出了各种体裁的优秀的作品，并且摸索到一些经验，使其理论化，这将反过来为我们年青的作家们提供良好的武器。

二

关于文学的种类和体裁问题，在解放以前的文学概论课本中占有一个相当大的地位，但往往流于形式主义、烦琐主义。解放后初期，朱星先生曾编写过一本《新文体概论》，由于这本书出版得较早，它受旧观点的影响还是很明显的。以后在各种有关文学知识的书中也都谈到了文学种类和体裁问题。1957年出版的几本《文学概论》课本中，都把这一问题作为专章进行论述。1959年出版的吴调公的《文学分类的基本知识》一书，是关于这一问题的专著。

在以上各书中，都谈到了两种分类法的问题，意见是不一致的，此处把个人的一些看法提出来，以供参考。

由于所依据的分类标准不同，文学理论上存在着两种分类法，即所谓“三分法”和“四分法”。

三分法起源于古希腊哲学家亚里士多德的《诗学》。《诗学》里说：“史诗和悲剧、喜剧和酒神颂以及大部分箫乐和竖琴乐——这一切，总而言之，都是摹拟，只是有三点差别，即摹拟所用的媒介不同，摹拟的对象不同，摹拟的方式不同。”（《诗学》，罗念生译，载《文艺理论学丛》1958 年第 2 期，下引同。）媒介、对象和方式，这是亚里士多德用以区别一切艺术（即“摹拟”）的不同类别的三个概念。所谓媒介，就是指艺术手段或广义的艺术语言。画家摹拟现实的媒介是线条和色彩；音乐家摹拟现实的媒介是声音；文学家摹拟现实的媒介是语言文字。由于他们所使用的媒介不同，因此他们的作品也不同，据此可以把艺术分为不同的门类。

其次，亚里士多德用“摹拟的对象不同”来区别艺术作品的性质，这也就是从作品的表现内容来区别作品的性质。《诗学》里说：表现崇高人物的行为的是悲剧，表现人所不屑的行为的即喜剧（指讽刺喜剧）。这就是从作品的内容来区别作品的实际运用。

最后，亚里士多德用“摹拟的方式不同”来区分艺术作品。他说：“这许多艺术中间的第三点差别，是摹拟各种对象时采取的方式不同。假如用同样媒介摹拟同样对象，可以像荷马那样，时而用叙述手法，时而效仿所摹拟的角色的口吻；可以始终用自己的口吻来叙述；也可以使所摹拟的人物把整个事件表演出来。”他在这里实际上是针对文学（语言文学）说的，这段话恐怕就是关于文学分类问题的最古老的论述了。他所说的“摹拟方式”，就是指文学表现现实的方式，亦即指文学塑造形象的方式，因为文学表现现实是通过塑造形象来完成的。在这里，亚里士多德总结出文学的三种摹拟方式：一种是像荷马那样，“时而用叙述手法，时而效仿所摹拟的角色口吻，”这就是史诗《伊利亚特》的表现现实的方式——叙事的方式。一种是“始终用自己的口吻来叙述”，这可以叫做抒情方式。一种是“使所摹拟的人物把整个故事表演出来”，这就是戏剧方式。

根据文学作品表现现实、塑造形象的不同方式，可以把文学作品分为三大类，即：叙事类，抒情类，戏剧类。这就是所谓“三分法”。叙事类作品的基本特征是通过叙述故事和描绘人物，来表现现实，它需要叙述人的语言。抒情类作品的基本特征是直接剖析个人内心的感受——思想感情来表现现实。戏剧类作品的基本特征是用活动在舞台上的人物的行动和语言来表现现实，它不用叙述人的语言。根据三分法，可以把文学作品的体裁作如下的归类：抒情类包括抒情的诗、文；叙事类包括史诗、小说、传记文学、报告文学以及神话、寓言、民间故事等；戏剧类包括悲剧、喜剧和正剧等。

“四分法”把文学作品分为诗歌、小说、剧本和艺术散文四类，它所依据的标准，除了文学作品塑造形象的方式这一点之外，还比较注意文学作品在语言形式上的特征。关于四分法的起源，还没有一个准确的说法，但是在我国那恐怕是五四运动以后的事情，因为在这以前的封建时代里，文人们是不会把小说、戏曲这些不登大雅之堂的东西置于和诗文同等的地位的。

根据四分法，可以把文学作品的体裁作如下的归类：诗歌类包括抒情诗、叙事诗和剧诗（把诗歌分为抒情诗、叙事诗和剧诗，这显然是以诗歌作品塑造形象的不同方式为依据的。但是这三种不同的诗歌作品，既然都是诗歌，因而它们必然具有一些共同的特征，尤其在语言形式上它们很明显地不同于小说、剧本，因而把它们应作为一类来研究)；小说类的体裁比较单纯，分为长篇、中篇和短篇；剧本类的体裁与三分法戏剧类相同；散文类所包括的体裁比较繁杂，根据习惯看法，它包括杂文、游记、报告文学（特写、通讯等）和传记文学等等。

这两种分类法由于各自的分类标准不同，因此它们之间存在较大分歧。三分法的分类标准是文学作品塑造形象的方式，它的体系是严密的，精确的。但是，三分法没有充分注意到文学语言形式上的不同特征，因而它把叙事诗与小说放在一类，实际上看起来，叙事诗和抒情诗是有更密切的关系的，单纯叙事而不同时抒情的叙事诗很少见。这是三分法的不足之处。四分法正好能够补足这一缺陷。它在分类时，不但注意作品塑造形象的方式，同时还注意作品在语言形式上的特征，因而把小说、诗歌分成两大类，这对于研究他们各自的特征，是有利的。但是，四分法也有很大的缺陷，那就是它的散文类比较繁杂，好像无类可归的体裁都被分在了这一类。报告文学、传记文学都是很重要的一类作品，在这里都被塞在散文类里了，这是不合适的。

这两种分类法都有一定的缺陷，除上述那些以外，更重要的是，随着文学艺术的发展，一些新出现的、并且已经发展起来了的文学样式，没有被包括进去。比如电影文学剧本这种新的文学样式，就没有办法放在这两种分类法的任何一类中去。正像许多电影艺术家所指出的那样，与其说电影文学剧本类似剧本，还不如说它更类似中篇或长篇小说，它是小说与剧本之间的一种文学样式。随着文学的发展，旧的分类方法已不能解决新出现的问题了。另外，我国的曲艺艺术的文学因素如相声、快板、鼓词等等，它们具有一些独特的特征，在上述两种分类法中都很难适当地放在任何一类中去。

根据以上的认识，我觉得今天我们应该打破四分法的限制，文学分类理论应该加以发展。四分法前三类（诗歌、小说、剧本）继续保存，把原来的散文类缩小，使报告文学和传记文学独立出来，成为两类。这样，散文类只包括杂文、游记、抒情短文等体裁。电影文学剧本应当重视，可以作为单独的一类来研究。曲艺也一样，文学理论中应研究曲艺这种表演艺术的文学因素的特征。

这样，我们可以把文学作品分为八类，即一、诗歌，二、小说，三、剧本，四、艺术散文，五、报告文学，六、传记文学，七、电影文学剧本，八、曲艺。

打破原有分类的限制，在苏联的文学理论教科书中也是早有这样做的了。季摩菲耶夫教授在他的《文学原理》一书讲到“文学的类型”时，在三分法的三类之外，又加了一类叫“文学一历史类”，他说，“文学一历史类这个名词是杜撰的”。① 季摩菲耶夫教授在这一类里研究了报告文学和传记文学。这一类文学作品具有自己的特征，它不同于一般的叙事作品，这一点早就被人注意了。从这里可以看出，打破原有分类的限制，把文学分类理论加以发展，这是一个必然的趋势。我们今天完全应该打破四分法的旧框框，而把它发展成为八类或几类。

我所提出的分八类的意见，仅仅是个初步的想法，究竟分几类才合适，大家可以研究，这里的意见仅供参考。

（原载《天津师范学院学报》1962 年第一期）

① 查良铮译《文学原理》，1955 年平明版，第 388 页。

下　编

中国小说观的历史演进

被今天的中国人称之为“小说”的这类著述，如同任何其他事物一样，在历史上有一个萌芽、成长和变化的过程；同时，历史上的中国人对它也有一个辨识和确认的过程。异名同实、异实同名的情况，所在多有。一部《山海经》，唐朝人、五代人和宋朝人认为它是地理书（《隋书经籍志》、《唐书经籍志》和《新唐书艺文志》），清朝学者则把它归入小说类（《四库全书总目》），而今人却认为它是一部具有多方面学术价值的先秦典籍。相反，唐朝人苏鹗撰《演义》一书，宋朝人认为它是小说，清朝人认为它是学术著作，今人则称它是笔记。类似的情况还很多，无怪乎一个清朝人感叹说：“小说之名虽同，而古今之别，则相去天渊”。①

“小说”二字连用，在中国古书中出现得甚早，但所指却大相径庭。今天按照时间顺序，大致归纳一下，可能有以下七种含义。

一、谓琐屑之言，非道术所在

《庄子·外物篇》：“饰小说以干县令，其于大达亦远矣。”“县”是高，言高名；“令”是美，指美誉。这句话的意思是说，那种为了获取高名美誉而修饰小行，矜持言说，自以为贤能的人，是必然不能达于至道的。对庄子来说，所谓至道就是他心目中关于世界的总道理。鲁迅说：“孔子，杨子，墨子各家

① 刘廷玑《在园杂志》。

的学说，从庄子看来，都可以谓之小说；反之，别家对庄子，也可称他的著作为小说”。① 这里，小说的小字，用的是字的本义。《说文》：“小，物之微也。”小说即不关道术的琐屑之言。

这个意义上的小说二字，后世一直沿用。如唐朝白居易《策林六十一·黜子书》云：“臣闻仲尼没而微言绝，七十子丧而大义乖。大义乖，则小说兴；微言绝，则异端起。于是乎歧分派别，而百氏之书作焉。……排小说而扶大义，斥异端而阐微言，辨惑向方、化人成俗之要也，伏惟陛下必行之。”白氏以小说与大义并举而相对立，小说即异端，大义即儒学。再如清末张之洞撰《书目答问》,② 于史部杂史类琐记之属下，加一小注：“主记事者，入此类；多参议论、罕关政事者，入小说。”张氏将《四库全书》史部中“多参议论、罕关政事”的书籍剔出，另归子部小说类，《书目答问》对书籍的分类，并不完全依照《四库》。他对杂史琐记之类书籍，做如此处理，不就表明小说在他的心目当中是琐屑之言、非道术之所在吗?

二、谓关于治身理家的丛残小语

西汉末、东汉初著名学者桓谭著有《新论》一书（已佚），书中谈及小说的一段话被保留下来，历来受研究者重视。他说：“若其小说家，合丛残小语，近取譬论，以作短书，治身理家，有可观之辞。”（《文选》载江淹《李都尉陵从军》诗，李善注引。）关于“合丛残小语”，鲁迅在致日本友人增田涉（1933 年 6 月 25 日）的信中注解说：“残 = 残缺 = 断片；丛 = 细的或杂的东西。合 = 聚合 or（引注，或者）会合。”③ 这是为了便于对方译成日文，特从字义上做的解释。在汉代，“丛残小语”是贬称。汉王充《论衡·书解》：“古今作书者非一，各穿凿失经之实，传违圣人之质，故谓之丛残，比之玉屑。故曰丛残满车，不成为道；玉屑满箧，不成为宝。”显然，丛残小语是指有违于

① 《中国小说的历史的变迁》第一讲。

② 初刊于 1876 年。

③ 《鲁迅全集》第 13 卷，人民文学出版社 1981 年版。

圣人经典著作旨意的浅薄言论。这样理解，从汉人对“短书”的说明，亦可得到印证。汉制：儒家经典，用二尺四寸的简牍，其他书籍用一尺左右的简牍，称为短书。王充《论衡·谢短》：“二尺四寸，圣人文语，朝夕讲习，义类所及，故可务知。汉事未载于经，名为尺籍短书，比于小道，其能知，非儒者之贵也。”又，同书《骨相》篇云：“在经传者，较著可信；若夫短书俗记，竹帛胤文（引注：指俗习之文），非儒者所见，众多非一”。

桓谭称小说为丛残小语和短书，也就等于是说，小说是琐屑之言，非道术所在。不过，他的这段话不同于前一种说法的地方有三点：小说的内容是有关于治身理家的，所以无怪《青史子》的佚文中有胎教以及八岁就外舍、束发入大学的话；为了说清这些道理，小说“近取譬论”，那是有形象、有故事的；小说书的著者被称为小说家，书中有“可观之辞”，有一定价值。鲁迅说：桓谭所说的小说，“始若与后之小说近似”；而《庄子》所说的小说，“与后来所谓小说者固不同”。①

三、谓根据街谈巷议、道听途说所编著的书籍

生活年代稍后于桓谭的史学家班固，于公元一世纪七八十年代撰成《汉书》，在继承刘向、刘歆父子研究成果《七略》（我国最早的图书目录分类著作）的基础上，于《汉书》中创辟“艺文志”，纪汉代藏书之盛。《汉志》将群书分为六大类（六艺、诸子、诗赋、兵书，术数、方技），小说家列于诸子类最末一家，即第十家，其小序称：“小说家者流，盖出于稗官。街谈巷语、道听涂（通途）说者之所造也。孔子曰：‘虽小道，必有可观者焉；致远恐泥，是以君子弗为也。’然亦弗灭也。闾里小知者之所及，亦使缀而不忘。如或一言可采，此亦刍荛狂夫之议也”。

对于这个小序，近人余嘉锡著《小说家出于稗官说》② 考之甚详。余氏云，盖者，疑而未定之词，言其大略相近而已。稗官，即小官，为通称，非专

① 《中国小说史略》第一篇。

② 《余嘉锡论学杂著》，中华书局1963年版。

称。《汉志》小序所说的稗官，即周代的士，汉代名存实亡，汉之八百石以下吏，当周之士。《礼·保傅》曰："大夫进谏，士传民语。"大夫得自进规诲，而士仅得传民之语，故独以传言归之士。依余氏所见，小说这类书籍，不是著作家的专著，而仅仅是对民间议论的一种转述。这个看法，与"街谈巷语、道听途说者之所造也"正相吻合。采传言于市而问谤誉于路，真所谓街谈巷议、道听途说也。所谓"造"，制作也。《文选》载汉张衡《西京赋》："街谈巷议，弹射臧否。"弹射，指责；臧否，品评。街谈巷议，可以说就是来自民间的议论，针对社会现实，具有政治倾向性。

《汉志》虽然列小说家于诸子类末位，但从根本性质上对它是歧视的。诸子类大序称：

"诸一子十家，其可观者九家而已。"为什么？因为九家之言虽殊，而"合其要归，亦六经之支与流裔"，小说家是不沾边的。班固从《论语》中借用一个词，指小说为"小道"。小道是什么？三国魏何晏说，"小道，谓异端之说"。宋朱熹说，"小道，如农圃医卜之属"，也是不关政教的杂学。除小道一词之外，"道听途说"一语亦同《论语》有关。《论语·阳货》："子日：道听而途说，德之弃也。"孔子认为，听到道路传言就四处传播，是一个人的品性和作风（德）中应该革除的行为。由此也显示了《汉志》对小说从根本上歧视的态度。

但是，在古训中也有这样的意见："先民有言，询于刍荛（引注：割草打柴的人）"。(《诗·大雅·板》) 汉朝人也说："狂夫（引注·愚野之人）之言，圣人择焉。"① 于是，《汉志》对于小说，在基本上持否定态度（"诸子十家，其可观者九家而已"）的前提下，又稍有肯定（"有可观者焉"、"如或一言可采"云云）。

《汉志》对小说持否定态度，基于对它的如下评价：不真（"街谈巷语、道听途说者之所造也"）、不善（非"六经之支与流裔"，亦即与儒学相违背）、不美（"刍荛狂夫之议"，亦即不雅）。或者说是失真、违理、粗浅。唐代大史学家刘知几说："恶道听途说之违理，街谈巷议之损实"（《史通·采撰》），很

① 《汉书·盖宽饶传》。

好地概括了这种态度的实质。鲁迅说："自来论断艺文，本亦史官之职也。"鲁迅把史官衡文的观点，称为"史家成见"。①

这种"史家成见"和儒家思想本出一源，范文澜说："史官文化的主要凝合体是儒学"，"儒学所传经书其原始部分大部分是两周史官旧藏典册"。② 史官重人事，长于征实，孔子"不语怪、力、乱、神"。③ 这种文化思想在中国历史上影响深远，两千年中歧视小说的观念不衰，恐怕这是主要原因。

《汉志》所说的这种小说，与后世所说的小说，是不是一种东西？对这个问题，学者有两种看法。鲁迅认为，《汉志》上说的小说，"近似现在的所谓小说了，但也不过古时稗官采集一般小民所谈的小话，借以考察国之民情、风俗而已，并无现在所谓小说之价值。"④ 浦江清认为："汉志的小说家并非与后世小说家绝无关系，而确是中国小说之祖，因为从魏晋到唐宋所发展的、内容至为庞杂的笔记小说，正与之一脉相承。不过，后人增添内容，它的范围更扩大了。"⑤ 同上述意见相左，余嘉锡认为，《汉志》所说小说，"与后世之搜神志怪，徒资谈助者殊科"。⑥ 刘叶秋亦认为："班固把他当作街谈巷语，道听途说者之所造的价值不高的作品都归入小说一类（也并不是指具有特点的文学形式而言。"⑦

对此，本文提出一个折衷的意见：《汉志》以史家眼光，将小说列于诸子类，是视为学术性著述的，尽管认为它失真违理。它当然不同于今人所说的文学之一类的小说。但是，《汉志》所说的小说类著述，依鲁迅考察，"诸书大抵或托古人，或记古事，托人者似子而浅薄，记事者近史而悠缪者也"（《中国小说史略》）。托人者，有所议论；记事者，有所叙述。夹议夹叙，有虚构，有夸张，且来源于民间父老的口头创造。今天把这类著述视为后来的文艺小说之一个源头，也是说得过去的。

---

① 《中国小说史略》第一篇。
② 《中国通史简编》第一编。
③ 《论语·述而》。
④ 《中国小说的历史的变迁》。
⑤ 《论小说》。
⑥ 《小说家出于稗官说》。
⑦ 《历代笔记概述》。

《汉志》建立的小说观，为历代官修史书所遵奉。唐修《隋书经籍志》，列小说于子部，称“小说者，街谈巷语之说也”。宋修《新唐书艺文志》，对小说的看法，仍然着眼于它的浅薄、琐屑，所列书目更为杂乱，连《茶经》、《诫子拾遗》也包括在内。元修《宋史》，对小说沿用老看法。一直到二百多年前，清朝官方编《四库全书》，其《总目》子部小说家类小序，仍然沿用《汉志》观点，认为小说是叙述杂事、记录异闻、缀辑琐语的书籍。虽然有鉴于千多年著述史的发展变化，它承认小说书于“唐宋而后，作者弥繁”；但紧接着就指责它们之中，“诬谩失真、妖妄荧听者”不少，“今甄录其近雅驯者，以广见闻，唯猥鄙荒诞、徒乱耳目者，则黜不载焉”。

《四库全书总目》对小说的看法，同一千八百年前产生的《汉志》的看法，来源于相同的观念，这是十分明显的。但是，所不同的，在于《汉志》是就古代小说而立论的，而《总目》却是针对整个中国小说史而发的。在《四库全书》里，宋之平话，元明之演义，明清之大量小说珍品，一概“黜不载焉”。源于古代史家之成见和儒家的传统观念，在新的历史条件下，发展成一种固执、偏狭的陋见。中国官方的小说观念，与中国小说的繁盛状况严重脱节，采取了闭眼不看事实的可笑态度。早在1912年，鲁迅就愤慨地指出：“去古既远，流裔弥繁，然论者尚墨守故言，此其持萌芽以度柯叶乎！”①

四、谓医巫厌祝之术

汉张衡《西京赋》有“小说九百，本自虞初”句。三国时吴人薛综注云：“小说，医巫厌祝之术，凡有九百四十三篇，言九百，举大数也。”② 唐李善补注云：“虞初《周说》，九百四十三篇。初，河南人也。武帝时，以方士侍郎，乘马衣黄衣，号黄衣使者。”

厌祝是定祸福、决嫌疑的方术，医巫是操这种方术的人。而虞初，《汉书艺文志》明白说明他是一个方士。方士和道士，在汉代著作中是通用的，就是

① 《古小说钩沉·序》。
② 《文选》卷二。

操方术的专门家。近人王瑶认为：“张衡所言小说本自虞初的说法，也就是说小说本自方士。证以《汉志》所列各家的名字和班固的注语，知汉人所谓小说家者，即指的方士之言；……而薛综以为小说是‘医巫厌祝之术’的说法，也大致是适用于汉魏六朝这个时代的。”（《中古文学史论·小说与方术》，北京大学出版社 1986 年版）余嘉锡认为，“汉人之小说，封禅、养生、医巫、厌祝之术皆入焉，盖至是其途始杂，与古之小说家，如青史子、宋子者异矣。（引注：余氏说，《汉志》所列十五家小说中，自伊尹说至黄帝说，凡九家，皆先秦以前书，自封禅方说以下六家，则武帝以后书。）……惟封禅方说、未央术、虞初周说等书，虽亦出于方士，而巫祝杂陈，不名一格，几于无类可归，以其为机祥小术，闾里所传，等于道听途说，故入小说家。”① 两家看法相近，所不同者，在于余氏认为《汉志》著录之小说自成流别，不可与他家相杂厕（而王氏则认为后世之所谓小说，“都与方术有关”，《汉志》、桓谭和薛综的解释，“也都并不冲突（而且都道出了部分的历史的真实）”。

在余氏、王氏之前，鲁迅早于《中国小说史略》第五篇说明自晋迄隋，中国特多鬼神志怪书的原因时，即指出：“中国本信巫，秦汉以来，神仙之说盛行，汉末又大畅巫风，而鬼道愈炽（会小乘佛教亦入中土，渐见流传）。”凡此，都是特多此类书的原因。鲁迅的见解，当然是深刻的。王瑶《小说与方术》一文，深得朱自清先生的赞许，也是很有见地的。

五、谓野史、外乘或外传

《隋书经籍志》著录《小说》十卷，云“梁武帝敕安右长史殷芸撰”。殷芸，字灌蔬，陈郡长平人，《梁书》、《南史》并有传，但皆不载其著述。唐大史学家刘知几《史通·杂说》：“（南朝宋）刘敬叔《异苑》称：晋武库失火，汉高祖斩蛇剑穿屋而飞。其言不经，梁武帝令殷芸编为《小说》。”清人姚振宗《隋书经籍志考证》卷三十二：“按此殆是梁武作《通史》时，凡不经之说为《通史》所不取者，皆令殷芸别集为《小说》。是《小说》因《通史》而作，

① 《文选》卷二。

犹《通史》之外乘。”殷芸《小说》，《隋志》，新、旧《唐书》，《宋史》，皆有著录，至元犹存，后佚。今有鲁迅、唐兰、余嘉锡三家辑本。

据以上材料，可知“小说”二字在古代亦曾用为图书专名，并且书名叫小说的书，不止一部。同样据以上材料，可以了解著者把传说、野史一类的内容，称为小说。小说也就是野史、外乘或外传。旧题汉伶玄撰《赵飞燕外传》，《郡斋读书志》、《直斋书录解题》和《宋志》皆入史部传记类，宋史学大家司马光甚至将它的一些材料，载入《资治通鉴》。到《四库全书》，才将它入子部小说家类。唐郭湜撰《高力士外传》，《新唐书艺文志》将它列为杂传类著作，后人则认为它是小说。有许多在宋以后被认做小说的书，在原先是被归入史部杂传类当中的。

史学家们对这类书籍的评价，有很大不同。《史记·五帝纪赞》：“学者多称五帝，尚矣。然《尚书》独载尧以来；而百家言黄帝，其文不雅驯（引注：谓非典雅之训），荐绅先生难言之。”对待古代传说，司马迁取一种慎重态度。南朝梁武帝令殷芸将不经之言从正史中剔出，别编为《小说》，用意亦同。唐刘知几深恶小说之损实违理的话，已见前文引述。宋史学家司马光对小说的看法，别是一样。他说，他在编撰《资治通鉴》这部通史时，“遍阅旧史，旁采小说”（《进资治通鉴表》）。据称，他同其他编者采用杂史小说达二百二十二家。他的儿子司马康亦参与其事，事后说，对于“唐以来稗官野史”，他们“不敢少忽也”（晁说之《送王性之序》引）。司马光本人甚至说：“其《实录》、正史未必皆可据，杂史小说未必皆无凭，在高鉴择之。”（《与范内翰祖禹论修书帖》）表现出一种开明的史学观和小说观。与司马光（1019—1086）同时代的欧阳修（1007—1072），也表示了同样的意见，他说：“前岁所作《十国志》，盖是进本，务要卷多。今若便为正史，尽宜删削，存其大要。至如细小之事，虽有可纪，非干大体，自可存之，小说不足以累正史（引注：累，损害）。”（《与尹师鲁第二书》）对于正史的写作，欧阳修提倡“文简而意深”的风格，主张事信、尚简，这是与唐刘知几的主张大致相通的。所不同的，是欧阳氏并不那么看不起小说，反而认为它具有可纪细小之事的长处，与存大要的正史，可并行不悖，这也是一种开明的见解。将小说视为野史、外乘，并对它取一种开明的态度，历代都有。一直到清末，刘鹗著《老残游记》，其第四回自评中说，此回小说内容，“将来可资正史采用”。第十三回自评说：“野史者，补正史之缺也。名可托诸子虚，事须徵诸实在。”可以认为，这些话都是视小说为野史、外传观念的一种表现。

六、谓宋代说话中的短篇故事，又名银字儿

宋吴自牧《梦粱录·小说讲经史》：“说话者，谓之舌辩。虽有四家数，各有门庭。且小说名银字儿，如烟粉、灵怪、传奇、公案、朴刀杆棒、发踪变泰之事。”四家数中除小说外，还有“说铁骑儿”、“说经”和“讲史”。[①] 鲁迅认为，“在说话中之所谓小说，并不像现在所谓的广义的小说，乃是讲的很短，而且多用时事的。……宋代说话中的所谓小说，即是短篇小说的意思。”（《中国小说的历史的变迁》）浦江清说：“讲史依据史书而饰以虚词，要费一年半载方能讲完一部书。小说讲单篇故事，每天说一回书。小说的得名还是因为短篇，而且比之讲史一家说历代兴亡的大题目，小说家所说不过儿女私情和社会琐闻，寄寓些小道理而已。”[②] 在以上所有含义之中，小说指宋代说话中的单篇世俗故事这个含义，包括的范围最小，在历史上使用的时间也最短。但是，它却最接近今日所谓小说的概念。

七、谓一切纪实的或虚构的人物故事

日本《大汉和辞典》称，日本明治维新以后，大量翻译西方文化学术著作，开始借用“小说”这两个汉字，翻译英语 novel（长篇小说）一词。我国学者施蛰存说，“无论 Story（故事），Novel（长篇小说），Romance（法语，长篇小说），日本人一概译作小说”。[③] 在中国，将一切纪实的或虚构的人物故事称为小说，是明代的事情。

---

① 参见胡士莹《话本小说概论》第四章。

② 《论小说》。

③ 《中国近代文学争鸣》第一辑，上海书店1989年版。

宋初，李昉等编《太平广记》，所收著述已有较清楚范围，不再包括没有故事性的杂著，标志编纂者们对小说意义的认识，已有所演化。南宋亡，经元到明，情况发生更大变化。明代说话艺术虽不及宋代繁盛，但是，在说话及话本的影响下，一种模拟话本体例、只供阅读而非口说的读物，开始大量出现。这种新读物，虽然从内容上仍可以看出宋说话家数的分野，有专门讲史的，也有专门讲闾巷新事的（小说之属），但是，“世间于此二科，渐不复知所严别，遂俱以小说为通名”。① 实际上还不止于此，到明代中叶，文人不仅把白话的讲史和小说等统称之为小说，而且把文言的志怪、传奇，也统称之为小说，小说真正成为通名，泛指一切纪实的或虚构的、文言的或白话的人物故事性书籍。这个说法，可以从下述材料得到证实。

明人胡应麟（1551—1602）对小说的重新分类，可以代表一个 16 世纪中国文人小说观念的演进。胡氏在《少室山房笔丛》中，不仅“更定九流”，反对《汉志》“诸子十家，其可观者九家而已”、歧视小说家的成见，特将小说家列为第七家，而且对小说重新分类。他分小说为六类：志怪，传奇，杂录，丛谈，辩订，箴规。他把《颜氏家训》也列入小说，以便与汉桓谭的话相呼应。不同的是：桓谭看重的是家训，而胡氏看重的是志怪与传奇。他对唐代传奇的高度评价，尽人皆知，这意味着他尊重文学历史上发生了变化的实际情况，把新事物列于前位，把古人着重的东西退为附庸。这就是明人小说观念开始发生变化的头一个证明。

明人陆采（生卒年不详）编有《虞初志》一书，除第一卷选录南朝志怪小说 17 则以外，余均为唐人传奇。由于选辑较精，此书在明代甚为流行。著名文人屠隆、汤显祖、袁宏道等均有评语。汤显祖（1550—1616）在《点校虞初志序》中，称道此书是“洵小说家之珍珠船也”！并且对歧视小说的正统观念提出抗辩：“稗官小说，奚害于经传子史？游戏墨花，又奚害于涵养性情耶?”这里，小说不仅是志怪、传奇的通名，而且被视为与经传子史等正经书同样有价值的书。小说观念确已发生演进。

冯梦龙（1574—1646）不仅以其所编著的“三言”三部古代白话短篇小

---

① 《中国小说史略》第十二篇篇末。

说集为中国文学做出巨大贡献，而且以其为“三言”所撰三篇内容各有侧重、但又共同构成一个理论体系的序言，为中国古代小说理论，做出同样巨大贡献。《古今小说》（《喻世明言》）的序文，大概是问世最早、最有见地的一篇中国小说史论性文章。序文云：“史统散而小说兴，始乎周季，盛于唐，而浸淫于宋。……皇明文治既郁，靡流不波，即演义一斑，往往有远过宋人者。”言简意赅，序文将中国小说史划分为四个时期：小说始于周朝晚期，下文说明这是指战国时《韩非子》、《列子》等著作中的神话传说、寓言故事等，韩非、列御寇等被称为“小说之祖”。小说大盛于唐，下文说明是指唐代文人的传奇之作。小说发展到宋代而别开生面，下文说明是指宋代说话人“谐于里耳（引注：指普通百姓）”的“通俗小说”。最后，小说在明代发展成壮观局面，众体兼备，靡流不波。并且特地指出，演义（长篇讲史小说）一体，远过宋人。冯氏对中国小说史的分期，以及将神话传说、寓言故事视为小说之源头，将文言的传奇和白话的通俗小说（包括演义）统称为小说，这些认识与鲁迅《中国小说史略》，乃至今天对中国小说史的看法，极为接近，不能不佩服这位明代文学家的胆识。另外，明代天许斋原刻本《古今小说》扉页载一识语，云：“小说如《三国志》、《水浒传》称巨观矣。其有一人一事可资谈笑者，犹杂剧之于传奇，不可偏废也。本斋购得古今名人演义一百二十种，先以三之一为初刻云。”此识语称《三国志通俗演义》和《水浒传》为小说，又称《古今小说》中的话本或拟话本为演义，这足可引人注意。当时，这些称谓已经混用，而小说一词成为通名。学术界对此尚未注意。

《警世通言》序，撰于明天启甲子，即公元1624年。这是一篇关于小说的本质特征问题的专论，一开始就叫人闻到一股火药味：“野史尽真乎？不必也。尽赝乎？不必也。然则，去其赝而存其真乎？曰？不必也。”野史就是野史，不必尽真，不必去赝。为什么？因为野史的价值不在于所述内容是真是赝，而在于“令人为忠臣、为孝子、为贤牧、为良友、为义夫、为节妇、为树德之士、为积善之家，如是而已矣”，不必斤斤计较它尽真尽赝。基于对野史价值作如是观，此序指出：“通俗演义一种，遂足以佐经书史传之穷”。它的结论是“事真而理不赝，即事赝而理亦真”。事的真赝是次要的，关键在于野史、通俗演义所传达的是真理。从《汉志》始，不是历代都有人指责小说失真违理吗？

此序却提出一种完全相反的理论，这是中国小说观念演进在理论上的反映。《醒世恒言》序，撰于明天启丁卯，即公元1627年。这是一篇强调小说具有重大教育作用的论文。它认为，“六经国史而外，凡著述皆小说也。”这比胡应麟“更定九流”走得更远。它还认为，小说和一切著述相同，具有“导愚”的教育作用；所不同的，在于小说更加“适俗”，为更广大的人们所喜闻乐见。从这个意义上说，认为“三言”三部小说集，“为六经国史之辅，不亦可乎?”真是一种大胆的言论。

从以上这些材料，完全可以得到以下两点结论：

第一，到了16、17世纪，小说已经变成一个含义广泛的称谓，大体上已经和今天对小说的界定相当。

第二，也是到了这个时代，随着小说创作界的繁荣、作品的得到认可，先进的文学家已经从本质上对它进行了把握，提出一个初成体系的小说理论。

这两点结论，都说明中国的小说观念，是在明代中叶以后，发生了重大演化的。明末清初，金圣叹等人，在小说评点中对小说理论也做出了贡献，尤其对小说艺术本身的一些问题，有较深入的研究，可资后人借鉴。但是，一直到19世纪末，中国人的小说观念以及这种观念的理论表述，都未能超出上文所说的那个范围。坚持“史家成见”，继续对小说持歧视态度的仍然大有人在，他们的意见在社会上还占据正统地位。继续抗争，为小说正名，为小说鸣不平的人也不断涌现，但似乎都没有超过“三言”三篇序言的水平。因此，也可以认为，这三篇序言所提出的那个小说理论，是中国古代能够同以《汉志》和《四库全书总目》为代表的正统小说观相抗衡的唯一成体系的理论著作。双方共同构成了中国古代小说理论史的生动局面。

一直要等到中国在甲午战争中一败涂地，一个以救国、维新为目标的政治运动出现，形成中国近代史上头一次思想解放运动高潮的时候，一个崭新的小说观才随着一部分先进中国人的觉醒，出现于中国文坛。鲁迅于1934年向外国友人介绍中国新小说的成长历程时，说过这样的话：“在中国，小说是向来不算文学的。在轻视的眼光下，自从18世纪末的《红楼梦》以后，实在也没有产生什么较伟大的作品。小说家的侵入文坛，仅是开始‘文学革命’运动，即1917年以来的事。自然，一方面是由于社会的要求的，一方面则是受了西洋文学的影响。

但这新的小说的生存，却总在不断的战斗中。”〔《草鞋脚》（英译中国短篇小说集）小引〕这个战斗历程，其实可以上溯到19世纪之末。

1872年，也就是《申报》创刊的那一年，一位较早翻译外国小说的译者，向传统小说观念发出抗争：“谁谓小说为小道哉?”他指出，小说具有启发良心、惩创逸志之微旨，可做人伦之大助（蠡勺居士《听夕闲谈小序》）。1897年，在维新变法声浪当中，具有进士身份的夏曾佑和严复共同撰文申辩说：小说“入人之深、行世之远，几几乎出于经史上”（《天津国闻报附印说部缘起》），这话具有离经叛道的倾向。1902年，流亡日本的梁启超发出“小说为文学之最上乘也”的呼号，认为小说是教育群众、改良社会、振兴中国之利器。① 这一呼号，立即得到青年鲁迅的响应，他在1903年撰写的《月界旅行·辨言》中说，小说具有使人群“获一斑之知识，破遗传之迷信，改良思想，补助文明”之伟力，引导中国人群以进步，必自科学小说始。鲁迅从日本回国以后，在故乡绍兴时就开始搜集古小说史料（《古小说钩沉·序》）。1920年秋，鲁迅开始在北京大学讲授中国小说史。从此，向来被中国人视为闲书、不正经书的小说，走上大学讲坛，这标志着中国人的小说观念，此时确已发生根本转变。此后，又经过几十年的斗争，中国人的小说观具备了崭新的形态，小说二字中的小字，已虚化到失去它的本义的地步。今天的小说作家，已经被尊称为人类灵魂的工程师，而不再是被歧视的一家了。

（原载《天津师大学报》1992年第1期）

① 《论小说与群治之关系》。

略说中国近代小说理论的特点

自从公元1世纪班固在《汉书·艺文志》里说了小说为“街谈巷语、道听途说者之所造也”那句话以后，中国封建时代的正统文人一见到小说这两个字，便会首先想到它，以及与它相关联的《论语》里的“道听而涂说，德之弃也”意为这是应该去掉的坏作风这句话。中国古代视小说为“小道”的这个理论，基本上是一个封闭的体系，至今还没有看到有多少材料能证明，它曾经受过古代西方或印度的文学观念的影响。中国近代的小说理论却不然，它的主要倡导者们梁启超、严复、王国维等，虽然大都也出身于封建士大夫阶层，然而由于时代的驱使，他们的思想发生了很大变化，他们开始积极、热情地吸收从西方或日本传来的新观念，在社会问题上主张维新或变革，在文学问题上主张变化或创新。这种状况决定了他们所倡导的小说理论，既不是对中国固有的小说观念的述而不作（尽管他们都熟知它的一整套说法），也不是对西方小说理论的生吞活剥的照搬。尽管他们对这种新文学观十分敬佩，而是依据他们对时代需要的理解，对中国固有小说观的叛逆和对西方小说理论的改造。

理论渊源上的这种状况，形成了它的独特理论格局。鲁迅先生在谈到中国近代文学崛起原因时说过，这一方面是“由于社会的要求”；另一方面则是“受了西洋文学的影响”（《草鞋脚》小引》）。对于中国小说理论在晚清发生重大变化的原因，也应该做如是观。社会的要求，这确实是最根本的动因。中国近代社会的大变动和大灾难，是使一种不同于以往的文学要求得以问世的最终原因。但同时也不能忽视“西洋文学的影响”这一重要因素。中国近代小说理论是在“欲开民智，非讲西学不可”（严复《原强》）的社会思潮背景上诞生的，它公开打着“西儒”、“西国名士”的旗号，介绍他们的小说见解。由于日本在明治以后，大讲西学，大讲维新，并日见富强，因而这些理论家们也竭力鼓吹日本的小说理论。但是，这种影响的具体表现形态，却又是一种被曲解了的东西。诚如马克思所说，“毫无疑问，路易十四时期的法国剧作家从理论上构想的那种三一律是建立在对希腊戏剧及其解释者亚里士多德的曲解上的。”（《致拉萨尔》，1861 年 7 月 22 日中国近代的小说理论家假“西儒”之名所倡导的那种新小说理论，同这些法国人“依照他们自己艺术的需要来理解希腊人”（同上）一样，也是依照自己的文学需要来理解“西儒”的。

这样，从理论渊源的角度看，它就具有了叛逆和曲解这样两个特点。如果从阶级根源上来看，中国近代小说理论又具有论辩性的特点。俄国马克思主义理论家普列汉诺夫在论民粹派小说的特征时指出，跟任何新兴文学一样，民粹派革命作家的小说，往往是政治性思想内容压倒了表现形式。这是由于在这些作家身上，“社会兴趣胜过了文学兴趣”，他们更多是政论家，而更少是艺术家，这又使他们对作品的艺术加工持草率态度。① 中国近代倡导小说革命的理论家们，在某种程度上也可以说是代表了一种新兴社会势力。他们不满于社会现存秩序，力主维新或革命。他们更多是社会活动家、政论家，而更少是独具艺术气质的小说家。这些人写作的小说理论文章本身，往往具有政论的特点。他们往往更注重于小说内容的政论性和宣传性，而较少有兴趣去细致、深入地探讨一下小说的艺术问题。这种特点，我们暂称之为论辩性或政论性。

近代小说理论的头一个特点是对传统的正统小说观念的叛逆。它认为，小说不仅不是什么“小道”，相反地，却正是改造社会、教育百姓的利器。在被人们认为是中国近代小说理论的头一篇文献的《昕夕闲谈・小序》（发表于 1872 年）当中，作者在说明小说具有“启发良心”、“惩创逸志”、“明于庶物”、“察于人伦”的巨大功用之后，发出了“谁谓小说为小道哉?”的质问，矛头明显地指向正统小说观念。30 年之后（1902 年），在这个新小说理论的纲领性文献——梁启超的《论小说与群治之关系》当中，这个观点就得到最完整的表述：在文学的所有品种之中，只有小说能“极其妙而神其技”，因而，

① 《格・伊・乌斯宾斯基》。

"小说为文学之最上乘也"，"小说之在一群也，既已如空气、如菽粟，欲避而不得避，欲屏不得屏"，因而，小说"把握一国之主权而操纵之矣"。基于这种连当时某些比较清醒人物都觉得言过其实的认识，梁氏发出"故今日欲改良群治，必自小说界革命始，欲新民，必自新小说始"的小说界革命的号召。自此之后，这一理论便风靡一世，主宰了小说论坛，传统的小说观念被扔进了历史的垃圾堆。

这个新小说理论在对待平民百姓的态度上，也不同于旧观念。以维新派宣传家梁启超为代表的这些倡导小说革命的人，在西方近代思想影响之下，提出了启蒙主义主张，认为中国社会落后的根本原因在于"民质不良，要救国必先新民"。在这种主张的背后，显示出他们已经多多少少觉察到"民"在一群一国中的重要性，这是与封建专制主义不完全相同的一种见解。从这种见解出发，他们不再歧视普通百姓的口头语言，也不再歧视受普通百姓喜欢的说部艺术（小说、戏曲、弹词），相反地，却认为正可以利用它们来向普通百姓灌输新思想。这是他们重视小说、提倡白话的原因之一。封建正统文人看不起这些东西，认为它们不具备载道的资格，而这些新人却认为它们适足以作传布新思想的工具。这也显示了新小说理论对传统观念的叛逆。但是，必须指出这种叛逆是很不彻底的。梁启超打出小说界革命大旗，这表明他不赞成视小说为小道的传统观念，但同时这也表明他对中国古代几乎全部小说作品的否定。他说：中国的小说，"述英雄则规划《水浒》，道男女则步武《红楼》，综其大较，不出诲盗诲淫两端。"① 正因为如此，小说界才必须革命。梁启超对中国小说的全盘否定，跟封建正统看法完全一致。这表明他对传统观念的叛逆，是何等不彻底。

不仅理论家是这样，就是以自己的作品在近代小说界建立了功勋的小说作家们，多数人往往也具有这种不彻底性。吴趼人认为"欲强国者必当开民智"，② 从而积极创作新小说，受到同时代人的赞赏。但是，他本人却始终以一种不自甘的心情来看待自己的事业，在内心深处存在着封建士大夫歧视小说

---

① 《译印政治小说序》。

② 《吴趼人哭》。

的传统影响。晚年他回顾自己一生，不无感慨地叹道："自视亦大愚已?"① 凄然之情，溢于言表。吴趼人在悼念李伯元的时候同样叹道："呜呼！君之才，何必以小说传哉? 而竟以小说传！君之不幸，小说界之大幸也。"② 在这种幸与不幸的权衡之中，透露出一种在内心深处视小说为小道的情绪。有这种矛盾心情的小说理论家和作家，在近代并不是个别的。这是时代、阶级以及文学之不成熟状况决定的，自有它的必然性。

下边，再说它的第二个特点。《昕夕闲谈》是一部较早译成汉文的外国小说，它的小序固然非打出"西国名士"的招牌不可。然而，即使不是译作，当时的作者们往往也要抬出欧、美、日本来作为立论的依据。1897 年冬天，严复和他的朋友们在天津创办《国闻报》，不久便打算提倡小说。他们说此举的动因，在于"闻欧、美、东瀛，其开化之时，往往得小说之助，是以不惮辛勤，广为采辑，附纸分送"。次一年，梁启超在《译印政治小说序》中，旧话重提，又一次提出："今特采外国名儒所撰述，而有关切于今日中国时局者，次第译之。附于报（按指《清议报》）末，爱国之士，或庶览焉。"所不同的是，梁氏在自己的文章中首次提出了一条创作原则，这就是："在昔欧洲各国变革之始，其魁儒硕学、仁人志士，往往以其身之经历，及胸中所怀政治之议论，一寄之于小说。往往每一书出，而全国之议论为之一变，彼美、英、德、法、奥、意、日本各国政界之日进，则政治小说为功最高焉。英名士某君曰："小说为国民之魂。岂不然哉，岂不然哉?"这个创作原则，也可以称之为政治小说之创作方法，简单明了地说，这就是主张政治变革的仁人志士，将其"胸中所怀政治之议论，一寄之于小说"。以这种小说为达到政治目的之宣传工具，以这种小说为推动政界日进之舆论力量，这就是当时通过梁氏介绍到中国来的所谓西方名儒的小说理论。

在中国近代，西方的各种各样的文学理论、美学思想开始被零零碎碎地介绍到中国来，其中对当时的小说创作影响最大最深的，应该说就是上述梁氏的主张。中国近代小说的诸多特点和毛病，如时事性强于典型性，议论性胜于形

① 《近十年之怪现状·自序》。
② 《李伯元传》。

象性，席勒式倾向超过莎士比亚化程度，政治性内容压倒了艺术形式，等等，可以说都与梁氏倡导并身体力行的这条创作原则有关。经过近一个世纪的了解、认识，今人对西方、日本的小说发展史是基本了然于胸的，而当时国内多数知识分子对此是不清楚的。在严复、梁启超一辈人开始在中国介绍欧美、日本小说理论的时候，他们的小说史上早已产生过许多创作上的巨人，在小说理论、文学思潮、艺术流派的领域中，已是几经变迁的了。1886 年，法国象征主义正式发表宣言，接着就开始向德、俄、英、美等国扩散，并终于在两个世纪之交的年代，也就是严、梁提倡小说的时候，形成了一个甚嚣尘上的国际文学运动，被文学史专家称之为“后象征主义”，这就是现代主义文学的开始。使我们今人感到惊奇的是：严、梁诸公当时对这个新思潮竟然熟视无睹，却退回一个多世纪，单单注目于这些国家在“开化”之初，怎么得力于“政治小说”。从梁氏的叙述中，今人可以隐约感觉到那“政治小说”，大约相当于法国启蒙思想家们创作的那些作品。如孟德斯鸠的《波斯人信札》、伏尔泰的《老实人》。这类作品又被称为“哲理小说”。还使我们感到惊奇的是：在晚清，从外国介绍来许多不同的文学主张，比如王国维就鼓吹过“美术中以诗歌、戏曲、小说为其顶点，以其目的在描写人生故”，提出写人生的创作主张,① 为什么别的都未能立时生根开花，而唯独梁氏的主张风靡一时？这两个问题使我们再一次认识到马克思所说的依照自己的需要来理解外国人，并把外国人的东西改造成适合自己需要的东西来加以推广，乃是中外文化史上的普遍规律。中国近代的先进人物们，正是这么做的。只有满足现实需要的东西，才会立时生根开花，眼下还不能这样做的，那就只好留待异日了。

这里，我们想把日本在明治以后小说界的变迁稍作介绍，以证实上述看法的不无根据。1868 年，日本改元为“明治”，从此跨入一个新时代。明治初年，日本流行过所谓“政治小说”。据说，那起因在于当时日本一位职业政治家在国外旅行时遇到法国大作家雨果，问道：“在给国民以政治思想和知识方面，怎么做才好?”雨果回答说：“利用政治小说是最好的捷径。”于是，或译或作的政治小说便在日本流行起来了。但是，到了明治十八年（1885），坪内

① 《红楼梦评论》。

逍遥写了《小说神髓》一书，他不满意前此的小说创作，根据西洋的现实主义文学主张，提出了一个新的创作原则，要求小说应该如实描写现实。他在书中说："小说的主脑在于人情，其次是世态风俗"。这种创作主张，显然与那种职业政治家编撰的、以小说的形式传布政治主张的政治小说的创作办法是不相同的。自从坪内的主张提出来以后，日本发生了一个新文学运动，小说创作发生了变化。梁启超是1898年在变法失败后东渡日本的。他着手进行政治小说的译述和新小说理论的倡导，是在此后数年间的事情。梁氏没有把距他更近的坪内的现实主义主张介绍到中国来，而是隔开他跑到距他时间更远的政治小说家们跟前去顶礼膜拜，这一事实已足够说明问题了。

中国近代小说理论家们打着西方和日本的旗号介绍到中国来的小说理论，实际上只是其中早已过时的一种主张，而这也是经过他们的理解和改造，才提交到中国人民面前的。他们的以小说为寄胸中政治议论的工具的主张，实际上同中国传统的"文以载道"的主张是一脉相承的，它们都割断了文学与现实的联系，而仅仅把文学当成政治、道德观念的传声筒。不过，梁氏等所要求的，是载新观念、新知识，而非孔孟之道罢了。这么看来，他们的主张是既不中又不西的，虽然在名义上它被叫做西方的东西。说到西洋小说的介绍，不能不想到林纾（琴南）先生。林老先生直接接触到那么多西洋作品其中有不少小说名著，似乎应该对它们有个符合实际的看法。然而，今天我们从他留下的几十篇为译作写的序跋中，却发现他老先生呆头呆脑得厉害，他是用一种古文家的传统眼光来看这些洋书的。他对于他所推崇的外国小说家，都是极力把他们拉过来与中国的大历史著作家司马迁、班固相匹配，而很少把他们同蒲松龄、曹雪芹比较。他谈论外国小说的好处，说得比较多的都是什么开场、伏脉、接笋、结穴、开合等叙述、描写技巧方法，他把这些称之为作文的"义法"（桐城派论文时的一个中心概念），他完全是以一个文章家的习惯眼光来看小说的妙处的，而不是以一个文艺学家的眼光来看小说的艺术特点，因而下列问题，对他来说等于不存在：典型化、形象性、艺术想象和虚构、创作方法，等等。他是在自己固有文学观的基础上，又依据自己的社会理想，来从事外国文学作品的译介的，并以同样的头脑来看待、理解这些外来作品。因此，今人透过那些序跋所看到的外国文学作品的形象，是一个被曲解了的形象，并不完全符合它们原有的样子，人们现今读这些文字时不禁会哑然失笑。

最后，再说中国近代小说理论的第三个特点，即它的政论性。关于这一特点，本文在前边已从阶级、社会的根源上作了说明，这里再稍加论证。

天津《国闻报》的《本馆附印说部缘起》和梁启超的《论小说与群治之关系》两文，是中国近代小说理论的两篇有代表性的文献，它们本身都具有政论的特点。前一篇文章长万余言，实际上只用了很少的文字说到小说本身，而是以绝对多数的文字讲了一大篇物竞天择、生存竞争的道理。后一篇文章主要的文字都是谈小说的，然而谈到包含在中国旧小说中的四种秽质（所谓状元宰相思想、佳人才子思想、妖巫狐鬼思想和江湖盗贼思想）的时候，说得是那么动感情。对这四种旧思想所支配的腐败社会现象（说明，关于所谓第四种思想，应作别论。这一部分文字表现了梁氏的反动观点，本文限于篇幅，这里不作过细说明），揭露、批判得是那么尖锐。这一部分文字很具政论色彩，实际上表现了他对封建主义意识形态的批判。

以上这两个例子，都表明它们的作者的兴趣主要在于社会问题、政治问题，而不在文学问题。整个地看来，晚清的小说理论文章，对小说与政治之关系、小说对社会之作用、小说对群众之影响诸问题，谈得很多，兴趣浓厚，而对小说的艺术特征，小说创作过程中特有的艺术问题等等，谈得较少，显得冷漠。在这种理论的影响下产生的小说，一般都表现了艺术上的粗糙，这一点也是可以从时代、阶级的根源上解释清楚的。

以上，我们试着谈了中国近代小说理论的三个特点。只要把它跟中国历史上长期占统治地位的小说观念，五四以后兴起的新小说理论，以及今天我们已经比较熟悉的欧美小说理论加以比较，它的特点就是一目了然的。当然，说它独具特点，这只是承认事实，至于要进一步说清楚这些特点并具体揭示它是怎么形成的，那可还是个需要探讨的问题。本文的说法未必正确，尚希指正。

（原载《天津师大学报》1985 年第 2 期）

谈晚清小说论坛上的论争

19 世纪末，中国文坛上展开了一场关于小说理论的论争。这场争论大致可以说是从甲午战争年结束之后开始的，持续了十多年光景，参与争论的人们写出了几十篇文章，呈现出十分活跃的场面。

争论首先是在新、旧两派之间展开。所谓新派，是指那些主张社会变革或维新，多多少少接受了西洋文学观念的人们。所谓旧派，指那些坚持传统小说观念，认为小说是“小道”的人们。当新派在小说论坛上形成一股压倒一切的势力之后，新派中间也出现了意见的分歧。

争论的内容始终直接或间接地涉及小说同政治的关系问题，同时旁及小说同现实的关系、小说的艺术特征诸问题。通过这场多层次的论争，这些小说理论中的重大问题，被多侧面地揭示出来，从而推动了我国小说理论的发展。这场论争，是中国古代小说理论发展到现代小说理论的不可缺少的过渡阶段。

1872 年，可能是我国最早出现的长篇编译小说《昕夕闲谈》在申报馆刊行的《瀛寰琐记》月刊上发表时，编译者蠡勺居士写了一篇小序。此文大致可以认为是近代对小说产生新认识、新要求的头一篇文章。它批驳了传统的小说观念，发出“谁谓小说为小道!”的质问，可视为晚清新小说理论的滥觞。由于这篇小序问世较早，所以它身上带着新旧嬗变时代的明显特色：既有因袭传统观点的保守成分，又有吸收“西国名士”文学观念的进步因素。在小说的社会作用问题上，表达了不同于传统说法的新精神。他不再把小说视为洪水猛兽一般，而是以一种十分体会古代作者善良用心的原宥口吻说：“推其原意，本以取快人之耳目而已，本以存昔日之遗闻琐事，以附于稗官野史，使避世者亦可考见世事而已。”一是指出古代小说具有娱乐作用（这并没有什么不正当），一是指出它们还具有一定的史料价值（这并没有什么不正大）。这种宽容的看法，同当时统治阶级的严峻态度，形成强烈的对比。就在这篇小序发表的前一年（1871年），清朝最高统治者曾发出一道“上谕”：“坊本小说，例禁綦严，近来各省书肆，竟敢违禁刊刻，公然售卖，于风俗人心，殊有关系，亟应严行查禁。”在小序发表之前四年（1868年），江苏巡抚丁日昌通饬各府县查禁所谓“淫词小说”，在被禁作品中有《水浒传》、《西厢记》、《牡丹亭》、《红楼梦》、《玉堂春》、《白蛇传》、《拾玉镯》等今日公认的优秀小说、戏曲，以及《隋唐演义》、《龙图公案》、《今古奇观》、《拍案惊奇》、《笑林广记》等一类较好作品。当然，在被禁作品中，也有《十八摸》这样的黄色作品。

以上材料，见王利器辑录的《元明清三代禁毁小说戏曲史料》。其次，小序对小说创作提出了新要求。它主张小说应当在使读者获得艺术享受：“怡神悦魄”的同时，还应当使他们受到“明于庶物、察于人伦”的教育，即除了使读者开阔见闻，还得启发他们的“良心”。这样，小说创作便成为一种既正当又正大的事业。这种主张显然具有一种启蒙主义性质，它同日后的“小说界革命”的主张，有其一脉相承之处。这篇小序对小说在体制上的特点，也有所认识。它认为，小说和圣经、贤传、诸子百家、国史、古鉴等著作，内容上并无高下之分，不同的只在于体制。前者“妆点雕饰”、“嬉笑怒骂”，对多数文化水平不高的人具有“人竞乐闻、趋之若骛”的巨大艺术魅力，后者则“词意严重”、“文笔简当”，“无谈谑之趣”、“无繁缛之观”，往往使一般人闻之辄思卧或不欲闻。这样比较了一番之后，它认为小说具有其他著作所不具有的特点和长处，于是发出：“谁谓小说为小道?”的质问。

视小说为“小道”的，首先是班固，他在《汉书·艺文志》里这么说，但他是打着孔圣人的旗号来这么说的，所以近两千年之中，人们都认为这就是圣人的观点。现在，一个无名之辈却向它发出质问，这难道不是一种反叛吗?是的，这一质问可谓空谷足音，它预告了一种新小说观即将诞生。中国近代资产阶级维新派人士所大力倡导的新小说理论，何以会产生并在小说论坛上占了上风，这当然首先必须从社会历史方面去寻找原因，不这样做，就不可能对上述意识形态领域中的新现象，提出合理的解释。但是，与此同时，也不能忽视西方文学观念的输入，对它的直接促进作用。可以这样说，这种新小说理论的形成，正是同西方文学观念、文学知识和文学作品的传入中国，发生在同一个过程之中。这可以由下列事实所证明。

1896年，维新派领袖人物康有为刊布自编《日本书目志》，分15门：包括生理、理学、宗教、政治、法律、文学、小说、美术等等，介绍日文书籍，向中国青年推荐，认为日本维新成功，实得力于这些著作。他把“小说”类著作，堂而皇之地与政治、法律类著作同列在一起，也把这种历来受歧视的东西，郑重地向广大读者推荐，并把小说的功用同维新大局联系在一起，使当时国内一般人耳目一新。

1896年8月，维新派在南方的主要宣传阵地——《时务报》在上海创刊，它标志着维新运动已走向高潮，它的问世进一步推动了实际运动的进展。《时务报》主笔梁启超在报上说明运用“俚语”即白话　写作的必要性，并提出利用“说部书”（小说、戏曲、弹词、歌谣、小曲等通俗文艺作品）对无文化的群众进行宣传、教育的主张。1897年冬，已经译完《天演论》的著名启蒙主义思想家严复和他的几位朋友，抱着“开民智”、“新民德”以致国家于富强的信心，在天津创办《国闻报》，这是维新派在北方的主要宣传阵地。它创刊不久，即从第十六号开始，连载《本馆附印说部缘起》的长文，称“闻欧、美、东瀛，其开化之时往往得小说之助，是以不惮辛勤，广为采辑，附纸分送”。他们打算不断地翻译并刊印外国小说以飨读者，但后来因被迫停刊而没有来得及这么做。不过，这班有名的人士打算从事外国小说的译介工作，并且把它同促使国家进步的大业联系在一起，这种对待小说的庄重态度，是不可与传统小说观同日而语的。

1897年冬，当时拥护维新派部分主张的桐城派古文大家林纾（琴南），同友人合作翻译了法国文学名著《茶花女》，轰动了当时的读书界。从此，外国文学作品的翻译、出版事业在国内一天比一天兴旺发达，以至数年之后，译作数量远远超过著作。这样来势汹汹的洋小说的输入，对改变中国人的传统小说观，产生了极大的作用。

1898年，维新变法运动失败后，梁启超东渡日本，他基于要救国必新民的思想，十分注意宣传工作，尤其注意对外国所谓“政治小说”的译介。从他当时写的《译印政治小说序》一文中可以知道，他在这方面曾经有过一个雄心勃勃的计划。在这篇文章中，他向国人介绍了“英名士某君”的小说观，这个英国名士说“小说为国民之魂。”把小说捧到这般高的程度，对国人具有振聋发聩的作用。1900年，康有为在《闻菽园居士欲为政变说部，诗以速之》诗中，说到梁启超、邱炜萲有以变法运动为题材写成小说的计划，可见他们当时对小说的重视。

1902年11月，梁启超在日本横滨创办《新小说》月刊，在第一号的论说栏发表他自己的《论小说与群治之关系》一文，文末提出“小说界革命”的口号。这篇文章风靡一时，得到许多人的响应，它被后人目为中国近代小说理论的纲领性文献。在它的带动下，当时一般青年知识分子困集在梁氏周围，共同探讨有关小说的理论。这便是从第七号起始，一直连载到《新小说》停刊的《小说丛话》的成因。接着，上海也出现了专门小说杂志，如《绣像小说》、《月月小说》、《小说林》等。它们在创刊时，一般也首先发表论文，对梁氏表示赞同，并表达了某些新意见。这样，这种新小说理论便和新译、新著的大量小说作品同时冲上文坛，并占了统治地位。

这时，不管顽固分子是如何摇头叹气，甚或气急败坏地咒骂，传统小说观算是最后破产了，信奉它的人日见减少。以梁启超为代表的这个新小说理论，是建立在这样一个基础之上的：中国正面临危亡的严重时刻，爱国志士必须奋起救国。但是，救国的根本途径何在呢？要回答这个问题，就必须先弄清中国积弱的原因。他们认为，中国落后的根源在于“民质不良”，即认为群众愚昧、落后。因此，要救国，必首先“新民”，即对群众进行启蒙教育。这就是梁氏在他的一篇重要文章——《新民说》中提出的全面主张。这篇文章和他的《论小说与群治之关系》一文，写作于同一个时间。在后一篇文章中，他重复了头一篇文章中的主要观点，认为中国社会腐败的总根源，在于中国人的思想受了旧小说的毒害，因此，要救国，必新民，要新民，必先新小说。这就是“小说界革命”这个口号的含义。这里，救国是最终目的，新民是根本途径，新小说是许多新民手段中最重要的一种。这个观点，既是梁启超这篇文章的中心内容，也是这个以它为代表的新小说理论的纲领。这个纲领用梁启超的话来说，就是：“借雕虫之小技，寓道铎之微言”（语出《新罗马传奇》）。如果用他的老师康有为的话来说，那就是：“仅识字之人，有不读经，无有不读小说者。

故六经不能教，当以小说教之，正史不能入，当以小说入之，语录不能谕，当以小说谕之，律例不能治，当以小说治之。"① 总之，以小说为启蒙之工具，通过对民众的启蒙，以达改造社会的根本目的。

可以看出，这个新小说理论是一个自成体系的小说观念，它不同于中国固有的小说观念。他们提出的这个新观念，对中国文学由旧而新的蜕变，起了巨大的促进作用，这是不应抹煞的历史功绩。但是，同时必须指出，这种新小说理论是建立在资产阶级启蒙主义之上的。从根本上说，它是一种历史唯心主义的东西，因为它把社会意识当成推动社会进步的唯一原因，并且根本看不到人民群众的斗争实践才是历史发展主力的这个基本历史事实。还必须指出，它尽管很看重小说，然而，它对小说的艺术特性并不真正理解。它只不过把小说当成通俗的、能吸引人、招徕人的宣传工具而已，而不知道小说还是反映社会人生的艺术品，它对人们还具有更为深刻、重要的价值。维新派人士在实际政治斗争中，由于软弱无力而最后败于封建顽固势力，康、梁逃亡国外，严复在打击面前态度变得暧昧。但是，由他们所倡导的新小说理论，以及在它的指导下而发展起来的新小说，却并没有由于旧派的迫害而夭折，反而如雨后春笋般日见兴旺。维新派在这个领域的业绩，令人瞩目。

新小说理论控制晚清小说论坛之后，接着在它的内部也发生了种种论争，它反映了人们对小说的认识日渐加深的过程。就这些论争中意义比较重大者来说，当时大致讨论到这样几个问题。

首先是小说与客观社会生活的关系问题。

严复的《国闻报》看到小说对"人心之营构"具有无量之作用，于是提出"小说者，又为正史之根矣"。无限夸大了小说的社会作用。接着，梁启超也提出"小说有不可思议之力支配人道"，小说作者和出版者实握"一国之主权而操纵之矣"的说法。继他们之后，有人甚至说什么英国崛起于昔日、称雄全球于今日的原因，只在英国伊丽莎白女王"雅好文艺"。今日中国欲崛起，也"不可不自小说始"（王钟麒《论小说与改良社会之关系》）对于这种论调，当时已有人出来指出它失当。在《新小说》上连载的《小说丛话》里，曼殊

① 见梁氏《译印政治小说序》所引。

（说明：此非日后以《断鸿零雁记》等言情小说名世的苏曼殊大师，而是另一位作者）指出："今之痛恨祖国之腐败者，每归罪于吾国无佳小说，其果今之恶社会为劣小说之果乎，抑劣社会为恶小说之因乎?"这里提出了小说与社会之关系问题。曼殊认为当时流行的论调是颠倒了这个关系的，他说："小说者，今社会之见本也。无论何种小说，其思想总不能出当时社会之范围，此殆如形之于模，影之于物矣。虽证诸他邦，亦罔不如是。"曼殊的这个见解，从创作角度看，它当然是唯物主义的，而从小说的客观作用的角度看，它又没能充分估计到小说对社会的实际影响，所以也是片面的。后来（1908 年），另一位小说理论家徐念慈在《余之小说观》中说，那种认为中国社会的进步"咸惟小说是赖"的说法是过分的，"余为平心论之，则小说固不足生社会，而惟有社会始成小说者也。"但是，小说也并非毫无作用，它还是具有"促社会之发展"的作用的，除此作用外，它还具有娱乐人，比较深入地影响人的性情的作用。徐氏的看法，应该说是比较全面的。对于小说创作应该从实际见闻出发，还是应该从某种观念出发的大问题，在晚清小说论坛上也影影绰绰地留有争辩的痕迹。自从梁启超提出仁人志士应将其"胸中所怀政治之议论"，全部"寄之于小说"的创作方法以后，当时许多小说作者只注意利用小说这个工具去达到向"愚民"灌输新知识、新思想的宣传教导效果，而不怎么注意通过生动、真实的艺术形象，去表现实际生活和传达思想感情，因而，众多的作品失之于浅露。

对于这种显然违背小说创作规律的理论，当时也有人提出矫正性意见，比如夏曾佑在《小说原理》中指出，小说作者下笔时，必须着重写"此生数十年所亲见、亲闻之实事"，写出的作品，必须使读者在阅读时如同"亲历"一般，并使读者如同看"画"一样，通过对艺术形象的欣赏，获得审美享受。这种说法，不能不说是对小说艺术的进一层的认识。另外，著名小说家吴趼人等，也主张创作时应该记见闻、写事实、存真相。

这些意见都有合理性因素，可以供后人借鉴。

以上是围绕小说与社会之关系问题而进行讨论的一些情况。

其次，同这个问题有关，围绕着小说与政治之关系问题，也有过不同意见。当时同梁启超的小说功利主义直接唱对台戏的，是王国维。正当梁氏的小说救国论风行一时的时候，王氏接连发表一系列美学、文学论文，如《叔本华之哲学及教育学说》、《论哲学家及美术家之天职》、《红楼梦评论》、《古雅在美学上的地位》等，祖述德国哲学家叔本华、尼采的美学思想，提出艺术乃是“最神圣、最尊贵而无与于当世之用”的超功利艺术观，反对把它当成“道德、政治之手段”。王国维的理论同梁启超辈一样，都是在西方美学、文学思想影响下产生出来的。由于王国维当时信奉德国某派唯心主义美学，故而认为艺术是超功利的，否认艺术对政治具有某种效用。这当然是对梁氏的小说功利论的反动，它的错误是显然的。然而，王氏反对把小说当成“政治之手段”，不是像中国传统小说观那样出于歧视小说、歧视民间文艺的偏见，相反地，却是出于一种对小说艺术的神圣化。他认为：“美术之务，在描写人生之苦痛与其解脱之道，而使吾侪冯生之徒，于此桎梏之世界中，离此生活之欲之争斗而得其暂时之平和，此一切美术之目的也。”（《红楼梦评论》）他把被封建统治者下令禁毁的、被诬蔑为诲淫的《红楼梦》，当成一部“最神圣、最尊贵”的为人生而描写人生的伟大作品来看待。对于这里所引证的这句话，我们剔除其显然受叔本华思想影响的那些东西之外，看到的是一种为人生而艺术的理论。从这个角度看，与其说他反对把艺术当成一个一般的政治手段、宣传手段的观点是对艺术价值的贬低，还不如说是对艺术的一种片面的抬高。如果把王氏的思想同梁氏做个全面的比较，那么毋宁说王氏比梁氏更理解艺术，更看重艺术，因为正是梁氏也认为《红楼梦》是诲淫之作。

王氏的艺术观有其错误的一面，这是不待言的。但是，把他的观点放到当时背景上看，它起码有两点积极意义。一是他固然没有明言，然而却暗示了反对“文以载道”和歧视小说、戏曲的传统观点。二是他强调小说是纯艺术，而不是某种政治思想的简单传声筒。鲁迅先生在 1932 年讲到“为艺术而艺术派”的时候说：“这一派在五四运动时代，确是革命的，因为当时是向‘文以载道’说进攻的。”（《帮忙文学与帮闲文学》）对于王国维的艺术思想，今天似乎也应该采取这种历史的、分析的态度。

围绕着小说与政治之关系问题，当时还存在着严复、林纾等的不同看法，本文限于篇幅，不能缕析。总起来看，当时在这个重大的文艺理论问题上的争论是十分有益的，持不同见解的人们指出了梁氏的小说功利论的失当之处，对人也具有启发作用。

再次，围绕着对中国古代小说的评价，在新派内部也存在着不同意见的争论。

梁启超对中国古代小说、戏曲的偏颇看法，在《小说丛话》中就受到朋友们的批驳。狄葆贤认为，把中国古代小说、戏曲统统说成是诲淫、诲盗之作，是完全错误的。他说，就拿几乎是被公认的淫书《金瓶梅》来说，情况也不完全是那样。他认为，这部小说的作者实在是“抱无穷冤抑，无限深痛，而又处黑暗之时代，无可与言，无从发泄，不得已借小说以鸣之”。这部小说真实地反映了一定的社会状况，“真一社会小说，不得以淫书目之”。曼殊支持这种看法，他说，《金瓶梅》“是描写下等妇人社会之书也”，它的价值“当不下于水浒、红楼”。对于《水浒传》、《红楼梦》，当时多数人持肯定态度，并给予极高评价。这是晚清小说理论的卓越贡献之一，它端正了人们对这些古代小说的看法，实际上也就是批驳了封建统治阶级对它们的诬蔑，其反封建意义是明白的。狄葆贤认为，这两部小说“在我国小说界中，位置当在第一级”。晚清著名红学家侠人对《红楼梦》的评论，至今为人们所称道，他给了这部小说崇高的评价。对于梁氏认为中国小说远不如外国小说的看法，曼殊也提出了不同意见。他认为，“吾祖国之政治、法律，虽多不如人，至于文学与理想，吾雅不欲以彼族加吾华胄也。”他说，《西厢记》完全可以同西方的任何作品相媲美。侠人认为，“吾国小说之价值真过于西洋万万也”。这话说得有点过火，然爱国之情是明显的。此外，当时对于这个问题还进行过其他一些讨论，有的还涉及到批评方法、批评原则问题（如吴趼人在《说小说》一文中所提出的问题），此不赘述。

最后，对于小说的艺术特征、小说的审美价值、小说创作的技巧等等问题，在晚清小说论坛上也曾进行过有益的探讨。这笔理论遗产，理应受到重视。

总之，在新小说理论派内部，在共同认识的基础之上，也曾对一些重大理论问题进行过争论，其中某些意见对后人是有启发作用的，我们对它的研究还不够充分、深入，需要引起注意。

晚清的小说理论，内容比较复杂，可以从不同的角度对它进行研究。本文试图对它做一点说明和评价，不一定得当，请同志们指正。

论梁启超的小说观

梁启超（1873—1929）曾经是中国近代史上叱咤风云的人物，他的活动领域于政治、文化与学术，均曾涉足，并卓有成就。本文仅对他在小说领域中的活动，略加评论。

梁氏在小说领域的活动，开始于1896年在上海主持《时务报》时期，该报辟有“域外报译”、“西文报译”专栏，刊登各种译作。其第一册发表汉译侦探小说《英国包探话喀迭医生奇案》，连载《华盛顿传》。连载于该报的梁氏鼓吹变法维新主张的《变法通议》，在“论幼学第五”一节中，曾专论“说部书”，提出必须革新小说内容，以新编说部书（包括小说、戏曲，乃至说唱文艺等），代替“诲盗诲淫”的旧书：“今宜专用俚语，广著群书。上之可以借阐圣教，下之可以杂述史事，近之可以激发国耻，远之可以旁及夷情；乃至宦途丑态，试场恶趣，鸦片顽癖，缠足虐刑，皆可穷极异形，振厉末俗。其为补益，岂有量耶?”他甚至主张把这种用白话新编的说部书作为幼学教科书，列入课表，请教师每日为学生解说。在此期间，康有为也认为小说可有功于变法大业。他说：“仅识字之人，有不读经，无有不读小说者。故六经不能教，当以小说教之，正史不能入，当以小说入之，语录不能谕，当以小说谕之，律例不能治，当以小说治之。”（梁启超1898年著《译印政治小说序》文中引用语）两位维新派领袖对小说的看法是一致的，这些观点实为后此梁氏正式提出“小说界革命”的主要内容。

1897年9月，梁氏游湖北。他的友人叶浩吾、汪甘卿主办《蒙学报》，他的学生章仲和弟兄创办《演义报》。梁氏十分支持，因撰《蒙学报、演义报合序》。序称："西国教科之书最盛，而出以游戏、小说者尤夥，故日本之变法，赖俚歌与小说之力。盖以悦童子，以导愚氓，未有善于是者也。他国且然，况我支那之民不识字者，十人而六，其仅识字而未解文法者，又四人而三乎？故教小学、教愚民，实为今日救中国第一义。"对于梁氏此一观点的评论，下文将述及。这里首先指出，它在晚清小说界，产生了实际的影响。著名小说家吴趼人即以此为创作之宗旨，他说："吾发大誓愿，将遍撰译历史小说，以为教科之助！"（《历史小说总序》）另一位著名小说家李伯元，也自称其所著小说为教科书（《官场现形记》末回）。

梁氏在小说领域进行大力活动，是在他流亡日本以后。在东渡的兵舰上，梁氏读了日本柴四郎（1852—1922）的"政治小说"《佳人奇遇》，并译以自娱，译文后连载于《清议报》。《清议报》于1898年12月在日本横滨创刊，12月23日出版的《清议报》上，刊出梁氏的《译印政治小说序》一文，这是梁氏阐明他的小说观和翻译外国政治小说意图的第一篇正式的理论著述（此文后改为《佳人奇遇》汉译本的叙言）。此文首次从日本引进所谓"政治小说"的概念，并解释说："政治小说之体，自泰西人始也。在昔欧洲各国变革之始，其魁儒硕学，仁人志士，往往以其身之所经历，及胸中所怀政治之议论，一寄之于小说。于是彼中缀学之子，黉塾之暇，手之口之，下而兵丁、而市侩、而童孺，靡不手之口之。往往每一书出，而全国之议论为之一变。彼美、英、德、法、奥、意、日本各国政界之日进，则政治小说为功最高。英名士某君曰：小说为国民之魂。岂不然哉，岂不然哉！"所谓"政治小说"，在日本流行于明治（1863—1912）初年。"据说起因于自由党领袖板垣退助在国外旅行时见到了维克多·雨果，板垣问他：'在给国民以政治思想和知识方面，怎么做才好？'雨果指点他说：'利用政治小说是最好的捷径。'因此板垣就带了这类书籍回来，劝他的部下进行翻译、改编和创作等活动。"（引自日本筑摩书房1972年第八版、吉田精一著《现代日本文学史》，参见周作人《日本近三十年小说之发达》，载1918年《新青年》第五卷一号）政治小说的出现和日本译介西方文学、政治著作有密切关系，它或编或译，以启发国民政治觉悟和宣传政党理想为目的，因此，执笔者往往是职业的政治家，而不是什么小说家。日本政治小说中最出色的，有改进党的重要活动家矢野龙溪的《经国美谈》，借古希腊故事宣传本党的政见。东海散士（柴四郎）的《佳人奇遇》以满腔同情描写了那些处于困境中的国家，流露出慷慨激昂的感情。柴四郎也是一位政治家，曾充任军阀谷干城（1837—1911）的幕僚。政治小说并不是纯文学作品，充其量是一种通俗性的政治宣传品，它假小说之名以行世，这却改变了过去看不起小说的观念，因此，在日本文学史上这是一个值得写上一笔的事情。但是，在日本明治初年流行一时的政治小说，很快便成过眼云烟。明治十八年(1885)，文学理论家坪内逍遥撰成《小说神髓》一书，他批评所谓政治小说的写作方法，并根据欧洲文学理论，提出了一条新的创作原则。他认为，小说首先应该如实描写现实，“小说的主脑在于人情，其次是世态风俗”，不应该仅仅把小说当成宣传某种政治主张的工具。自从这条现实主义创作原则提出之后，在日本便发生了一个新文学运动，政治小说不得不退出文学舞台。梁氏流亡日本时，正是此一新文学运动展开之日。可是，梁氏没有向国人介绍坪内的小说理论，而是选择了已经过时的关于政治小说的主张，郑重地加以介绍，并拟定计划，要向中国同胞译印政治小说。梁氏这么做，并非出于疏忽，或对纯文学不理解，不是的，梁氏完全是从中国当时的实际情况，以及自己的政治需要出发，而特意选中了政治小说理论和作品的。梁氏在这篇《译印政治小说序》中明确说明，他将要译印的作品是“关切于今日中国时局者”，这应该说是一条为现实服务、为政治服务的翻译工作的指导原则，其精神对此后的中国翻译界影响深远。

对于中国自古以来的小说，梁氏在这篇序中给予彻底的否定。他说，小说在中国虽列之于九流，然佳制盖鲜，“述英雄则规画《水浒》，道男女则步武《红楼》，综其大较，不出诲盗诲淫两端。陈陈相因，涂涂递附，故大方之家，每不屑道焉。”梁氏一方面承认小说具有易入人移人的功效，另一方面又从内容上全盘否定中国小说，对它的指责与封建正统文人如出一辙，这表明他重视小说、提倡小说，只是出于对于它的通俗性、娱乐性、普及性的形式的肯定，他只是想借用小说之形式，以宣传自己的政治主张，梁氏小说观的局限性所在，于此也昭然若揭。梁氏于此序中还认为，“天下通人少而愚人多”，为了对天下众多愚民进行教育，只好拣起小说这个素为大方之家不屑一顾的工具。从这里也可以窥见梁氏世界观中对待百姓存有一种贵族式偏见。

梁氏发表于1902年《新小说》创刊号的《论小说与群治之关系》一文，是公认的近代小说理论纲领性文献，发表时未署撰者姓名，后收入《饮冰室合集》。梁氏接受古希腊哲学家亚里士多德的"人也者，善群之动物也"，"社会，即人群"的观点，他此处所谓的"群治"，即社会治理、人群教化之意。人称梁氏一生最崇拜的人物之一，是法国18世纪启蒙思想家、文学家伏尔泰（梁氏当时译为福禄特尔）。在梁氏仅有的三篇传奇作品中，就有两篇写到此公。《劫灰梦传奇》写道："你看从前法国路易第十四的时候，那人心风俗，不是和中国今日一样吗，幸亏有一个文人，叫做福禄特尔，做了许多小说剧本，竟把一国的人，从睡梦中唤起来了。"《新罗马传奇》的楔子，写意大利诗人但丁，同英国剧作家莎士比亚、法国文学家福禄特尔，一起到"东方病国"旅游，借机向东方人现身说法，宣扬"立国根本，在振国民精神"的思想，并称颂他们"因此著了几部小说、传奇，佐以许多诗词歌曲，庶几市衢传诵，妇孺闻知，将来民气渐伸，或者国耻可雪"的行径与抱负。这些描写，都反映了梁氏当时的救国主张。

在发表《论小说与群治之关系》之前，梁氏于《新民丛报》发表《新民说》一文，认为中国近代积弱的原因，在于国民愚昧落后，即所谓"民质不良"；鉴于此，他认为要救国，必新民，即改良民质。在《论小说与群治之关系》一文中，梁氏重申此一观点，认为中国群治腐败之总根源，在于中国小说含有秽质和毒性，它们毒害了人群，导致社会腐败。所以，欲救国，必新民，欲新民，必先新小说，该文一开始就提出这个中心论点："欲新一国之民，不可不先新一国之小说。故欲新道德，必新小说；欲新宗教，必新小说，欲新政治，必新小说；欲新风俗，必新小说，欲新学艺，必新小说；乃至欲新人心，欲新人格，必新小说。何以故，小说有不可思议之力支配人道故。"（"人道"，犹言人事，与"天道"对待而言。）道德、宗教、政治、风俗、学艺、人心、人格，一切人间事，统统在必新之列，梁氏主张社会改革与进步，主张弃旧从新的进取精神，溢于言表。然而，梁氏所列的这些必新的项目，名目虽多，内容实一，皆属于社会的表层现象，而不包括社会的经济领域。而所谓"新"就是改良。梁氏在这里为当时的中国开了一张只治标、不治本的温性药方。这也就是梁氏当时编小说杂志，创作并翻译小说、传奇，进行一系列有关小说的活动的总指导思想。梁氏爱国之热情、求进步之心情，不可谓不热切；然而，把这作为一个政治纲领来看，即使在当时，它的革命性与彻底性，已输于资产阶级革命派的主张。在评价梁氏的小说理论时，不应忘记这个大的背景。

认为“吾中国群治腐败之总根原”，“惟小说之故”，这种偏颇、武断的看法，当时即受到有识之士的批驳。在《新小说》杂志的“小说丛话”专栏里，署名曼殊的一位作者（此非日后以小说、诗画创作闻名于世的诗僧苏曼殊，当另是一人，然尚不了解其真实姓名）即指出：“今之痛祖国社会之腐败者，每归罪于吾国无佳小说，其果今之恶社会为劣小说之果乎，抑劣社会为恶小说之因乎，”这一质问，很有见地。这位作者认为：“小说者，今社会之见本（见本，作者借用的日文词汇，意为样本、例子）也。无论何种小说，其思想总不能出当时社会之范围”。梁氏将这位作者直接批评自己的言论，刊载于自己主编的刊物上，这也显示了梁氏大学者的风度。稍后，徐念慈于《余之小说观》一文中也指出：近今“所谓风俗改良、国民进化，咸惟小说是赖，又不免誉之过当。余为平心论之，则小说固不足生社会，而惟有社会始成小说者也。”这种争论，在梁氏的带领之下，呈现一种自由讨论的风气，至今给人留下较佳印象。认为当时中国落后的原因在于民质不良，因此，救国的主要途径是教育民众，这一主张在当时为许多先进的中国人所接受。比如鲁迅当时即认为，对于中国来说，“第一要著”在于改变国民的精神，“而善于改变精神的是，我那时以为当然要推文艺，于是想提倡文艺运动了”（《呐喊·自序》）。今天，指出这类思想见解的片面性、局限性是十分容易的，也是毋庸讳隐的。但是，有人说这种思想在当时完全是反动的，说它的真意是在为反动的封建统治阶级开脱罪责，模糊人民的视线，把革命运动引向歧途。这种说法，值得商榷。

梁氏提出新民说，不是为封建统治阶级开脱罪责，而是对封建主义意识形态展开批判。正如马克思、恩格斯并没有因为欧洲 18 世纪启蒙思想家对封建主义的批判，仅仅局限于上层建筑、意识形态领域，并没有触及社会的经济制度，并且也认为群众是愚昧落后的、必须由他们给予教育，从而否认他们在历史上曾经起过巨大进步作用一样，今天也不能因为梁氏有类似的思想，就认为他是一个别具用心的反动分子。梁氏当时对中国封建社会的恶习和反动落后的思想意识，进行了多方面的批判和揭露，现在仅就《论小说与群治之关系》一文中有关内容，稍微谈谈这个问题。梁氏在此文中认为，中国旧小说含有四种秽质，头两种是状元宰相思想和佳人才子思想，这正是封建主义的意识形态，梁氏对这两种思想和由它支配的腐败社会现象，诸如慕科第、趋爵禄、奴颜婢膝、寡廉鲜耻、轻薄无行、沉溺声色、伤风败俗等等，猛加抨击，立志改革，这是有进步意义的。梁氏批判的第三种秽质是妖巫狐魂思想，即落后反动的迷信思想。它是统治阶级愚弄、毒害群众的一种精神武器，在它的毒害之下，社会上惑堪舆、惑相命、惑卜筮、惑祈禳，因风水而阻止修铁路、开矿，争坟地而合族械斗，迎神赛会岁耗百万金。这种批判无疑也是应当肯定的。至于梁氏所谓的第四种有毒思想即所谓江湖盗贼思想，情况稍有不同。他认为，由于有些小说宣扬这种思想，使社会上绿林豪杰遍地皆是，日日有桃园之拜，处处为梁山之盟，所谓大碗酒、大块肉、分秤称金银、论套穿衣服的思想，充塞于下等社会之脑中，遂成为哥老、大刀等会，卒至有如义和拳者起，沦陷京国，启召外戎。梁氏指摘的这类社会现象，有些是一种无政府主义状态，它的存在和发展，不利于祖国之统一和强盛，梁氏的批判是合理的。但是，他对“下等社会”的反对封建统治的武装斗争，对义和团所持的鄙夷诬蔑态度，却反映出他思想中的反动性一面。当时以孙中山为首的革命者，正在国内联合会党举行起义，梁氏对哥老会、大刀会的指斥，实际是指斥革命派的有关行动。通过以上具体分析，可以看出梁氏对旧小说内容的批判，实际是对中国社会现实状况的一种批判，它的主要方面是反封建主义的、进步的。

中国近代史上，有许多有趣现象。比如，首先提出“文言不如俗语”（见《论小说与群治之关系》），并身体力行进行书面语言改革的，是保皇会的梁启超，而不是同盟会方面的激进的革命家章炳麟，后者反而是使用一种最古奥的文字来写作的。属于资产阶级革命派营垒的文学团体南社，对书面语言和文体的改革，似乎也无动于衷。从历史发展的角度看，为五四新文化运动提倡白话文开先河的，倒好像是保守的老新党。再比如，由于维新派错误地认为社会意识对社会发展具有最终决定作用，因而比较注意这方面的工作，相继提出诗界革命、文界革命、小说界革命，乃至史学革命等，对封建文化进行了批判，推动了近代文化的发展，在中国近代史上建立了很大功绩。相反，资产阶级革命派在这方面的成绩却相形见绌。对这些复杂的历史文化现象要进行具体分析，不因梁氏在政治上保守而一概抹煞他在其余方面的历史功绩，也不因为某人属于革命派，而抬高其身价。这样，庶几才能对他们分别做出实事求是的评价。

从这个观点来看，梁氏的《论小说与群治之关系》一文在中国小说史、文学理论史上的客观意义和功绩，是必须充分肯定的。这篇小说论，彻底改变了中国人的小说观念，它是中国文学理论发展史上的一块里程碑。自汉迄清，中国的正统文人对小说、戏曲一直不肯给予应有的重视和评价。尽管中国小说发展到宋代，产生了平话，元、明产生了演义，白话小说大放异彩，但是，正统文人仍然绝少注意，评论者亦很少，中国人小说观发生根本变化，从歧视到重视，从贬到褒，从禁绝到列为文学之正宗，尊为文学之最上乘，这一转折点发生于19世纪末和20世纪初。梁氏的《论小说与群治之关系》一文，是起了最关键作用的一篇宣言书。它促使晚清小说空前繁荣，一大批初具现代小说规模的作品问世，成为五四新文学的前驱。

《论小说与群治之关系》一文，对于小说理论多所建树。

首先，它初步描绘了小说的艺术特征。梁氏于文中自云，他“冥思之，穷鞫之”，想弄清众人何以嗜他书不如小说。这个问题使他苦恼，他对这个问题的研究，使他初步认识到小说具有虚构故事、发抒理想诸特征，他已经把小说从一般文章中划分出来，这是很有意义的。

其次，它初步涉及小说（乃至文学）的创作方法问题。它从文学与现实之关系的角度，从内容上将小说分为“理想派”与“写实派”两种。在20世纪初，比较深刻地阐明创作方法问题的是王国维的《人间词话》，梁氏所论虽欠深刻，但较王氏早数年，当时使人耳目一新。

最后，它描绘了人们在欣赏小说时的特殊心理活动，初步认识到小说对读者具有不同一般教育作用的审美感染作用。梁氏此文中关于小说对读者具有四种力的一段文字，真是一段妙文。它用了佛学词汇（如“有情世间”）和刚刚出现于汉语中的新词（如“神经”），对文学鉴赏过程做了说明。梁氏认为，小说对人们有四种作用力：熏、浸、刺、提。熏，指小说对读者的潜移默化的教育感染作用。浸，指小说对读者的审美作用。刺，也是指小说的审美力量。提，指小说中典型人物对读者的教育作用。梁氏关于四种力的说明，用意在揭示小说对于读者的教育作用，不是一种简单的说教，而是一种打动读者心灵、引发读者强烈感情，于不知不觉中感化读者的审美教育过程。此一说明是深刻的。梁氏云："此四力者，可以卢牟一世、亭毒群伦（卢牟，规范也；亭毒，养育也），一用之于善，则可以福庇兆人，用之于恶，则可以毒万千载。可爱哉，小说，可畏哉，小说"，根据这种认识，梁氏于文末正式提出"小说界革命"的口号，"故今日欲改良群治，必自小说界革命始，欲新民，必自新小说始。"又回到文章起始处提出的那个观点。

在创作实践上，梁氏受日本政治小说之启发，创作了一部自标"政治小说"的小说——《新中国未来记》。这部小说在《新小说》杂志上只发表了五回，约六万字，未完成。由于梁氏写这部小说"专欲发表区区政见"，这就造成它名为小说，实则"似说部非说部，似稗史非稗史，似论著非论著，不知成何种文体"。书中充满政治议论，及对法律、会党章程、名人演说的记录，几乎没有故事可言。它题目上标"未来记"，但已发表的文字中却只在叙述历史。它的第一回为短短的楔子，说的是公元 1962 年全中国举行维新 50 周年大祝典，诸友邦皆来庆贺，上海开设大博览会并设演讲坛，京师大学堂史学部特请现任全国教育会会长、文学大博士孔某，演讲中国近 60 年史，演讲辞占小说之很大篇幅。从形式上看，梁氏这么写可能是受到日本政治小说末广铁肠的《雪中梅》的影响。《雪中梅》著于 1886 年，一开头有一个楔子，描写 2040 年 10 月 3 日东京的一个场面，是日本国会创立 150 周年纪念日，作者借此预言日本之未来，抒发政治理想。从内容上看，这部小说是梁氏对自己的改良主义政治主张的说明与吹嘘。由于他写这部小说时，已经开始同兴中会就中国革命的途径问题发生争论，所以书中有论辩性内容，并含有对革命派青年的攻击。这部小说的第四回，揭露沙皇俄国侵占我旅顺、大连及东北其他地方，进行野蛮统治、残酷搜刮的事实，表现了作者的爱国热忱。此回中，作者还译了英国诗人摆伦（今译"拜伦"）的两首诗，据说，这两首诗和严复《天演论》中的一首译诗，便是中国最早的几首西洋诗的译作。回末总批谈到翻译原则问题，并认为莎士比亚、弥尔顿、拜伦等"泰西文豪之意境风格"，可当作中国诗界革命之方向，云云，今天读来，仍颇饶意味。

在 1902—1903 年间，梁氏还创作了三篇传奇：《劫灰梦》刊于《新民丛报》第一号，《新罗马》刊于《新民丛报》第十、十一、十二、十三、十五、

二十、五十六号，《侠情记》刊于《新小说》第一号。《侠情记》仅一片断，写梁氏平生最敬佩的另一位西方人士、意大利的加里波的，这位英雄为女友马尼他私慕事。《劫灰梦》也仅一楔子，写一旅居北京的读书人在甲午战败后，至庚子事变期间的思想历程，实为作者本人心灵历程之表现。比较完整、也比较有意义的，是《新罗马》。除楔子外，还有六出，然亦未完。它写1814年欧洲维也纳会议以后，梅特涅在意大利进行专横统治，从而激起意大利人民反抗的故事，其中写了烧炭党人、玛志尼、加里波的等。作者借这一外国故事，抒发反侵略、爱祖国的思想感情，内中有些曲子写得很精彩。如写烧炭党首领被捕后，在公堂上当面痛斥梅特涅的一支“混江龙”曲：“你那外交政策，是要献媚列强”，“你那内治经验，是要挫抑民气，做到十层地狱光阎灵”，你“是一个杀人不眨眼的刽子手”，“亡两头捣鬼的妖魔星律”。这显然是借剧中人之口，对中国封建顽固派的指斥与揭露。

1915年出刊的《中华小说界》第二卷第一期，发表梁氏《告小说家》一文。自1902年提出“小说界革命”口号以来，十多年间，新小说的创作与外国小说的翻译，均取得较大成绩。但与此同时，小说界也出现严重问题，在商业化风气的腐蚀之下，小说内容越来越低下。面对这种状况，梁氏不禁喟然长叹：“还观今之所谓小说文学者何如，呜呼？吾安忍言，吾安忍言，其什九则诲盗与诲淫而已，或则尖酸轻薄毫无取义之游戏文也。……近十年来，社会风习一落千丈，何一非所谓新小说者阶之厉，循此横流，更阅数年，中国殆不陆沉焉不止也？”梁氏所言，不无偏颇，然亦确实指出当时小说界存在问题的严重。1916年9月，隶属于北京政府教育部的通俗教育研究会，通令查禁鸳鸯蝴蝶派的《眉语》杂志，指出该杂志所发表的小说，倡“聚钗光鬓影能及时行乐”思想，贻害青年。不久，教育部又据该会审核，陆续查禁《金屋梦》、《鸳鸯梦》等小说。事实说明梁氏《告小说家》一文对当时小说界的批评，不仅是有的放矢，而且是眼光尖锐、理直气壮，也说明梁氏自始至终关心着小说界的状况。两三年后，当五四新文学运动发生时，梁氏又率先表示支持，这确实是难能可贵的。

梁氏翻译的小说有：《佳人奇遇》16回，日本柴四郎著，标“政治小说”。《世界末日记》，载《新小说》第一号，译者标为哲理小说，“法国著名文学家兼天文学者佛林玛利安君所著之地球末日记也”。《俄皇宫中之人鬼》，载《新小说》第二号，标语怪小说，“法国前驻俄公使某君所著也”。《十五小豪杰》，共18回，梁氏仅译前一半。

梁氏不以诗人自命，流亡海外时才多作诗，今存古近体诗360余首，词60余首。另外，还写过一本广东戏《班定远平西域》，刊于光绪三十一年(1905)，新小说社印行，署曼殊室主人，宣扬“狮子醒来力可撼天”的爱国思想。

梁氏以一代英豪，出于政治宣传之目的，涉足于小说、戏曲领域，建树多多，其功不可没。

（原载《天津师大学报》1990年第1期）

晚清四作家小说观平议

刘鹗一，吴趼人，李伯元，曾朴，公认的晚清四位著名作家。对于他们的社会政治观和代表作，20 世纪以来多所研究，而对于他们的小说观，却研究得不够。本文打算就此做点比较性评论，既把他们的小说观点和在当时居主潮地位的“小说界革命”理论相比较，也对他们各自的观点做互相比较，看看他们各有什么特点。

这方面的情况，就所遗留理论文字数量看，以吴氏为最多，而就其观点之深刻、新颖言，与中国传统小说观相对而言，则刘鹗、曾朴给人的印象较佳。四人中，吴、李二氏较为接近，在小说观上较为保守，刘、曾二位不尽一致，但皆具先锋色彩。维新派宣传巨子梁启超于 1902 年正式树起“小说界革命”大旗，四位作家的主要作品都是在此之后的产物，他们在口头上似乎皆服膺梁氏之主张，而仔细分析起来，则又可发现他们与梁氏并不尽一致，甚至有较深的分歧。这种情形正好体现了处于新旧文学嬗变、中西文学观念交流这一特殊历史阶段的独有风貌，给人们以百家争鸣的印象，很有点类似于近年来讨论文学观念更新时的状况。

吴趼人

四作家中，吴、李二氏的小说观较为接近梁氏的理论。据《趼人剩墨》和《吴趼人哭》，自 1897 年至 1902 年，为吴氏在上海办消遣型、商业性小报时期。事后，吴氏反省云：“回思五六年中，主办各小报笔政，实为我进步之大阻力，光阴虚掷于此，吴趼人哭！”表现了一种忏悔心理。1902 年，梁启超创《新小说》月刊于日本横滨，次年，吴氏即以《二十年目睹之怪现状》、《痛史》等长篇小说邮寄投稿。1909 年，吴氏逝世前一年，撰《近十年之怪现状·自叙》又云："为章回小说，计自癸卯（1903 年）始业，以迄于今，垂七年矣。"吴氏的主要作品，皆写作于此期间。此一时间表表明，吴氏由办消闲小报到找到自己的创作道路，大体是在梁氏小说理论风靡中国文坛之后，这证明梁氏理论对吴氏确乎产生了深刻影响。

梁氏的小说理论，其要旨在借小说为宣传之工具，期望通过小说启发国民的觉悟，以达社会改良、祖国进步之目的。1898 年，梁氏于变法失败后亡命日本，创《清议报》，除发表时评外，还拟刊载新小说。梁氏认为"在昔欧洲、日本各国变革之始，其魁儒硕学、仁人志士，以其身之经历及所怀之政治见解，撰为小说。往往每一书出，全国议论即随之一变。彼政界日进、社会开化，实政治小说为功最高"（见《译印政治小说》）。1902 年，梁氏于《新小说》杂志创刊号，揭载《论小说与群治之关系》一文，正式举起"小说界革命"大旗，其中心观点是：欲新一国之民，不可不先新一国之小说，欲新道德，必新小说；欲新政治，必新小说。何以故，小说有不可思议之力支配人道故。故今日欲改良社会，必自小说界革命始，欲新民，必自新小说始。梁氏此一观点之爱国主义出发点，是不容怀疑的。此一主张竭力抬高小说之政治宣传作用和社会地位，其反中国传统的视小说为小道、壮夫不为偏见的叛逆性，有目共睹。其所谓小说具有易感人、易入人、妇孺皆喜闻乐见之通俗性、群众性、感染力，亦不为无见。

然而，此一见解只强调小说的宣传功能、教化效用，仅只视小说为政治教育之附庸，其与中国传统的文以载道观的血亲关系，又是明显的。梁氏自居于先知先觉者之地位，视全体国民为下愚，说中国旧小说对民众之毒化，乃中国社会腐败之总根源，又说新小说之普及为改良中国社会和革新政治之根本推动力，凡此言过其实之处，亦将梁氏世界观之唯心主义实质，昭然若揭于世人目前。以上所言，既是对梁氏"小说界革命"理论的粗浅评论，亦是对本文所论四作家从事的小说创作事业的总体估价。本文以下所谈，都必须置于此一大背景之下，才能不失之于片面。

《吴趼人哭》的出版和《新小说》的创刊同年，其第五十四则云："欲强国者必当开民智。"这完全是当时维新派的口头禅。《新小说》第十、十七、二十二号（1904—1905 年）刊载吴氏撰《新笑林广记》22 则，“自序”云：“迩日，学者深悟小说具改良社会之能力，于是竞言小说。窃谓文字一道，其所以入人者，庄词不如谐语，故笑话小说尚焉。吾国笑话小说，亦颇不鲜，然皆陈陈相因，无甚新意识、新趣味。思有以改良之，作《新笑林广记》。”此为今日可得见之吴氏最早谈小说之文字，其观点与梁氏如出一辙。1905 年出版之《新小说》第十九号“小说丛话”专栏，载吴氏论小说短札一则，其中说：吾久居上海，于各地风土人情皆得而习闻之，唯吾粤几不知有淫风二字，偶有不贞者，则不复齿于人类。初不解何以独得此良风俗，继思之，此亦小说家之伟功。弹词曲本之类，虽皆附会无稽之谈，要其大旨，无一非陈说忠孝节义者。妇人女子习看此等书，遂暗受教育，风俗亦因之以良也。此处所云小说具改良风俗之伟功，与梁氏观点一致，然“无一非陈说忠孝节义者”一语，实与梁氏主张大相径庭，在此后的文章中，吴氏于此有更明确之说明。1906 年 9 月，《新小说》、《绣像小说》相继停刊后，又一重要小说期刊《月月小说》于上海创刊。《月月小说·序》，作为该刊创刊例言，阐明其编辑宗旨，作为吴氏的理论文字，亦表明其小说观。此序首先祖述梁氏观点并补充之，云：“小说与群治之关系，时彦既言之详矣。吾于群治之关系之外，复索得其特别之能力焉。”接着，吴氏对小说的通俗性、感染性做了描述，其深刻性较梁氏相应说法为浅。然后，此序才正面阐述吴氏的观点：“吾人丁此道德沦亡之时会，亦思所以挽此浇风耶，则当自小说始。”吴氏认为当时中国社会问题的症结在于一世风浇漓、道德沦亡，欲改变此一局面，就必须借助小说对国民进行道德教育。我们可以发现，在社会政治观上，吴氏的思想、气度、眼界，与梁氏简直相差远甚。梁氏的革新意识，开阔、恢弘的气度，都是吴氏所不具备的。相反，吴氏表现出可悲的复旧倾向，其见解迂腐而不切实际。吴氏由上述认识出发，于是“发大誓愿，将遍撰译历史小说，以为教科之助。历史云者，非徒记其事实之谓也，旌善惩恶之意实寓焉。吾于是欲持此小说，以分教员一席焉，庶几借小说之趣味，之感情，为德育之助云尔。”欲借历史小说（实即借对前贤往行之宣传）为旌善惩恶之教化工具，这就是吴氏的创作宗旨。他虽然表示拥护梁氏关于小说与群治关系的看法，而实际上，二人的主张是大异其趣的。

吴氏在《自由结婚》（周桂笙译）“评语”中云：“余与译者论时事，每每格格不相入，盖译者主输入新文明，余则主张恢复旧道德也。”吴氏于《上海游骖录》一书自跋（载《月月小说》第八号，1907 年）中云：“以仆之眼观于今日之社会，诚岌岌可危，固非急图恢复我固有之道德，不足以维持之，非徒言输入文明，即可以改良革新者也。”又于该书中做如下表白：“我所说的改良社会，是要首先提倡道德，务要使道德普及，人人有了个道德心，则社会不改自良——德育普及是改良社会第一要义。”

上述材料，将吴氏思想揭示得十分明白，其与梁氏之差距，亦更显清晰。由于重视历史小说在普及道德教育中的作用，从而对有关历史小说创作问题做探讨，此为吴氏对晚清小说理论之独到贡献。《月月小说》创刊号，除发表上述序文，同时还刊出吴氏的《历史小说总序》、《两晋演义自序》二文。吴氏认为，“我固有之道德”，古代精华，集中保存于历代正史之中。然而由于它们卷轶浩繁，文字艰深，使其不得发挥教化作用。而历史小说，却正可补其不足，而使其内容得以普及。《历史小说总序》云：“盖小说家言，兴味浓厚，易于引人入胜也。惜哉，历代史籍无演义以为之辅翼也。吾于是发大誓愿，编撰历史小说，使今日读小说者，明日读正史如见故人；昨天读正史而不得入者，今日读小说而如身亲其境。小说附正史以驰乎，正史借小说为先导乎，请俟后人定论之，而作者固不敢以雕虫小技妄自菲薄也。”吴氏于此重申了他欲借历史小说普及道德教育以改良社会之用心，其所抱社会理想及欲达此目标而所选择的途径，有其明显之保守性、空想性，其与梁氏已不可同日而语。

不过，他于此处对史籍与小说之比较，即认为小说可使读者如“身亲其境”，“兴味浓厚”，易于引人入胜云云，也表明他对小说之特点有明确之体察，其重视小说在改良社会事业中之作用，不以小道而鄙薄之，凡此也都有其进步性。中国自来盛行历史演义小说，对于它的优劣得失的讨论，自是古代小说理论批评史上的常新话题。《两晋演义自序》对此有如是议论：“自《三国演义》行世后，历史小说层出不穷，然每下愈况，动以附会为能，转使历史真相隐而不彰。一般无稽之谈，徒乱人耳目。呜呼，自此等书出，而愚人益愚矣。夫小说虽小道，究亦同为文字，同供流传者，内容如是，纵不惧重诬古人，岂亦不畏贻误来者耶，等而上之者，如《东西汉》、《东西晋》，顾又失于简略，殊少意味，而复不能免蹈虚附会之谈，人亦何贵有此小说也?”基于这样的认识，吴氏提出一项历史小说的具体创作主张：撰历史小说，当以发明历史真相为宗旨，以借古鉴今为诱导，既沃之以意味或曰兴味，又不可过涉虚诞，使读者于消遣之中获益，即寓教育于闲谈，最终使历史小说成为历史教科书之一臂助。

此外，吴氏又于《两晋演义》第一回评语中重申之："作小说难，作历史小说尤难，作历史小说而欲不失历史真相尤难。作历史小说不失其真相，而欲其有趣味，尤难之又难。其叙事处或稍有参差先后者，取顺笔势，不得已也。或略加附会以为点染，亦不得已也。他日当于逐处加以眉批指出之，庶可略借趣味以佐阅者，复指出之，使不为所惑也。"吴氏提出的这条具体创作主张，涉及如何处理"历史真相"、"趣味"和"附会"（即艺术虚构）三个因素之间的关系。他主张，存历史真相，乃历史小说之首要宗旨，沃之以意味（或趣味），乃小说之本分及所长，不能忽视，为了"取顺笔势"，对历史事实略加附会，以为点染，固可增加小说之趣味，但乃不得已而为之，不可过分。这个主张，既是吴氏对古代演义小说成败经验之总结，亦包含他本人对创作实践之体会，初步具有完整形态，在中国小说理论史上，占有一席地位，即对后人，亦可资借鉴。

1907年，吴氏撰《剖心记》，书前凡例更提出"无一事无来历"之创作主张。凡例云：一般小说每多凭空杜撰，此书却一一依据有关传记，可谓无一事无来历，读者可作历史掌故读。又云：此书对于无根传说，尽管其为旧小说家之绝好材料，兹特以其语涉神怪，故略去之。书中所载皆录自档案史料，无一字杜撰，以存历史真相。此书遵循如此体例，俾世人知稗官中非尽无信史也。如上所云，将吴氏存历史真相之创作主张强调到极端，甚至以信史目小说，以信史来规划小说，这就不能不说它失之偏颇了。鲁迅《中国小说史略》曾指出，在中国，自来论断艺文，本史官之职；传统的视小说为小道，乃源于史家之言。《汉书·艺文志》将小说家摒弃于"可观者九家"之外，原因即在于小说乃街谈巷议、道听途说者之所造，而非信史。鲁迅先生把此种传统观点，称之为"史家成见"。

吴趼人不是像梁启超那样，一反这种史家陋见，大胆地为小说争身份、争地位，不无夸张地说"小说为文学之最上乘"，指出艺术想象、导读者游于浪漫世界，是小说家之正当权力和特长，相反，而是屈己奉人，极力表白自己的小说内容“无一事无来历”，称它为信史，期望得到人家的谅解，这正表现出吴氏的软弱性、不彻底性。本来，作为中国封建社会末代的一个知识分子，吴氏对小说还是取传统的看法，认为稗官野史徒供人谈笑，壮夫鄙为雕虫小技，士夫恒见而生笑（见1898年上海书局出版之《海上名妓四大金刚奇书·弃言》)。后受时代进步思潮之影响，接受维新派的某些观点，亦认为“小说具有改良社会之功力”。

吴氏去世后，清癯于《我佛山人轶事》中称，吴氏“本为贵介子，而转为小说界一时无两之巨子”。此一出身及遭遇，使吴氏始终以一种不自甘的心情看待自己所从事半生的小说创作事业，在内心深处存有封建士大夫鄙视小说的传统阴影。他晚年回顾一生，不禁自叹：“呜夫，以二千五百余日之精神岁月，置于此詹詹小言之中，自视亦大愚已！”（《近十年之怪现状》自叙）凄然之情，溢于言表。挚友李伯元于1906年逝世后，吴氏悼之曰：“呜呼！君之才，何必以小说传哉？而竟以小说传！若之不幸，小说界之大幸也。”（《李伯元传》）同样流露出这种复杂矛盾的心情。这是为十来年之后在中国文坛上崭露头角的五四文学新战士们所没有的。

总之，吴趼人虽然是积极响应梁启超“小说界革命”号召，最早投稿于梁氏，并取得较大创作成果的一位著名小说家，但其对小说的看法，却并不完全与梁氏的理论相合，他社会政治观上的复旧保守倾向，于小说观上亦有显露。

李伯元

李伯元的小说观受梁启超理论的影响，这首先即可由商务印书馆《本馆编印〈绣像小说〉缘启》看出。《绣像小说》是继梁氏《新小说》之后，于1903年在上海创刊的，由李伯元主编。《缘启》一文，完全是重复梁氏的见解，亦云“欧美化民，多由小说”，魁儒硕彦借小说“抒一己之见，著而为书，以醒齐民之耳目”，“说书唱歌，感化尤易”，本刊“借思开化夫下愚，遑计贻讥于大雅”，等等。从论调到用语，几乎与梁氏完全相同。由此，也可以说李氏之由办消遣性商业型小报，到进行小说创作并写出《官场现形记》一类优秀小说，基本上与吴趼人相同，也是在梁氏新小说理论之感召下才起步的。李氏自号“讴歌变俗人”，于此亦可见其思想之一斑。

李氏于《官场现形记》末回，自称他的这部小说是“做官的教科书”，说书中“指摘他们做官的坏处，好叫他们读了知过必改”，以后还要再做一部书，“教导他们做的法子”。把小说视为某种教科书，心存教化世人的一段意思，这一点是李、吴二位挚友所共同的。《官场现形记》之后，李氏有《活地狱》之著，“楔子”云：我为什么要做这一部书呢，只因为那一座座小小州县衙门，对百姓竟比水火刀兵还厉害几倍。我做这部书，想叫世上做官的稍尽为民父母之心，把这害民之事，革除一二。李氏的思想见解，基本上与吴氏相同，都是保守、软弱的。《文明小史》为李氏另一部著名小说，该书于1903至1905年在《绣像小说》连载时，附有署名自在山民者所加评语，一般认为是李氏自评。评语不仅对李氏之社会政治观多所交代，而且对其小说观多有说明。第一回评语：“家奴引戏作证，若辈见解，不过如此。僻处边陲之童生并京戏亦未瞧过，自是实在情形，可见演戏唱歌，实为开化下流之妙具。”第五十四回评语：“察勘南京全省各矿报告，系采诸近日新闻纸者，与其虚而无据，不如实而有徵。”第五十五回评语：“此回实写社会之恶现状，非曾经沧海者不能道其只字。”第六十回评语：“长安县献古画古碑一段，正是托讽于微，读者可以静思而得。”其中强调“实写”现状，称“与其虚而无据，不如实而有徵”，以及“托讽于微”的创作用心，集中体现李氏之小说创作观，其与吴趼人的主张，同样极为接近。这种创作主张与中国传统文学观念的密切关系，毋庸再说，它加强了作家的现实主义创作倾向，同时也束缚了他们进行大胆艺术创造的手脚，利与弊是双重的。最能表现李氏这种创作观的，还是他亲撰的《庚子国变弹词》例言。弹词，今日归类于曲艺，昔日，李氏却认为它也是小说。例言云：“是书取材于中西报纸者，十之四五；得诸朋辈传述者，十之三四，其为作书人思想所得，取资敷佐者，不过十之一二。小说体裁，自应尔尔，阅者勿以杜撰目之。”又云：“是书既随报刊录，则彰善瘅恶，自有微权。”同吴趼人一样，极力表白自己的作品为实录而非杜撰，唯恐被人讥为虚构，撰述小说，不忘彰善瘅恶之社会责任，唯恐被人讥为等闲笔墨。其中所谓“作书人思想所得，取资敷佐者”，亦即吴氏所言附会、点染。他们虽然都不否认小说家进行艺术虚构之权力，然而都是羞羞答答的，不是理直气壮的，这种重实录、轻创作的创作倾向，自有其可取之处，它的实录精神可以发展为现实主义，然而，它也是巨大的束缚力，它使晚清不少小说往往停留在表述见闻的事实性、新闻性的较低水平上，而难以达到揭示事物深层意义的真实性、典型性的较高层次。这里，确有不可忽视的历史教训在，后人应慎思之。

刘鹗

从现有资料看，还没发现刘鹗有直接附和梁启超之言论，然其代表作《老残游记》第一回自评云："举世皆病，又举世皆睡，真无下手处？摇串铃先醒其睡，无论何等病症，非先醒无治法。具菩萨婆心，得异人口诀，铃而日串，则盼望同志相助，心苦情切。"由此观之，刘氏的救国方案与梁氏之新民说理论，以及吴趼人"欲强国必当开民智"的观念，可以说相差无几。刘氏最早投稿于《绣像小说》，《老残游记》卷1—13于1903—1904年连载于该刊，也表明其对该刊醒民宗旨之理解与支持。然而，从对小说的基本看法言，则刘氏与梁、吴、李，皆有极大之不同。《老残游记自序》所提出的文学观，在近代小说论坛上，可谓独树一帜。它认为小说应该是作者强烈感情之自然表现，是作者灵性之流露，此说与我国古代传统的文以载道创作观截然不同，亦与同时代占主潮地位的视小说为宣传利器之小说论有别，而与古代之发愤著书、独抒性灵的具叛逆色彩之创作观有承继关系，可称之为近代小说论中的性灵派。"自序"云："《离骚》为屈大夫之哭泣，《庄子》为蒙叟之哭泣，《史记》为太史公之哭泣，《草堂诗集》为杜工部之哭泣，李后主以词哭，八大山人以画哭，王实甫寄哭于《西厢》，曹雪芹寄哭泣于《红楼梦》。王之言曰：'别恨离愁，满肺腑难陶泄。除纸笔代喉舌，我千种想思向谁说，'曹之言曰：'满纸荒唐言，一把辛酸泪，都云作者痴，谁解其中味？'名其茶曰'千芳一窟'，名其酒曰'万艳同杯'者：千芳一哭、万艳同悲也吾人生今之时，有身世之感情，有家国之感情，有社会之感情，有种教之感情，其感情愈深者，其哭泣愈痛，此鸿都百炼生所以有《老残游记》之作也。棋局已残，吾人将老，欲不哭泣也得乎，吾知海内千芳、人间万艳，必有与吾同哭同悲者焉？"

刘氏认为，主观之情，源于作者之身世、家国、社会、种教之感，感与情愈深，哭泣愈痛，哭泣痛者，发之为诗、为词、为画、为戏曲、为小说。刘氏不仅注意到社会、家国、身世、种教之客观因素与文艺之关系，而且特别强调由前者升华为后者，必须经由情感之中介，强调感与情乃文艺创作之直接导因，艺术品不过是其寄托体而已，传世的艺术品，都是由于其中寄托着深厚的情与感，此一观点，在晚清小说论坛上，除深受西方美学影响之王国维外，可以说还没有第二人道及。由今日之眼光来看，它也是精当、深刻的。

《老残游记》初编每回后有作者自评，揭示作品之含义和艺术之构思，向为研究者重视，鲁迅《中国小说史略》和胡适《老残游记序》，均引证之。第四回写清官玉贤（影射毓贤）的种种虐政，其自评云：“毓贤抚山西，其虐待教士，并令兵丁强奸女教士，种种恶状，人多知之。至其守曹州，大得贤声，当时所为，人多不知，幸赖此书传出，将来可资正史采用，小说云乎哉”。刘氏于毓贤恶状之揭露与评论，且不论，其所言“将来可资正史采用小说”云云，却将其小说观之另一侧面显示出来。这本来是中国古代史家的一种小说价值观，宋著名史学家司马光《进资治通鉴表》，向皇上呈报编纂是书过程时即言“遍阅旧史，旁采小说”。他的儿子司马康亦参与其事，亦云：“唐以来稗官野史暨夫百家谱录、正集别集、墓志碑碣、行状别传幸多存，而不敢少忽也。”重视小说野史、稗官别传之史料价值，以史料视小说，认为“实录正史未必皆可据，杂史小说未必皆无凭”（司马光《与范内翰祖禹论修帖》），表现了一种开明的史学观和文学观。刘鹗从这种观念出发从事小说的写作，是对古代进步文学思想之继承。《老残游记》第十三回自评并云：“野史者，补正史之缺也。名可托诸子虚，事须征诸实在。”第十六回自评云：“赃官可恨，人人知之。清官尤可恨，人多不知，盖赃官自知有病，不敢公然为非，清官则自以为我不要钱，何所不可，刚愎自用，小则杀人，大则误国。吾人亲目所睹，不知凡几矣。试观徐桐、李秉衡，其显然者也，二十四史中皆不胜屈。作者苦心，愿天下清官勿以不要钱便可任性妄为也。历来小说，皆揭赃官之恶，有揭清官之恶者，自《老残游记》始。”鲁迅《中国小说史略》就此评论曰：“摘发所谓清官之可恨或尤甚于赃官，言人所未尝言”，充分肯定此种创作精神。《老残游记》自评多处强调小说创作的求实精神和作品对于“人心世道”之关系，与自序所强调之情感于文艺创作之重要意义，这些本不成系统的观点，倒也将刘氏小说观之大体面貌给勾勒出来了。它表明刘氏与同时代诸作家有不同风姿，给人以新颖、独到之感。

曾朴

《孽海花》的著者是曾朴，然而创作的发起者、立意者是金松岑。金氏为梁启超“小说界革命”主张之热烈拥护者，其《论写情小说于新社会之关系》，于1905年刊于《新小说》，开宗明义即重申“伟哉！小说之有不可思议之力支配人道也”的见解。金氏不仅从理论上赞助梁氏，而且亲手撰写政治小说《孽海花》，为新小说园地培植新株。曾氏与金氏为莫逆之交，他之接替金氏将《孽海花》续成全璧，不能不说他也是梁氏之同调。然而从材料上看，曾氏的小说观与梁氏又不尽相同，与上述吴、李、刘更为相异，曾氏的观念更带有西洋色彩，这要从曾氏与他的老友、著名林译小说译述者之一林琴南的有趣分歧说起。

《孽海花》20回本，于1905年在上海出版。次年，林氏初读即给予极高评价：“方今译小说者如云而起，而自为小说者特鲜。纾日困于教务，无暇博览。昨得《孽海花》读之，乃叹为奇绝。《孽海花》，非小说也，鼓荡国民英气之书也！”（《红礁画桨录·译余剩语》）越二年，林氏又评之曰：“顾英之能强，能改革而从善也，吾华从而改之，亦正易易。所恨无迭更司其人，能举社会中积弊著为小说，用告当事，或庶几也。呜呼！李伯元已矣，今日健者，唯孟朴及老残二君，能出其绪余，效吴道子之写地狱变相，社会之受益，宁有穷耶，谨拭目俟之，稽首祝之。”① 曾氏将老友的评论，称之为“逾量的推许”，其感激之情，不言而喻。然而，对于老友的推许，曾氏却并不全以为然。曾氏云：“《孽海花》非小说也一语，意在极力推许，可惜倒暴露了林先生只囚在中国古文家的脑壳里，不曾晓得小说在世界文学里的价值和地位。他一生非常的努力，卓绝的天才，是我一向倾服的，结果仅成了个古文式的大翻译家，吃亏也就在此。其实我这书的成功，称它做小说，还有些自惭形秽呢！”（《修改后要说的几句话》）曾氏于此提出“价值”二字，由此确可追溯到他与林氏意见不一致的终极原因，那就是二人关于小说的价值观（小说在文学中的地位，它于人生于社会之意义）不同。林氏一生译述了近二百种外国作品，其中将近1/3为世界文学名著，他本应对“小说在世界文学里的价值和地位”问题有所认识，但是，由于他始终固守古文家的眼光，一生所撰许多译作的序跋文中，始终未曾说出几句合乎文学新潮流、小说新观念的话来。相反，曾氏虽然在这

---

① 《译贼史序》。

方面撰述的文字数量较少，但却显示了开阔的眼界与崭新的小说观念。前已述及，近代小说家中多数因袭中国传统小说观念，每每强调小说内容应“无一事无来历”，“与其虚而无据，不如实而有徵”，“野史者，补正史之缺也”，等，而唯独曾朴着意强调小说乃文学，而非历史，显得不同一般。1934 年底，即曾氏去世前半年许，上海《申报》发表该报记者北京通讯一则，题为《赛金花之一生》，指摘曾朴对于赛金花之描写言过其实。曾氏就此答记者问，指出：“实际该记者脑筋欠清楚，竟分不出文学作品与历史之区别。《孽海花》，乃小说而非传记，小说家对于所描写之人物有自由想象之权利，该记者不此之察，以为书中之赛金花，即今日之赛金花，无怪其大失所望也。”又云：“小说着笔时，虽不免有相当对象，然遽然认为信史，斤斤相持，则太不了解文艺作品为何物矣!”曾氏通法文，熟稔法国文学，受西洋文学观念影响远较其他近代作家为深，其尊崇小说之文学价值，指出小说非历史、非传记，维护小说家自由创造的权利，此不可不谓对小说之特质有深切认识之谈，也显示了与上述三位作家不同的观念。

以上，对于公认的四位晚清著名作家的小说观，做了一点比较性评论，如有些话说得不恰当，欢迎指正。最末，有三点意思还想再交代一下：

这里仅就四位作家自道其对小说看法的一些言辞，做了些分析，限于篇幅，未能把它们与他们的代表作品结合起来研究，这样做是有缺陷的。正如俄国作家高尔基所说：“一个经验丰富的作家总是自相矛盾的，因为经验充实，则要求广大的、有组织力的思想，而这些思想是同集团和阶级底狭隘的目的对立的。所以，在每个俄国作家的作品里，你都可以发现那些超出他的倾向范围而且本质上与之相矛盾的过剩题材和多余思想。你甚至在西欧作家，如狄更斯、巴尔扎克、左拉等辈那里，也可以发现这些矛盾”（《俄国文学史·序言》）。这种作品的客观价值和意义，大于作家的主观创作意图的现象，也存在于本文所论的中国小说家身上，因为他们也都是“经验丰富的作家”，他们的作品是对晚清现实生活的艺术反映。这里指出他们小说观上存在的局限，却并不等于是对他们作品的总评价。后者，是一件更为复杂的事情。

这里强调了四位作家的小说见解，程度不等地受到梁启超“小说界革命”理论的影响，但是必须指出，包括梁氏在内，活跃于晚清小说论坛上的这批人物思想见解，都是他们所属时代的产物。正如俄国另一位大评论家卢那察尔斯基所说："伟大的文学现象和重要的作家，多半是也许纯粹是社会大变动或社会大灾难的结果。"（见卢氏《论文学》中译本，第317页）晚清在中国不仅是一个大变动的时代，而且是中华民族蒙受巨大灾难的时代，先进的中国人都在寻求救国之道，一切都在改变。这里谈到的四位作家的新小说观念，只不过是在这个时代的根本现实需要的启迪下，才得以形成的。本文未说及这层意思，只在小小的范围里说了些话，但并不等于否认这是事实。

本文对四位作家的小说观多所指摘，这是以今人之眼光来看的结果。平心而论，四位作家在中国小说发展史上的功绩是不容抹煞的。他们承前启后，在自己的时代站在先进分子的行列里，说了一些前人未曾说过的话，这是难能可贵的。朱自清先生于20年代末、30年代初在清华大学讲授"中国新文学研究"课，即从戊戌政变时代的"小说的提倡"和"诗界革命"讲起，并认为这里所论的四作家的小说，实开中国新文学之先河。这个看法，本文衷心服膺。

（原载《天津师大学报》1988年第1期）

严复文艺观散论

——兼与周振甫先生商兑

严复（1854—1921）虽然不是什么专门文艺家，但是，作为中国资产阶级主要的启蒙思想家，他在中国近代史上的一个关键时刻，不但议论了文艺问题，而且曾经打算在文艺领域里进行一些实际活动，产生了一定的影响，因而，在中国近代文艺思想史上，理应对他的文艺观有所评述。

但是，新中国成立以后，这方面的文章很少见到，某些关于严复的著述，都是评价他的政治、哲学思想，而没有谈到他的文艺观点。只有周振甫先生在这方面作了一些工作。新中国成立以前，周先生在《严复思想述评》① 一书中，不止一处评述了严复的文艺观点；新中国成立以后，更在《严复诗文选》② 一书中，详细地提出了对严复文艺观的看法。除此以外，就是散见于一些大部头著作中的零星议论。为了弄清严复的文艺观究竟是怎样的，本文想从《国闻报》的《本馆附印说部缘起》一文的作者是谁，说到严复对文艺的看法。因结构上不太严谨，为此，叫做“散论”。

一

从光绪二十三年（1897 年）10 月 16 日到 11 月 18 日，连载于天津《国闻报》上的《本馆附印说部缘起》，是一篇引人注目的文章。最明显的原因，

① 中华书局 1940 年版。
② 人民文学出版社 1959 年版。

正如阿英在《晚清小说史》中所说，因为它是中国近代“阐明小说价值的第一篇文字。它的问世比大家所公认的、近代改良主义小说论的纲领性文章——梁启超的《论小说与群治之关系》一文的发表，早了五个年头。后者发表于梁氏1902年在日本横滨创办的《新小说》杂志创刊号上。这就是说，前者问世于维新变法运动的高潮当中，后者发表于这个运动失败之后。理所当然地，前者引起人们的注意。

这篇文章在《国闻报》上连载时，同该报当时发表的其他议论文字一样，并没有署执笔者的名字，而是以“本馆同志”名义说话的。它究竟出于谁的手笔，是否代表严复的观点，看来，似乎是个问题。新中国成立后出版的一部大型中国文学史在近代部分提及它的时候，说：“据阿英说”，它的著者是严复和夏穗卿。① 从语气上看，对作者问题似乎不无疑问。

30年代，阿英在《晚清小说史》中说，这篇文章是严、夏二人“合作”的。60年代，他又在《晚清文学丛钞小说戏曲研究卷》② 中，为这篇文章加了一个按语：“本文为严复、夏曾佑所撰。”实际上，这个说法早在1903年（癸卯），梁启超即提出来了。当时，梁氏跟他的一班朋友们在《新小说》杂志上连续发表《小说丛话》，这是他们议论小说、戏曲的一种谈话体文章。内中，有梁氏如下一段话：

天津《国闻报》初出时有一雄文，曰《本馆附印说部缘起》，殆万余言，实成于幾道与别士二人之手。余当时狂爱之，后竟不克裒集。惟记其中有两大段，谓人类之公性情，一曰英雄，二曰男女。故一切小说，不能脱离此二性。可谓批郤道窾者矣。然吾以为人类于重英雄、爱男女之外，尚有一附属性焉，曰：畏鬼神。以此三者，可以赅尽中国之小说矣。若以泰西说部文学之进化，几合一切理想而冶之，又非此三者所能限耳。《国闻报》论说栏登此文凡十余日，读者

① 北京大学中文系55级编著《中国文学史》第四册，人民文学出版社1959年版，第287页。

② 中华书局1960年版

方日日引领以待其所附印者，而始终竟未附一回，亦可称文坛一逸话。

梁氏一生钦敬严复，交往甚密。1896 年，梁氏在上海创办《时务报》，曾得严氏赞助。次年春，《时务报》转载了严复早先发表于天津《时务报》上的《辟韩》一文。冬，严复等在天津创办《国闻报》。在维新变法运动中，两报遥相呼应，起了极大作用。范文澜同志说："当时上海时务报、天津国闻报，分掌南北舆论界领导地位"（《中国近代史》上册）。另外，梁氏与夏曾佑也是终生友好，过从甚密，他们共同倡导"诗界革命"。从这些情况推断，梁氏的话不会是凭空虚构的，而是有根据的，今天应该相信他的话，确认《本馆附印说部缘起》是严复、夏曾佑合作写成的。

另外，最主要的是可以从这篇文章的内容上，证实它出于严、夏二氏之手笔。

《本馆附印说部缘起》阐述《国闻报》计划附印说部（中外小说、戏曲、弹词等）的目的道：

> 夫说部之兴，其入人至深，行世至远，几几出于经史上。而天下之人心风俗，遂不免为说部之所持。
>
> 本馆同志，知其若此，且闻欧，美、东瀛，其开化之时，往往得小说之助。是以不惮辛勤，广为采辑，附纸分送，或译诸大瀛之外，或扶其孤本之微。文章事实，万有不同，不能预拟。而本原之地，宗旨所存，则在乎使民开化。
>
> 抑又闻之，有人身所作之史，有人心所构之史，而今日人心之营构，即为他日人身之所作，则小说者又为正史之根矣。若因其虚而薄之，则古之号为经史者，岂尽实哉？岂尽实哉？

这个观点，跟严复当时的思想，完全一致。

从 1880 年到年到 1895 年，严复在天津任北洋水师学堂总习、会办、总办的十多年里，生活是安定的，精神上虽不无苦恼和愤懑，但总地来说是平静的。但是到了1895年，中国在中日甲午战争中惨败，签订了空前丧权辱国的马关条约，这给严复极大刺激，他再也无法抑制胸中义愤，遂于这年春天，在天津《直报》上一口气发表了《论世变之亟》、《原强》、《辟韩》、《救亡决论》等不乏比较激烈内容的文章，从而震动了当时中国的思想、政治界。在这些文章里，严复认为："盖欲救当前之弊，其事存乎人心风俗之间"。他把"人心风俗"看为最根本的东西，把"鼓民力"、"开民智"、"新民德"视为救国的主要办法。从这个想法出发，严复和夏曾佑等一班朋友，于1897年在天津创办了《国闻报》。

严复在由他执笔的《国闻报缘起》一文中，重申他的思想，认为首先必须开民智、厚民力，然后才能致国家于富强。该报创刊不久，即从第十六号开始，连载《本馆附印说部缘起》一文，说此举目的"在乎使民开化"。可以看到，这个宗旨跟当时严复的思想是完全合拍的。

这篇文章长约万余言，它只用了较少的文字说到说部本身的问题；而以较多的篇幅，在何以中国说部多写英雄、男女两大主题的题目下，讲了一大篇人类历史就是物竞天择、生存竞争过程的道理。它从人类的产生说起，一直说到"血气之世界已变为脑气之世界"的当代，认为"非有英雄之性不能争存，非有男女之性不能传种也"。因而，"于斯二者之间，有人作为可骇可愕可泣可歌之事，其震动于一时，而（借说部）流传于后世，亦至常之理，而无足怪矣"。在1897年，即《天演论》正式出版的前一年，运用进化论的思想来解释人类的历史，在谈文学问题时，借题发挥，趁机宣传这套从西方介绍来的理论，当时除了严复，恐怕不会有第二人。

严复是在1895年以后，开始着手翻译《天演论》的，到1898年才正式出版。由这一情况不难推断，这篇文章确实代表了严复的思想。

总之，根据如上的考察，可知梁启超说此文"实成于幾道与别士二人之手"是可信的。因此，研究严复的文艺观，不能把这篇专门的文学论文置于视野之外。

这篇文章，内容中有不少属于唯心史观的东西，它对于历史的解释，很明显的是英国斯宾塞的庸俗进化论的翻版，这里不多做批判。就是单从文学理论的角度来评论，它的某些观点也并不是最明确、透彻的。比如，关于文学与改良主义政治的关系的论述，它没有梁启超在五年以后写的《论小说与群治之关系》论述得深透；它对于小说、戏曲的艺术特殊性的分析，没有某些较它晚出的小说论分析得细致；它在当时对文学创作的实际指导作用，也远没有1902年以后的小说论那样重大。但是，这篇文章能够引人注目的原因，除了它的问世最早这一点以外，还在于它确实有难能可贵的长处。

在中国封建统治阶级及其知识阶层长期看不起小说、戏曲、弹词等说部文艺的传统偏见压力下，严复、夏曾佑和他们的朋友们，首先承认说部“入人至深，行世至远，几几出于经史上。而天下之人心风俗，遂不免为说部之所持”。这是非常难能可贵的。尤其是它指出一贯为正统文人歧视的说部，在社会中所起的实际作用，远远在正统的经典、史籍之上，这在当时不啻是一声晴天霹雳。对于说部的全新评价，把它抬高到跟封建主义经典著作平起平坐的地位，这在当时是需要一点勇气的。严复和他的朋友们，计划在自己办的正式报纸上，郑重地发表一贯为人不齿的说部，这是思想解放的一种大胆表现。《国闻报》在生存不到一年之久的时间里，多次受到封建顽固派的攻击、迫害，不少反动官僚向清廷奏劾严复等人，这不能不说是跟这张报纸在种种问题上的叛逆的、激进的态度，大有关系。

今天，从《本馆附印说部缘起》来看严复的文艺观点，说他在当时已经认识到（最起码的是完全同意）说部（从小说、戏曲到民间说唱文艺）具有重大社会作用，对“人心风俗”具有不可忽视的支配力量，可以利用它的这一作用来为救国大目标服务，并确实曾经打算在提倡说部、促使它为开发民智贡献力量方面，采取一些实际措施（由于维新变法运动的失败，《国闻报》很快就夭折了，因而没有能够实现这个初衷），这是完全有根有据、合乎实际情况的。

但是，我们发现不止一位作者，在谈到严复的文艺观（不仅仅是对于诗的看法）时，根本不理会《本馆附印说部缘起》这篇重要文章，论断严复否认文艺的社会作用，持“为艺术而艺术”观点。比如，《近代诗选》① 的编者，在介绍严复的思想时，就说严复“否定艺术的社会作用”，主张“为艺术而艺术的观点”（该书第288页）。周振甫先生更是认为，严复“对文艺的看法是错

① 北京大学中文系55级选注，人民文学出版社1963年版。

误的”，“为了救亡，他要反对文学”，“主张文艺无用论”，“他对文艺的看法，实际上宣传资本主义的为艺术而艺术的一套”，并且特地把梁启超和他的《论小说与群治之关系》一文提出来，进行比较，说严复对小说的见解，“远远落在同时的梁启超的后面”，因为梁氏的文章承认小说对人心具有不可思议之支配力量。[①] 这就使人感到奇怪了。

正如前边说过的，严复不仅没有否认说部文艺的社会作用，而且还有些把这种作用夸大到不适当的程度。在对待说部文艺的态度上，实际上，严复、夏曾佑、梁启超是一条战线上的战友，出于严、夏二氏手笔的《缘起》，实开晚清改良主义小说论的先河。梁氏自称初读该文时，“狂爱之”，认为它是一篇雄文，关于小说的议论，“可谓批郤道窾者矣”。梁氏从该文受到深刻启发，后来（五年之后）他自己在这方面的文章，是青出于蓝而胜于蓝的问题，而不是什么互相不一致的问题。

二

严复虽然没有笼统地说过整个文艺无用的话，但是，他确实说过“诗者，两间至无用之物也”的话。严复对中国传统的词章，也就是文人的诗文创作，另有一套看法，情况比较复杂，需要认真分析。

1895年5、6月间，严复在政论《救亡决论》一文里，关于传统的词章，提出了这样一个观点：在中国“处存亡危急之秋，务亟图自救之术”的严重关头，“不独破坏人才之八股宜除，与凡宋学、汉学、词章小道，皆宜且束高阁也”。严复把救亡视为当时天下头一件大事来对待，把对这件头等大事是否“有用”，作为衡量一切事物价值的最高标尺。这里，他的爱国激情，溢于言表。严复用这把大尺子来衡量“中土学术政教”，认为它们完全“无实”、“无用”，而主张全部废除，而代之以西学。

在这个总的观点之下，严复谈到了他对中国所谓“超俗之士”津津有味地沉溺其中的古文词、古今体诗、书法金石以至考据之学（这里就包含了一些属

① 《严复诗文选》第172、292页。

于文学艺术范围之内的事物）的看法。他认为，在此危急之秋，这些东西“一言以蔽之，曰：无用。非真无用也，凡此皆富强而后，物阜民康，以为怡情遣日之用，而非今日救弱救贫之切用也”。由于这个原因，他主张“宜摒弃弗图”。严复的这个思想，其主导方面是积极的、进步的，是爱国的、反封建的；当然，它也有偏颇之处。他只承认上述那些东西在物阜民康之后，具有供人“怡情遣日”的作用，而没有看到它们也可以用做宣传的工具，来为救亡大业服务。也就是说，他只看到诗文、书法、金石等的娱乐性，而没有看到它们的思想性，没有看到这些东西可以用为政治的工具。周先生认为严复的这个思想是“为了救亡，他要反对文学”，似乎有些失当。

在《救亡决论》这篇文章里，还有一段专门谈词章的文字，这段文字引起周先生的注意，曾把它照录在《严复诗文选》的“后记”里。这段文字是这样的：

> 若夫词章一道，本与经济殊科，不妨放达，故虽极蜃楼海市，惝怳迷离，皆足移情遣意。一及事功，则淫遁诐邪生于其心，害于其政矣。苟且粉饰，出于其政者，害于其事矣。而中土不幸，其学最尚词章，致学者习与性成，日增慆慢，又况以利禄、声华为准的，苟务悦人，何须理实，于是慆慢之余，又加以险躁，此与武侯学以成才之说，奚啻背道而驰。仆前谓科举破坏人才，此又其一者矣。

这段文字的意思，跟上述内容是一脉相承的。首先，严复承认词章有自身的特征——“放达”，也有自身存在的价值——“移情遣意”，指出它与经世济民的政治大业不属于一科。然后，严复指出，“中土不幸”，以科举选拔人才，严重混淆了这两种不属一科的活动的界限，以治词章的放达态度为政，“苟务悦人，何须理实”，又加以治词章和为政，都是“以利禄、声华为准的”，不仅破坏人才，而且害于其政。严复在这里把批判矛头指向中国封建科举的恶习陋规，认为对这一套必须加以扫荡。

如果说，在《救亡决论》这篇文章里，严复对“中土学术政教”的批判，不免失之于偏颇，犯了认为中国的东西一无是处，西方的学问全身是宝的形而上学错误的话，那么，单从这一段文字来看，严复并没有犯这样的错误。他一上来首先说明并不否定词章的特征和价值（当然这个价值观也是片面的），然后才说他反对的是那种以词章为敲门砖的行为，反对那种以“苟且粉饰”的态度为政、治国的恶习，反对中国的科举制度，反对错误地以治词章的放达态度来从政的陈规。严复的这个意见，是无可非议的。

可是，周振甫先生认为，“在这里，他（严复）认为文学的夸张会造成性情的慆慢险躁，生心害政，即会坏人心术，妨碍事功，所以为了救亡，他要反对文学。”这个概括，恐怕是不符合严复那段话的原意的。严复批判的是中国封建社会的恶习，反对的是腐朽的陋规，而不是一般地“反对文学”。严复认为罪恶的根源是中国的科举制度，而没有说一切罪恶都来源于词章的放达。

关于诗，严复确实说过它是无用之物，原话如下：

诗者，两间至无用之物也。饥者得之不可以为饱，寒者挟之不足以为温，国之弱者不以诗强，世之乱者不以诗治。

虽然无用矣，而大地自生民以来，异种殊族，樊然杂居，较其所以为群者，他事或偏有偏无，至于诗歌，则莫不有。

是故诗之于人，若草木之花英，若鸟兽之鸣啸，发于自然，达于至深，而莫能自已。盖至无用矣，而又不可无如此。

诗之所以独贵者，非以其无所可用也耶？无所可用者，不可使有用，用则失其真甚焉。（引自《诗庐说》）

《〈古今文钞〉序》一文中，严复有大致相同的一些看法：

盖学之事万途，而大异存乎术鹄。鹄者何？以得之为至娱，而无暇外慕，是为己者也，相欣无穷者也。术者何？假其涂以有求，求得则辄弃，是为人者也，本非所贵者也。为帖括，为院体书，浸假而为汉人学，为诗歌，为韩欧苏氏之文，樊然不同，而其弋声称、网利禄也一。凡皆吾所谓术，而非所谓鹄者。苟术而非鹄，适皆亡吾学。

把以上所引的材料综合一下，可以看出严复对于诗文、书法、金石篆刻的观点。严复认为，这些东西，不可以饱饥、温寒、强国、治世，从这方面来说，它们都是最无用的东西；然而，无用的东西为何又为各个民族所莫不有呢？这是因为，这些东西具有“无用之用”，这用途就是可以供人“怡情遣日”，或曰“移情遣意”。根据它们的这样的根本性质，人们在从事欣赏或创作诗文、书法、篆刻艺术活动时，最正当的态度是把它们自身当做目的，“以得之为至娱，而无暇外慕”，这样，它们就会不断发展，欣欣向荣；如果相反，而是“假其涂以有求，求得则辄弃”，也就是把它们当做向上爬的阶梯，用它们来追求“声称”、“利禄”，也就是像中国科举事业的那套做法，这适足以使它们死亡。

严复对于中国传统诗文、书法、篆刻的这个看法的局限性是明显的，他还是只承认它们有娱乐性的一面，而不承认它们有可以用来为政治服务的一面。周先生恰当地批评了严复的这个观点，说他“以艺术为无用”，实际上“使人沉迷在至娱的艺术之宫里，脱离外界的一切”，“超现实”，等等，这都是正确的。但是，除此以外，对于严复上述观点的反封建的进步性一面，似也应充分指出。严复针对着封建知识分子以诗文“弋声称，网利禄”的做法，提出反对“术”的态度，主张“鹄”的态度；针对着封建文人的苟且粉饰的创作作风，提出“发于自然”的主张，这些都是有进步意义的。

严复的这个观点，跟西方的为艺术而艺术的观点，确有相似之处。但是，必须看清楚，严复的这个观点是针对着封建的、落后的创作思想、创作作风提出来的，这跟后来资产阶级提出的唯美主义，是不可同日而语的。

就说“为艺术而艺术论”吧，对它也必须进行分析。鲁迅先生在《帮忙文学与帮闲文学》一文中，曾经说过这样的话：“今日最巧妙的有所谓为艺术而艺术派。这一派在五四运动时期，确是革命的，因为当时是向‘文以载道’说进攻的，但是现在却连反抗性都没有了。不但没有反抗性，而且压制新文学的发生”。请看，鲁迅不但对为艺术而艺术派进行历史的分析，而且对中国传统的“文以载道”说，也进行历史的分析。就是对于出现于19世纪欧洲的为艺术而艺术的文艺思潮，马克思主义者（如普列汉诺夫）也是加以分析，承认它原意在反对资产阶级的市侩主义，在历史上有一定进步意义，只是后来才发展成为对抗无产阶级艺术的虚伪口号。

总之，对于严复的上述文艺观点，首先要承认它在历史上曾经有过反封建的进步作用，其次，应该指出它的局限性。笼统地说严复的文艺观点“是宣传资本主义的一套”，笼统地把它对中国传统的“文以载道”说的背叛，说成是完全错误的、后退的，而不指出这正是它的反抗性之所在，是不符合马克思主义的历史主义原则的。

三

对于说部文艺，严复承认它具有巨大社会作用，并曾打算利用这一作用为自己的政治理想服务；然而，对于诗文、书法、篆刻等艺术，他又认为它们是极其无用的东西，根本看不到它们可以为一定政治服务的作用。这二者之间，不是十分明显的互相矛盾吗?

怎样解释送个现象呢?

我们认为，这个矛盾现象跟严复对艺术的范围的看法有关系。一方面，限于当时文艺理论水平不高；另一方面，也为中国传统成见所囿，严复当时没有把上述两者视为艺术的不同种类，文学的不同体裁，而是把它们视为互不相干的、为截然不同的两个人群所有的不同事物。他在文章中透露出这样的看法：说部是为“贩夫市贾、田夫野老、妇人孺子之类”的“浅学之人”所享用的，虽不可登大雅之堂，然可用为对他们进行启蒙的工具。诗文、书法、篆刻等艺术，是为士大夫、读书之人所享用的，它高雅斯文，有学之士不应以它为向上爬的阶梯，而应以它来达到“怡情遣意”的目的。

今天，我们从崭新的文艺理论出发，把诗、文、小说、戏曲、书法、篆刻等等，统视为艺术的不同门类，并以此为标准，去研究严复对这些事物的看法，当然会遇到麻烦。

作为中国早期的一个资产阶级启蒙思想家，严复对一般劳动人民、乃至一般市民群众，抱着贵族式的歧视，始终把这些人民群众与文人士大夫看作两种人群，对二者采取不同对待态度。这可以从严复的文章中，找到证据。比如，严复在《国闻报缘起》一文中说，“阅报之人亦略可分为二类：大抵阅日报者，则商贾、百执事之人为多，而上焉者或嫌其陈述之琐屑；阅旬报者，则士大夫、读书之人为多，而下焉者或病其文字之艰深”。根据这种区分，严复等办了日报以外，还办了旬报，区别对待。《本馆附印说部缘起》一文，连载于日报上，后来没有收入《国闻报汇编》①，证明它是专为那些“浅学之人”而发的。

再比如，严复在《与梁任公论所译〈原富〉书》一文中，不接受梁启超对他的《原富》译文过于艰深的批评，而毫无隐讳地声称：“不佞之所从事者，学理邃赜之书也，非以饷学童而望其受益也，吾译正以待多读中国古书之人。使其目未睹中国之古书，而欲稗贩吾译者，此其过在读者，而译者不任受责也！”这里，表现了对“未睹中国之古书”者的鄙夷之情。这从旁可以证明，严复关于词章、书法等的那些话，也都是针对有学之士大夫说的，而不是说给贩夫走卒们听的。

明乎此，则严复关于说部与词章的两种意见的互相矛盾，也差不多可以解释明白了。要之，严复并没有把说部与词章等视为统一的文艺，而是当做供截然不同的两种人所用的两种不相干的东西来对待的。因此，今天我们研究严复的文艺观，也必须估量这一情况。

以上，从《国闻报馆附印说部缘起》一文的执笔者是谁的问题扯到严复的文艺观点，所谈可能敝陋，期望得到专家们指教。

（原载《古代文学理论研究》丛刊，第三辑，上海古籍出版社 1981 年版）

① 1903 年行世。

现实性，民主性与感伤情绪
——对《聊斋志异》之外清代文言短篇小说的一点考察

一

如果说，唐代传奇的创作成就，标志着我国古代短篇小说创作的头一个高峰的话。那么，可以说在清初产生的《聊斋志异》，以及此后在它的影响、刺激之下，产生的众多的这类作品，则是我国古代文言短篇小说创作的第二个高峰（也是最后一个高峰）的标志。清代不仅是产生了《石头记》、《儒林外史》这样长篇巨作的朝代，也是文言短篇小说发展史上一个集大成的时代，是继承了志怪、传奇历史传统，并从而把这种文学样式的创作推向最高峰的时代。

文言短篇小说在清代二百六七十年间的发展，大致可以分为两个阶段，第一阶段，从清初（17 世纪中叶）到它的中期（嘉庆初年，即 19 世纪刚开始的时候），在这一个半世纪里边，出现了许多文言短篇小说的作家和作品，其中不仅有《聊斋志异》这样的卓异作品集，而且还有其他许多散在的名篇佳什，这是一个创作繁荣、成绩显著的时期。并且多多少少是一个文言短篇小说创作竞芳争妍的时期。第二个阶段，是从此以后一直到清末，这个时期尽管也出现了不少文言短篇小说作品，但是它们已经同上一阶段产生的作品不可同日而语了。这个时期，作品以数量取胜，但表面的繁盛掩盖不住内容的贫乏，这个时期，既是清代文言短篇小说创作的衰微期，也是我国古代文言短篇小说史的终了期。此后，随着我国社会由古代到近代的变动，以及文学方面的新旧交替，西洋文化的传入，我国的短篇小说创作也发生了重大的变革。

关于文言短篇小说何以会在清代前期出现高潮的问题，除社会历史原因（这一点将在本文的最后一部分谈到），还有文学本身的原因。从明朝嘉靖年间起，唐人传奇又在社会上广泛流传，包含古代文言短篇小说在内的各种丛集，一时颇为盛行，在这种文学风气的影响之下，素来看不起小说的文人，每每也禁不住要试试锋芒，为异人、侠客、童奴，以至虎、狗、虫、蚁作传，并公然把它们收进自己郑重编辑起来的作品集中。这种文学风气，一直到清朝未改，生活于明末、清初的文学家王猷定、陈鼎、侯方域等，都写作了比较优秀的文言短篇小说，由他们可以看到当时传奇风韵弥漫天下的大致情况。

正是在这样的文坛上，我国古代最伟大、成就最显赫的文言短篇小说作家——蒲松龄应运而生。他的《聊斋志异》以极高的艺术成就，反映了社会生活，表现了进步的思想倾向，把我国古代文言短篇小说创作推向了最高峰。

《聊斋志异》风行一世，一时之间，模仿、赞颂者颇多。即使对它有异议的作家，也在它的刺激之下，另起炉灶，创作了另一种笔札式的文言短篇小说。在它之后问世的文言短篇小说集十分多，其中重要的有：沈起凤的《谐铎》、和邦额的《夜谭随录》、长白浩歌子的《萤窗异草》、冯起凤的《昔柳摭谈》等。19 世纪初问世的《阅微草堂笔记》（纪昀著），是“与《聊斋志异》峙立”的一部笔札式文言短篇小说集，它“尚质黜华，追踪晋宋”，“叙述简古，力避唐人的做法”（以上引语均为鲁迅先生《中国小说史略》中用语）。它的作者对蒲松龄的写法颇有微词。然而实际上他是在蒲氏的刺激之下，才奋笔写成这部我国古代笔札体小说的殿军之作的，应该说这是文苑里进行创作竞争才取得的成果。

《阅微草堂笔记》也产生了不小影响，此后的创作风貌，也有所改变。除仍有不少作者推崇《聊斋志异》之外，也有不少作者模仿《笔记》。关于这种情况，鲁迅先生在《中国小说的历史的变迁》中说过：“自从以上二书出来以后，大家都学他们；……可是并没有什么好成绩，学到的大抵是糟粕，所以拟古派也已经被踏死在它的信徒的脚下了。”这话大体上是符合实际情况的，清代文言短篇小说创作的第二个阶段，优秀作品确实不多；然而，这也并不是说根本就没有好作品出现，比较好的作品还是有一些的，在这本文的下一部分将做具体介绍。

清代是我国历史上最后一个封建王朝，正统文人的诗文创作在这个时候已经失去过去的那种开创精神；而文言短篇小说的创作，却达到了它的另一个高峰。为后人留下许多传世的优秀作品。这些作品的内容里，不仅凝聚着进步的思想、美好的情感，以及历史生活的缩影，生活斗争的经验，而且在它们的艺术成就里，沉淀着我国古代短篇小说创作的宝贵艺术经验。这些在今天对我们仍然有一定的借鉴价值。

过去一个时期，除了《聊斋志异》以外，我们对清代的文言短篇小说（包括在文学史上影响较大的《阅微草堂笔记》)，没有给予应有的重视，看来这似乎是应该改变的。有感于此。本文对除《聊斋志异》之外的清代文言短篇小说做了一点初步的考察，现将一些不成熟看法公之同好，尚祈指正！

二

通过初步考察，我们发现《聊斋志异》之外的清代文言短篇小说在思想内容上有这样三个特点。

（一）现实性增强

我国古代的文言短篇小说，是在六朝志怪和唐代传奇的基础上发展起来的。因此，这种样式的作品，总不脱志“怪”、传“奇”的特色。清代文言短篇小说也是如此。仅仅从它们的题目上也可以一眼看到不少“奇”能“怪”、“异”“盗”、“侠”等字眼儿。但是，把清代的这些作品同以往的作品相比较，就应发现前者内容的现实性增强了。它们已经越来越把社会现实生活中的人和事，直接当作反映对象，并且力图表现作家对这种社会现实的关注和干预。这些作品，为我们提供了不少幅现实生活的真实图景，其中包括明末清初社会大动乱，以及这场大动乱所引起的阶级关系、民族关系的极大变动的具体情况。中国封建社会后期各个生活领域中的不合理现象，统治阶级的更腐朽和没落，一些力图从当时生活常规中挣脱开来，力图摆脱旧精神枷锁束缚的新人的觉醒和奋斗，以及其他种种社会现象都可以从清代文言短篇小说中看到。这些作品对这些现象的反映，那广度和深度都是过去的同类样式的作品不可企及的。

这里首先就应该提到《孀姝殊遇》这篇十分难得的作品，它最初以手抄本流传于清代，它的原作者署名墅西逸叟，当是明末清初人，这就是说，它和《聊斋志异》大体上是同一时代的作品。虽然它的题目上标有“殊遇”二字，意似传奇。然而，它同传奇既大相径庭，又与《聊斋志异》不可同日而语。它的最大特点是以人世生活为描写对象，尽管它也写了熊耳山人的胡言乱语，但全篇究竟是明末清初一个特殊社会阶层生活的长幅历史画卷，而不是充满浪漫色彩的怪、奇之谈。

这篇作品的最大可贵之处是它的真实性，这还不仅仅是指它曾提到先降清后又反正的明末将领李成栋其人其事，而主要是指它具体真实地反映了中国社会发展到明末清初这个特定时期，江南某个经济繁荣地区内阶级关系、民族关系的历史变动情景。恩格斯说过，法国 19 世纪小说作家巴尔扎克的伟大之处，就在于“他在《人间喜剧》里给我们提供了一部法国社会，特别是巴黎上流社会的卓越的现实主义历史”。我们也可以这么说，《孀姝殊遇》这篇作品的可贵之处，这篇作品必须引起我们高度重视（过去，对它是太冷淡了）的原因，就在于它给我们提供了一部明清之际，中国“上流社会”的卓越的现实主义历史，这样的作品，在古代文言短篇小说中是不多的。

中国社会发展到明朝末年，本来就在酝酿着阶级关系的大变动。这时，由于接连揭竿而起的农民大起义的冲击和满族贵族武装乘机与汉族大地主武装相勾结，入关建立了一个新的朝廷，而使本来就复杂的社会局面变得更加复杂。在这种情况下，汉族的统治阶级发生了分化，经过一番讨价还价的波折，最后形成满汉上层相结合的一个新统治层。对于上述巨大的社会变动，这篇作品把它归之于天意，用阴阳五行来解释，这表明它的作者的认识水平的低下，但是，这位作者难能可贵之处在于，他对他还不能理解的现实变动，并没有想在作品中进行胡编乱造，而是比较客观、比较真实地记述了实际发生的事情，用一种困惑不解的眼光和语气向广大读者叙述他的见闻和心情，这样，这部作品就具有了一定的真实性。

这部作品，比较真实地反映了明末江南地主阶级的升沉荣辱，原有的大家族，或由于不善经营而中落（如作品中的刘家），或由于子孙不肖而式微；而原来靠巧取豪夺起家、同时经营商业和土地的暴发户，却成了社会上的要人，尽管他们满身铜臭、没有社会地位，被官宦人家看不起，然而由于他们“雄于财”，处于社会上层的原来的统治者，对他们也毫无办法。这种暴发户呢，他们有了钱，不能再容忍自己原来的处境，便想出种种办法企图改善自己的社会地位，通过联姻来攀附到旧有大族身上。这就是他们想出来的各种办法中的一种。对于这种明显的攀附，旧有大族中的人们分成两派。一派可谓死硬派。他们宁可外出游幕，也不想降低自己的身份；另一派可谓灵活派，他们见钱眼开，即便是把骨肉至亲推进火坑，自己也乐意与人周旋。只要能捞到钱，什么也就顾惜不得了。身份、名声又算老几！几经周折，最后这一联姻实现了。于是，一个既是出身于旧族、有很高文化素养的“名姝”，现在又是一个“雄于财”的暴发户主妇，粉墨登场了。这个地区的阶级关系和社会风貌，于是出现了变化。正当此时，明朝灭亡了，清兵打进来了。原来的总兵李成栋先是投降清兵，后来又反正归附南明小朝廷，这真实地反映了当时汉族当权派中某些人的嘴脸。比这个更真实的是作者写了汉族当权派中的另一部分人与新来的满族当权人物的勾结、结合，反映了前一种人物怎样又进入了新来统治者的圈子，并从而加强了对社会其他成员的控制，社会秩序如何开始稳定下来的过程。作品对这个过程的描写，为我们提供了不可多得的历史生活画卷。这在古代文言短篇小说作品中是很少见的。

这篇作品朴实无华，刻画出几个主要人物的心理、性格，具有一种较浓厚的现实主义气息，甚至在细节上也为人们提供了某些确实的历史知识。因而应该说这是一篇应该着重介绍的作品。（这篇作品后来经过毛祥麟的整理收入他的《墨余录》；也曾以“刘孀姝得良遇奇缘”的题目，收入清光绪年间王寅编辑的短篇小说集《今古奇闻》中。）

陆次云的《圆圆传》是又一篇现实性较强的作品。但它又是内容比较复杂的作品，它反映了清代文言短篇小说的某种特殊风貌。

圆圆本是苏州名妓，她生当李自成农民义军推翻明朝、吴三桂联合清兵入关攻占北京这样一个动乱时期，由于她先后同这个动乱历史场面中的几个主要角色发生过关系，并且由于她有心机、善言语的特殊本领，故而在清初引起不少文人的兴趣和注意，被多次描写进文学作品。其中尤以吴伟业的长诗《圆圆曲》，陆次云的剧作《升平乐》和这篇小说为著名。

这篇作品最明显的问题，当然是它对李自成义军的仇视和污蔑，篇中所说李自成强夺圆圆一事，也是根据不足的。这篇作品内容复杂的根本原因，在于作者完全是站在清朝统治者的立场上，来看待和描写这一时期的重大历史事件的。清军早就企图消灭明朝，在李自成军占领北京、崇祯自缢煤山之后，清军立刻打出“仗义出师”的旗号打进关来，吴三桂与清军相呼应，打出为君父报仇的旗号，迎接清军入了关。清军与吴三桂联合起来，一方面靠军事实力；另一方面靠欺骗宣传，共同对付了农民义军，平定了国内以后，清朝皇帝进行削藩，最后消灭了吴三桂等异己力量，巩固了统治地位。这时，吴三桂又被戴上了不忠不孝的帽子，受到清朝的鞭笞。《圆圆传》的作者，正是在事件平息之后，站在新统治者的立场之上，来描写所涉及的历史人物和事件的。这是它不同于清初某些主张反清复明作家的作品的根本原因。

这篇作品对吴三桂不忠不孝品质的揭露，尽管有不完全符合实际的地方，比如说他请清兵入关，不仅只是为了一个歌妓，所谓“冲冠一怒为红颜”(吴伟业诗句)，是故意夸大吴三桂在关键时刻决定来取这样重大的决策，从根本上说是出于他仇视农民义军的立场，然而不可否认，这与圆圆一事也有些联系（这现象背后是农民义军的政策问题)。通过作品中所反映的事实，可以看到清初统治阶级内部的真实关系，它的认识价值就在这里。这篇作品对吴三桂、圆圆的刻画细腻生动，善于抓住典型细节，不露声色地揭示人物内在品质。

鲁迅先生在《中国小说史略》中曾谈到满族作家和邦额的《夜谈随录》，指出它“记朔方景物及市井情形者特可观”的长处。《谭九》和《陆水部》这两篇小说，就能充分体现这个长处。《谭九》这篇小说，比较真实地反映乾隆年间，京城及其郊区村镇的“市井情形”。比较生动、细腻地描绘了市井下层人民的生活情形。并在有意无意之间，透露出满洲八旗的没落，使作品中流荡者着一股悲凉之气，它发出一种预兆，告诉读者那支当年在中国大地上横冲直闯的，不可一世的满洲军队，在清朝的“盛世”，就已经开始丧失战斗力，八旗子弟已经开始没落。《陆水部》是一篇影射清朝政治的小说，借它可以略窥清初黑暗政治之某些真实情景。清初，满族统治者为了加强对汉族广大人民的高压统治，大兴文字狱，制造了一系列骇人听闻的冤狱。雍正年间的陆生楠一案，便是这无数冤狱中的一桩。对于这些冤狱，不仅汉族广大人民和知识分子是痛恨的，就就出身于满族官僚家庭的和邦额也表示了不满。他在这篇作品中的倾向是进步的，同情是在受害者一边的，由于这种进步倾向，作者才能够比较真实地描写了当时政治之黑暗。对此，满族礼亲王昭梿后来在他的《啸亭杂录》中说："和邦额此条（按指《陆水部》），直为悖逆之词，指斥不法。乃敢公然行世，初无论劾者，可谓侥幸之至！"这可以反证《陆水部》的价值。

以上这些现实性极强的文言短篇小说，在清代以前的同样样式的文学作品中是不多见的。这是理应对清代这些小说给以重视的原因之一。

（二）民主性增强

所谓民主性，这里是指对封建专制统治（包括政治的和精神的）的反抗。它包含着要求个性解放、婚姻自由、人与人之间应该平等等主张。这方面的内容，在清代文言短篇小说中也增强了。毛泽东同志说过，"解放个性"，"这也是民主对封建革命必然包括的，有人说我们忽视或压制个性，这是不对的，被束缚的个性如不得解放，就没有民主主义，也没有社会主义。"（《毛泽东书信选集》，人民出版社 1988 年版，第 239 页）我们对清代文言短篇小说中的这种内容，也应给予较高评价。

在清代文言短篇小说中，有些作品把讽刺的矛头直接指向封建社会的达官贵人，作者把这类道貌岸然的大人物当成揶揄对象，公然朝他们的鼻梁上涂白粉，这类作品的反封建、民主性是明显的。还有些作品，为处于社会底层的艺人、猎户、农夫、女子，乃至为"盗"立传。作者肯于关注他们，被他们身上的某些高贵品德或高超技艺所感动。在作品中流露出对他们的同情、敬重之情。这类作品是包含有反对封建主义偏见意味的。

比如沈起凤的《村姬毒舌》这篇作品，是少见的喜剧性小说，它敢于对"天下第一人"的状元老爷，取无情嘲讽的态度。这表明作者对封建社会末期的科场、官场，基本上取否定态度。王猷定的《汤琵琶传》，以同情的笔触，为一个民间艺人立传，叙述了他的坎坷身世，最后发出：“呜呼！世上沦落不偶，而叹息于知音者，独君也乎哉?”这种感慨，把对一个不幸小人物的同情，升华到对当时不合理社会制度的质问。一下子就把读者的思考，引向一个更为深远的地方。徐芳的《雷州盗》，是一篇大胆讥讽封建政治的作品，它的可贵之处在于揭露了封建官僚比真正的盗贼还贪婪这一无情事实，足以帮助人们认清封建社会末期政治的本质。

反封建民主性，在那些以爱情为题材的作品中，则更是比较直接、比较强烈地表现了要求自由、平等，把个人幸福视为人生最高价值的思想感情，这种内容在当时是明显地对吃人封建礼教的反叛。由于这方面的作品十分众多，我们不打算举出更多的例证，只从一向不怎么被人提及的，另一位满族作家长白浩歌子《萤窗异草》中选出两篇来谈谈。《青眉》一篇，塑造了中国古代妇女中一个少见的劳动女子形象，她大胆追求爱情，忠于爱情，在恶浊环境中能应付裕如，表现出有胆有识、靠双手换取个人幸福的能力。可以看出，在这个形象身上，体现了作家的一种理想，具有一种乐观的浪漫主义气息。《宜织》直接把封建主义的纲常名教当做批判对象，相反却把反纲常名教说成是实出于天意，加以肯定。这都是具有民主性的作品。

当然，对于这种民主性的作品，只能是就它们产生的时代来说它的进步性，而不能把它们孤立起来，把它们所表达的某些要求、愿望说成是绝对正确的东西，那显然是违背历史唯物主义的。

（三）感伤情绪增强

这里所说的感伤情绪，是一种对现实生活的持续性的悲伤感情，但它不是垂死社会势力的绝望，而是幼弱新生社会势力的苦恼与悲伤。这种情绪在以往的文言短篇小说中不能说不见踪影，但在清代文言短篇小说中，却确实是触目现象。许多作品都染有这种色彩，几乎成为清代这种样式文学作品的基调。具有这种情绪的作者，包括生活于清初的明末遗民，也包括生活于所谓乾嘉盛世的文人，他们对现实生活秩序持一种冷漠的、怀疑的态度，他们似乎在向往一种新式样的生活。但这种新式样究竟应该是怎样的，那恐怕连他们自己一时也说不清楚。在这种怀疑、忧郁的心境之下，有的作者在小说里自怨自艾，有的自暴自弃，给作品蒙上一层悲伤情绪。这种情绪，是由某些敏感的知识分子首先表现出来的，但它却是当时社会中某些新生势力就要萌动的反映，是古老的社会生活要发生变动的一种前兆。这种情绪，在《石头记》、《儒林外史》等长篇小说中有表现。在清代文言短篇小说中，也有反映。

乾隆、嘉庆年间在世的苏州文人沈复的《浮生六记》，也是一部多年来不应该被冷淡而却被冷淡了的作品。它实际上是一部有连续性的自传体小说集。这里限于篇幅，仅谈谈其中的《坎坷记愁》一篇。这一篇，记述作者主人公夫妇两人一生的坎坷遭遇。作者主观上认为，他们这种不幸，一是由于自己“多情善诺，爽直不羁”的性格造成的；二是由于自己经济拮据，“先起小人之议，渐招同事之讥”，最终陷于困顿。这种认识，多少说出了一点表面现象，而没有意识到事情的根本原因所在。

从《浮生六记》所叙事实中，可以看出主人公夫妇一生的悲剧，完全是他们所处时代环境和阶级地位造成的。他们的悲剧，与其说成性格悲剧，还不如说是时代悲剧。打开这部作品，读者迎面碰到的便是从作者貌似平静的叙述中缓缓地、连续地吹出的一股寒冷之气。无论从作者有意着重介绍的人和事来看，还是从他无意中所反映出来的时代面貌的一角来看，都可以发现作者所处的“盛世”，却是一个既无激情，又无向往的时代。在这个时代，从上到下，都在生活常轨中说话、做事，尽管他们互相践踏或被吃掉，然而终无任何怀疑的表示，被践踏至死的人，临了只会自怨自艾，甚至把这说成是作孽自受。这是一个何等沉闷的时代，这是一个何等可悲的社会阶层！作者的如上叙述，客观上反映了中国封建社会末期，处于没落中的一部分地主家庭中无权地位小人物的悲剧。他们生活在“衣冠之家”，处处事事坚守封建礼法，不敢越雷池一步，就是被礼法一口一口吃掉，到死也不敢吭一声。这种人物的悲剧，从整个时代来看，把它与广大农民的深重苦难相比，本不足道，然而作为这个时代的一幅小小的插图来看，由于它真实、生动、具体地记述了这些小人物的生活、心理，还是有参考价值的。这是这部作品本不该受到冷遇的原因之所在。

附 录

"延异"视野中的中西书写

王爱花

从"上帝死了"到"人死了",再到"作者死了",西方哲学在20世纪经历了一次又一次的阵痛。有一些阵痛只是临时症候,发作一段时间便消失,而有一些,一经爆发便无有尽时,这种疼痛看似突然而来,实质却是西方哲学的沉疴痼疾的大爆发。在20世纪70年代,一位被取消医师资格的医师以少有的勇气操刀,对此沉疴痼疾下手。他就是西方哲学界特立独行的、拒绝承认自己是哲学家的哲学家——德里达。

综观柏拉图以来的西方哲学传统,德里达认为其一以贯之的是逻各斯中心主义的思维模式。它以对立原则、排他性原则、优先性原则来建构形而上学大厦。其特点是,首先设立二元对立项,如在场/缺席、真理/谬误、主体/客体等;其次规定这二元项之间是一种绝对的排斥关系,如在场排斥缺席,真理排斥谬误,主题排斥客体,这其中又有同一性(在场=在场)和不矛盾性(在场不可能同时既是在场又是缺席);最后这二元项之间不是一种平等的、对称的关系,而是一方优先于另一方,一方比另一方更基本因而也更真实更可信,亦即在场比缺席更真实,真理比谬误更可信,主体比客体更优先。这看上去似乎是理所应当的。据此,在言语/文字的二元对立中,言语高踞于文字之上,因为它是直传所思的，“言语是心境的符号，文字是言语的符号”，①“无论如何，言语最接近所指，不管我们是将这种所指严格地确定为意义（思考的或实在的意义），还是比较随便地视为事物。相对于言语与心灵的密切联系，或言语与被指称的意义的思想甚至与事物本身的密切联系……所有能指都是派生的，文字能知尤其如此”，②“而逻各斯中心主义也不过是一种言语中心主义：它主张言语与存在绝对贴近，言语与存在的意义绝对贴近，绝对与意义的理想性绝对贴近”。③ 按照这样的理论，我们阅读作家的作品远不如倾听作家的演讲，因为言语是思想的直接呈现，只有这样才能准确无误地领会作家的思想，而当这样的条件不具备时，我们阅读作品的目的就应该是追寻作家的原意。一切看上去似乎都很自然，但德里达就是在如此自然的状态里发现了不自然的因素。他发出了疑问：我们的话语真的能完全地、充分地、完美地表达我们的思想吗？不尽然。人与人的对面交流尚且充满误解的可能性（由于时间、偏见、预期、经验等等），更何况是面对飞离作者之手的文本？进一步说，人即使在自我对话的时候，在对自我的思想进行内部表述的时候，仍然无法保证语言能恰如其分地表达思想，我们的表达要么比所思多些，要么比所思少些。如此，只有在思想对自身的直接的、先于语言的呈现才是完美而充分的，才符合“原意”，但是德里达论证说，不存在这样一种情况，因为一切思想都是通过语言表达出来的，而语言本身由于其有限性是无法保证像形而上学期待的那样圆满地完成这一任务的，因此，西方的形而上学哲学传统孜孜以求的真理的绝对呈现充其量只是一个“白色神话”。④ 这样，言语对文字的优先就变得不再合理，因为号称绝对贴近意义的言语其实与文字一样无力做到对意义的绝对贴近。语言并不是像我们期待的那样清澈、透明，相反，它是浑浊的——模糊、含混、力不从心、勉强为之，而这一切恰恰是文字的特质，如此言语实际已经是一种文字了。德里达的文字学力图摆脱言语对文字的控制，摆脱以“言语中心主义”或

① 〔法〕雅克·德里达著，汪堂家译《论文字学》，上海译文出版社2005年版，第14页。

② 〔法〕雅克·德里达著，汪堂家译《论文字学》，上海译文出版社2005年版，第15页。

③ 〔法〕雅克·德里达著，汪堂家译《论文字学》，上海译文出版社2005年版，第15页。

④ 德里达的文章《白色神话——哲学文本中的隐喻》中的说法，指西方哲学梦寐以求一套自明的词汇，可以无须解释，即可明白无误地直传真理。

“声音中心主义”为别名的逻各斯中心主义，而西方的表音文字显然不是他理想中的文字学，因而他将寻求出路的目光投向了东方——尤其是汉字。

德里达曾在在一次访谈中提到“从一开始，我对中国的参照，至少是想象的或幻觉式的，就占有十分重要的地位。当然我所参照的不必然是今日的中国，但与中国的历史、文化、文字语言相关”。① 这位解构主义的大师在审视西方传统形而上学体系时，流露出对汉字的兴趣，他说：“我猜想在中国文化中也完全有可能存在这种语音特权的因素或方面，但中国文字在我眼中更有趣的常常是它那种非表音的东西。”他明确指出汉字是发展在逻各斯中心主义之外的伟大文明。而这一结论是从“延异”的视角出发分析得来的。“延异”被看做是德里达理论的核心，是他的方法、视点和思想。“因为始终从延异出发来分析一切对象，这才使解构无处不在、无所不能。”② 因此本文拟以“延异”为基点展开论述。

一、西方的书写——声音中心主义

德里达将逻各斯中心主义又称作言语中心主义或声音中心主义，在此框架内的语言学在努力使自己成为一门具有科学性的语言科学时采取的办法是努力向音位学靠近，“我们今天常说的音位学将其科学性传给了语言学，而语言学本身则成了所有人文科学的认知模式。”③ 如此一来，语言的本质就被确定为“语音、词汇和逻各斯的统一”，并且“为意义和语言行为提供基础的具有特权的直接统一体乃是通过语音将声音和意义结合起来的统一体”。因而，声音的中心地位就被确立起来了。这一现象表面来看是 20 世纪西方哲学界语言论转向的结果，其实早在西方文明的源头——古希腊那里它就已经落地生根了，而 20 世纪的语言论转向则是它在经历过漫长的酝酿期之后开出的花朵。

（一）神圣的演讲

在《论文字学》中讨论“书本的终结与文字的开端”的第一章开头，德

① 〔法〕雅克·德里达著，张宁译《书写与差异》，生活·读书·新知三联书店 2001 年版，第 4 页。

② 陈晓明《德里达的底线》，北京大学出版社 2009 年版，第 209 页。

③ 陈晓明《德里达的底线》，北京大学出版社 2009 年版，第 40 页。

里达引用了尼采的一句话，“苏格拉底，述而不作”。的确，苏格拉底“在辩论之中度过了一生，并向青年们教授哲学”。① 其实不光是苏格拉底，古希腊的先哲们大都是这样做学问的，比起伏案写作，他们更热衷于在广场上或圣殿里与人辩论、发表演说。话语在古希腊的城邦里发挥着十分重要的作用，城邦给予公共辩论重要的地位。在这样一个重演说的氛围里产生专门致力于这方面研究及能力培养的修辞学是不足为奇的。一个成功的演说家会引来青年们的渴慕并且激发他们成名的欲望，这就产生了专门教授演讲技巧、说服别人的技巧的老师——第一批诡辩家。这里有一段文字描述诡辩家风光之时的情景：

“诡辩家的成就是巨大的，‘文学’散文先驱高尔吉亚吸引了大批听众，他的语言魅力使他们为之倾倒。公元前 427 年，他被莱昂坦人派到希腊当使节，他使公民大会的全体成员佩服得五体投地。他不仅在该城邦演讲，而且还在聚集了全体希腊人的地方演讲，如奥林匹亚。诡辩家的每次到来都掀起了激情。”②

为何演讲具有如此大的魅力？人们痴迷于演讲究竟是为何？柏拉图笔下的苏格拉底向成功的演说家高尔吉亚提出了这个问题，高尔吉亚对此有一个明确的答复：

“高尔吉亚：我指的是用你的话语去说服法庭上的法官、议事会的议员、公民大会的民众或其他任何公民集团。拥有这种力量，你可以造就医生，你可以使教练成为你的奴隶，使你的商人不为自己挣钱，而为他人挣钱，因为你能对众人谈话，并且说服他们。

苏格拉底：……你断定修辞学是说服的创造者，它所有的活动都与此相关，这就是修辞学的全部与本质。修辞学在听众的灵魂中产生说服……”③

由此我们知道，演讲与控制别人相关，与权力相关，神圣的演讲实质上是神圣权力的体现。声音中心主义之根就在这里。

---

① 〔法〕雅克·德里达著，张宁译《书写与差异》，生活·读书·新知三联书店 2001 年版，第 4 页。

② 〔法〕库蕾著，刘丽丹译《古希腊的交流》，广西师范大学出版社 2005 年版，第 71 页。

③ 〔古希腊〕柏拉图著，王晓朝译《柏拉图全集·第一卷》，人民出版社 2002 年版，第 326 页。

（二）文字——智慧的赝品

尽管演讲是如此神圣，如此令人着迷，但是，在漫长的时间河流中它是转瞬即逝的，在广阔的空间里总有它鞭长莫及的地方。它的效力在演讲结束以后还能在多大程度上发挥作用甚至是否还存在？也即权力在彰显自身之后是否能如在彰显过程中那样发挥作用？当然不能。演说的神圣性一点也克服不了它自身的有限性，但是演说（权力）总是梦想着万古长存的，于是文字就成为一种必要。在此意义上，文字是权力的延伸与扩展，但文字一出场即遭遇冷落的命运。这又为何？答案在一个古老的故事里。

古埃及一个叫图提的神发明了文字，他声称文字是医治教育和记忆的良药并意欲将这一发明献给当时的国王阿蒙进而推广到全埃及。但是国王拒绝了这一发明，因为在国王看来，图提恰恰把文字的功用说反了。国王认为文字会使人们善忘，因为有了文字人们就会凭文字进行再认而无须努力回忆，而且文字记录的只是真实的形似而不是真实本身，这样的话教育提供的就不是真正的智慧而是智慧的赝品。① 这个故事表达的思想在索绪尔那里有了明确的概括："文字遮掩住了语言的面貌，文字不是一件衣服，而是一种假装"。② 文字既是这样一种既危险又必要的工具，因此我们在利用它的同时必须小心翼翼地防范它。一方面，要使文字"只起次要的工具作用：它是具有完整言语和充分呈现（自我呈现，向它的所指呈现，向它物呈现，向一般现有主题的条件呈现）的笔译者，是服务于语言的技巧，是不作解释地传达原话的代言人、口译者。"③ 另一方面，"真理的历史、真理的真理的历史，一直是文字的堕落以及文字在'充分'言说之外的压抑。"④

（三）完美的写音文字

文字是如此善于伪装，如此危险，以致我们一不小心便会将它视为智慧本

---

① 〔古希腊〕柏拉图著，朱光潜译，《柏拉图文艺对话集》，安徽教育出版社 2007 年版，第 158 页。

② 〔瑞〕费尔迪南·德·索绪尔著，高名凯译《普通语言学教程》，商务印书馆 2009 年版，第 56 页。

③ 〔瑞〕费尔迪南·德·索绪尔著，高名凯译《普通语言学教程》，商务印书馆 2009 年版，第 9 页。

④ 〔瑞〕费尔迪南·德·索绪尔著，高名凯译《普通语言学教程》，商务印书馆 2009 年版，第 4 页。

身。采取什么手段才能有效地防范这种危险？什么办法才既能使智慧长存又使伪装脱落？这就是写音文字。“它的目的是要把词中一连串的声音摹写出来。”① 这样的话，文字就成为透明的，文字不再是智慧的伪装而更像是智慧的保鲜膜。有这一层透明的保鲜膜，智慧永远鲜活如初，而且如其所是地呈现。因此，在卢梭总结的三种书写方式中，“描述对象的方式与原始民族相对应，用符号和语汇来表达命题的方式与野蛮民族相对应，而用字母来表达的方式则与文明民族相适应。”② 黑格尔在《哲学全书》中称赞道：“拼音文字自在自为地最具智慧”。③ 索绪尔则明确表示：“只要不是借来的、已沾上了自相矛盾的污点的字母，起初的字母总是相当合理地反映着语言。”④

据此，西方文化传统从母胎里就带有声音特权。声音是直呈逻各斯的，而文字只是无奈为之的一个危险的工具，有声音便无须文字，但有文字还需声音。声音的巨人矗立在文化中央，文字则匍匐在它的脚下。

二、从“延异”出发的书写

面对强大的声音霸权，德里达的解构策略不是从外部建立另一个霸权来与此抗衡，而是进入它的内部，从它的“接缝”处入手，从它的永恒梦想中揭发其无法克服的有限性，“延异”即在此点燃星星之火。

（一）无法听清的声音

德里达首先做的是潜入写音文字内部。“延异”（Différance）一词是将法文词“différence”（意为差异）中的后一个字母 e 改写成 a 的结果。从词源学上考察，“différence”只表示差异，但它的词根“différer”其实有两个意义，

---

① 〔瑞〕费尔迪南·德·索绪尔著，高名凯译《普通语言学教程》，商务印书馆 2009 年版，第 51 页。

② 〔法〕卢梭著，吴克峰、胡涛译《论语言的起源兼论旋律与音乐的模仿》，北京出版社 2009 年版，第 23 页。

③ 〔法〕卢梭著，吴克峰、胡涛译《论语言的起源兼论旋律与音乐的模仿》，北京出版社 2009 年版，第 3 页。

④ 〔瑞〕费尔迪南·德·索绪尔著，高名凯译《普通语言学教程》，商务印书馆 2009 年版，第 51 页。

即延宕与差异。为了弥补从 différer 到 différence 的过程中缺失的意义，德里达引进了 différance，这里的 a 源于 différer 的现在分词 différant，因为这个现在分词更接近 différer 的本意。① 由此可见，这两个词是不同的，但在法语中这两个词读音完全相同，仅凭读音完全无法区别他们。

“这种书写形式的差异，这种两个元音符号之间的外观上的显著差异，这两种元音间的差异，正巧仍旧是纯粹书写形式上的：它被辨识出来，或被书写出来，但不能被听出来；它不能通过声音来领悟，而且我们将会明白它也绕过一般性的理解顺序的原因……延异（Différance）中的 a，因此就无法听清；它依旧如同坟墓般是沉默的、秘密的。”②

在此意义上，Différance 不再属于表音体系，它从表音文字而来，但最终溢出了表音体系，从“différence”到“différance”，从“e”到“a”，声音直呈意义的梦想在此陷落，声音的中心地位岌岌可危。文字曾经湮没于声音中，但现在情况却恰好相反，是声音湮没于书写中。文字就此结束了被压抑的历史并且得以重见天日，文字的力量就要爆发。

（二）不存在表音文字

延异（différance）中的 a 是沉默的，这一在表音文字内起作用的沉默向我们揭示了这样一个事实，“并不存在着语音文字、不存在纯粹的和严格意义上的语音文字。所谓的语音文字，按理说，就本质而言，且不仅仅由于经验和技术的匮乏，它只能通过承认它系统的非语音‘符号’（标点、间隙等等）来起作用。”③

这一结论看起来颇为大胆叛逆，看来德里达确实是在很彻底地反抗声音中心主义。但是这一结论的推导却是从传统内部开始，甚至就在声音中心主义的忠实拥护者——索绪尔那里。一方面，文字被定义为言语的图画，“语言和文字是两种不同的符号系统，后者存在的唯一理由在于表现前者”，④ 可事实上

① 〔法〕雅克·德里达著，汪民安译《延异》，《外国文学》2000 年第一期。

② 〔法〕雅克·德里达著，汪民安译《延异》，《外国文学》2000 年第一期。

③ 〔法〕雅克·德里达著，汪民安译《延异》，《外国文学》2000 年第一期。

④ 〔瑞〕费尔迪南·德·索绪尔著，高名凯译《普通语言学教程》，商务印书馆 2009 年版，第 47 页。

没有什么东西能“画出”声音，“音素是非形象的事物本身，任何可见物都不可能与它相似”；① 另一方面，符号的任意性与差异性是两个相关联的素质，用事实来说明的话，“文字的符号是任意的：例如字母 t 和它所表示的声音之间没有任何关系”，② 这个论据恰恰表征着表音文字的非表音性质，而且“差异的嬉戏……它本身也是一种沉默的嬉戏。这两个音素间的差异独独容许它们这样活动，这种差异无法听清……建造音素且让它们被听到的这种差异本身，仍然是不可听清的——这个不可听清是在其全部的意义上”。③ 我们能听到的只是一个个音素，而使这些音素起作用的那个差别，是不发声的，进一步说，使整个言语得以可能的差异本身并不显现自身，它默默发挥着作用，因而我们听不清甚至听不见。这样的差异就走到了德里达的“延异”里边去了。

（三）莱布尼茨论汉字——聋哑人的发明

既然德里达认为并不存在表音文字，亦即文字在本质上就无法表音，那么并不追求摹写语音的表意字当然就会进入德里达“文字学”的视野，而汉字因其非表音特征和顽强的生命力更是赢得了这位解构主义大师的青睐。当他从表音文字中脱身以寻求出路时，经过莱布尼茨介绍的汉字为他提供了论据并使得他更加坚定地走向逻各斯中心主义的反面。

在《论文字学》中可以看到，德里达对汉字的认识主要来自莱布尼茨，但他同时也揭示出后者的逻各斯中心主义立场。莱布尼茨曾经试图以汉字为蓝本创造一种“普遍文字”。他认为通过少数原始概念的组合可以得出一切概念，因此用符号或数字代表原始概念就能构成“人类思想的字母表”。这样的文字是万能的沟通手段，是通用的思想符号，它的意义不只在于“节省我们始终必须节俭使用的记忆与想象”，④ 更重要的是它的非表音性质使得它更适合哲学

---

① 〔瑞〕费尔迪南·德·索绪尔著，高名凯译《普通语言学教程》，商务印书馆 2009 年版，第 62 页。

② 〔瑞〕费尔迪南·德·索绪尔著，高名凯译《普通语言学教程》，商务印书馆 2009 年版，第 166 页。

③ 〔法〕雅克·德里达著，汪民安译《延异》，《外国文学》2000 年第一期。

④ 〔法〕雅克·德里达著，汪民安译《延异》，《外国文学》2000 年第一期。

研究——因为它与发音分离，与历史“思辨的偏见和意识形态的专横”分离。① 表面看来，这样的文字正符合德里达的文字学设想，但实质上它是逻辑一哲学观点与神学观点调和的结果，德里达称之为“汉字偏见”，它与同时代的“象形文字偏见”共同表征着西方的逻各斯中心主义：

“象形文字的确是一种书写符号，但不是由字母、单词和我们通常使用的特定言语成分组成的书写符号。他们是更优美更庄重的书写符号，比较接近抽象的东西。它们通过对符号或相当于符号的东西的巧妙结合，而将复杂的推理、严肃的概念或隐藏在自然或上帝心中的某种神秘徽章一下子展现在学者的理智面前。”②

尽管如此，德里达认为中文模式还是打破了逻各斯中心主义，突破了声音中心主义的“围剿”。因为在他看来汉字确实如莱布尼茨所言，是“聋子创造的”，汉字具有非表音性质，尽管汉字很早就包含表音因素，但在总体结构上仍然受表意体系支配。这样，他就“可以掌握在所有逻各斯中心主义之外发展起来的文明的强大运动的证据”。③ 那么，这个证据又是如何发挥作用的？一方面，“文字本身通过非语音因素背叛的乃是生命”，“非表音因素威胁着历史以及在呼吸中自我显现的精神生命，那是因为它威胁着实体性，威胁着这个在场形而上学的别名，威胁着存在形而上学的别名。非表音文字破坏名词。它描述关系而不是名称。名称与语词，这些呼吸与概念的统一体，在纯粹的文字中消失了”。④ 另一方面，“不管能指的质料和形式是什么它都没有独一无二的实在……能指从一开始就是它自身重复的可能性，是它自身的图画或相似性的可能性。它是它的理想性条件，是将它确定为能指并使它发挥能指作用的东西，这种东西将它与所指联系起来，而所指因为同样的原因决不可能成为独一无二的实在。”⑤ 这也就是说，并不存在确定的能指与所指，当然也就不存在它们之间的确定区分与严重对立，现实既为符号所染指，便不存在纯粹的“实在

① 〔法〕雅克·德里达著，汪民安译《延异》，《外国文学》2000年第一期。
② 〔法〕雅克·德里达著，汪民安译《延异》，《外国文学》2000年第一期。
③ 〔法〕雅克·德里达著，汪民安译《延异》，《外国文学》2000年第一期。
④ 〔法〕雅克·德里达著，汪民安译《延异》，《外国文学》2000年第一期。
⑤ 〔法〕雅克·德里达著，汪民安译《延异》，《外国文学》2000年第一期。

性”、“单一性”、“独特性”。而同为象形文字，与埃及的通俗的、感性的隐喻性文字相比，汉字“也许更具有哲学特点并且似乎基于更多的理性考虑，它是由数、秩序和关系决定的”,① 如此看来，既保留了原始象形因素又渗透着理性思考的汉字无疑是绕过了西方逻各斯传统二元对立的思维模式，这正符合他的“延异”构想：“差异（difference）——它被标记在 e 和 a 之间的 differ 中——排除了视、听，这或许会愉快地暗示，在此我们应被允许谈及一种不属于感性的秩序，但它也不属于智性……这种秩序抵制感性和智性间的对立，也即哲学的基本对立。”② 这样，“differance”便成为德里达的象形文字。

综上，德里达从“能指的能指”（逻各斯中心主义的文字概念）与能指（音响形象）的“接缝”处入手，揭示出逻各斯声音的含糊不清，揭示出表音文字实际上并不存在。在“延异”的视野中，德里达的书写指向古老而沉默的汉字。

三、汉字书写

德里达对汉字的关注主要集中于汉字与声音的疏离及表意体系的支配地位，由此，汉字文明证实了逻各斯只是众多决断中的一种而不是中心。我们认同德里达的汉字不受声音控制的看法，而且汉字也确实是表意体系的文字。但这是否就意味着汉字与声音没有关系？或者是否意味着汉文化压抑了汉字的表音因素，就像逻各斯传统压抑了书写一般？因此，我们有必要对汉字与声音的关系进行分析。

（一）最初的结合

一般情况下，大部分人认为属于表意系统的汉字与声音的关系并不那么密切，即使汉字中也有表音因素（声符），那也是后来才出现的。在文字创造初期，象形是最基本的原则，会意和形声在多数情况下都是以象形为基础。相对于汉字在起源时与图画的密切联系，声音要素实在是有点遥远。后世的文字学家们主要通过字形来辨别字的本意，字形与字义有着非常密切的联系，与声音

① 〔法〕雅克·德里达著，汪民安译《延异》，《外国文学》2000 年第一期。
② 〔法〕雅克·德里达著，汪民安译《延异》，《外国文学》2000 年第一期。

似乎没什么关系。情况真的如此吗?①

按照中国传统语言学——小学的观点，汉字在功能上可以分为音、形、义三个层面，对这三个层面之间的关系，黄侃有一段详细的论述：

"小学分形、音、义三部。……案三者虽分，其实同依一体：视而可查者，形也；闻而可知者，声也；思而可得者，义也。……三者之中，又以声为最先，义次之，形为最后。凡声之起，非以表情感，即以写物音，由是而义传焉。声、义具而造形以表之，然后文字萌生。昔结绳之世，无字而有声与义；书契之兴，依声义而构字形。如日月之字，未造字时已有日月之语。更分析之，声则日、月，义表实、阙；至造字时，乃特制日月二文以当之。"②

在这段论述中，黄侃从汉字发生的角度透视音、形、义三者之间的关系，并且将音放在首位。此后，王力在他的经典著作《汉语史稿》里提出了相似的观点。他认为汉字像其他民族的文字一样也是从图画演变而来的，但是当图画仅仅表示一件事而不是表示固定的词时，图画还不是文字，"等到图画能表示每一个词的时候，不但笔划简单了……而且更重要的是图画和有声语言联系起来。拿汉字来说，就是每一个原始的字都代表着一定的声音。有人以为象形文字直接和概念相联系，而不和声音相联系，那完全是错误的。"③ 他同样从发生的角度分析汉字与声音的关系——形象化的符号与声音的结合才产生了文字，汉字与声音从一开始就是结合在一起的。

汉字与声音的结合不仅体现在文字的产生上，而且也体现在此后延伸出来的语言研究中。从汉代确立"小学"统括汉字音、形、义的研究，到隋唐文字、音韵、训诂三类研究的区分，及至近现代的语言研究，语音一直都在语言研究者们的视野中。

（二）和平相处

尽管汉字从产生起就与声音结合在一起，但是与表音文字借助"音响形象"表达意义不同的是，汉字在表达意义时借助的是视觉形象——字形。如果

---

① 〔法〕雅克·德里达著，汪民安译《延异》，《外国文学》2000年第一期。

② 黄侃《论学杂著》，中华书局1964年版，第93页。

③ 王力《汉语史稿》，中华书局1980年版，第41—42页。

按照逻各斯的思维模式，这必定是汉字压抑声音的结果，也势必引来声音的反抗。但实际情况恰恰相反，在汉语中声音从没有想“谋权篡位”，汉字也不必时时防范、处处警戒。二者之间不存在一方压制另一方，一方臣服于另一方的等级关系。究其原因，是因为二者在意义的呈现中分担不同的功能。字负责意义的呈现，它关涉的是意义是否呈现的问题，属于理性层面；音负责意义的呈现方式，它关涉的是意义如何呈现的问题，属感性层面。总之，汉字书写的意义之呈现是字与音相互配合的结果，是感性与理性通力合作的结果，此一点在最基本的层面上体现在汉字既基于象形原则又渗透理性思考的字形构造上，在最广泛的层面上体现在艺术领域里。

关于汉字的字形构造，传统上有六书说——象形、指事、会意、形声、转注、假借。现代语言学经过分析认为六书中的象形、指事、会意和形声是造字之法，而转注和假借与造字无关，它们应该属于文字的运用之法。在这四种造字法中，象形是基础，其他三种都是在象形基础上才能实现。东汉许慎在《说文解字·序》中提到：“仓颉之初作书，盖依类象形，故谓之文；其后形声相益，即谓之字；文者，物象之本，字者，言孳乳而浸多也，著于竹帛谓之书。”① 从这里我们能看出，在古汉语体系中，“文”与“字”处于不同的功能层面上。“文”（形）是基础，“文”（形）与声音的结合产生了字，亦即汉字在更进一步的发展中并没有排斥声音，而是与声音因素相结合。不仅如此，在以后的发展中，声音因素在汉字中的重要性不断上升。王力在分析六书说时就认为，“汉字是以象形为基本原则的。但是我们不能由此得出结论说，六书当中象形一类最为重要。实际上，形声才是一种最能产的造字方式。在汉字的发展中，形声字所占的比重日渐增长，就可以充分地说明这一点”。② 形声字由意符与声符组成，意符表示形声字本义所属的范畴，音符表示形声字的读音，这本身就是感性与理性相互结合相互渗透的结果。

在艺术领域里，汉字意义的呈现同样依赖于字与音的融合。在中国古代文学中，不论是主张“诗言志”，还是追求“诗缘情”，对音韵的考虑和对声律

① 许慎著，段玉裁注《说文解字注》，上海古籍出版社 1981 年版，第 754 页。

② 王力《古代汉语》第一册，中华书局 2001 年版，第 164 页。

的追求始终伴随着文学创作。文人们不仅需要审慎地推敲字句，而且要严格地遵循格律。这可以看作是文学意义上的字与音的结合。不仅如此，在很多时候，负责呈现意义的、属于理性层面的字也参与到感性层面的功能中，古人写文章不只是为了传达意义，还为读，还为看。刘勰《文心雕龙·炼字》是谈创作当中的用字问题的，其中有这样一段：

“是以缀字属篇，必须练择：一避诡异，二省联边，三权重出，四调单复。诡异者，字体瑰怪者也。曹摅诗称：‘岂不愿斯游，褊心恶讻呶。’两字诡异，大疵美篇，况乃过此，其可观乎！联边者，半字同文者也。状貌山川，古今咸用，施于常文，则龃龉为瑕；如不获免，可至三接，三接之外，其字林乎！重出者，同字相犯者也。《诗》、《骚》适会，而近世忌同；若两字俱要，则宁在相犯。故善为文者，富于万篇，贫于一字，一字非少，相避为难也。单复者，字形肥瘠者也。瘠字累句，则纤疏而行劣；肥字积文，则黯黕而篇暗。善酌字者，参伍单复，磊落如珠矣。”① 这段文字所谈的就是文字的感性呈现。所以，“缀字属篇”之时的“练择”考虑的不只是精准地传达意义，还有文章整体呈现出来的视觉效果。所以宗白华先生说：“唐人的一首绝句若用优美的书法写了出来，不但是使我们领略诗情，也同时如睹画境。”② 这样的书写便不单单是意义的出场，而且也包括了自身的显现，这与逻各斯传统下的书写是截然不同的。

综上，尽管汉字是以书写使意义出场，但这并不是书写压抑语音的结果，相反语音也参与到意义呈现的工作中。简言之，汉字书写中不存在等级，不存在暴力，也不存在压抑，音、形、义各司其职，而且各得其所，在某种意义上它们是三位一体的。感性与理性在这里交融，主体与客体在这里会合。究其原因，汉字文明的背后是“天人合一”、“物我通明”的整体化思维模式，它的总体趋向是求“和”。这与逻各斯传统二元对立的思维模式迥然有别。

（王爱花，乌海十中教师）

---

① 刘勰著，范文澜注《文心雕龙注》，人民文学出版社 2008 年版，第 624—625 页。

② 宗白华《美学散步》，上海人民出版社 2009 年版，第 164 页。

汉字书写对朝鲜通信使的作用

刘嘉元

提起朝鲜通信使，汉字书写可以说是与之难解难分，从汉阳出发到江户，在朝鲜通信使漂洋过海的途中，不仅用汉字记录了各式风物人情，而且还抒发着他们的离乡去国的愁思及忠君报国的理想。汉字书写跟随朝鲜通信使一路东去，从朝鲜来到日本，又再次为朝鲜通信使承担了通信符号的重任，一方面促进了朝日双方的沟通与交流；另一方面又加强了日本文人对于朝鲜通信使文学造诣的认可。总之，在朝鲜通信使在“往来一万一千三百余里”（在赵曮《海槎日记·甲申六月二十二日壬寅》中按照当时朝鲜长度单位记录，大约相当于今天的4500公里）的行程当中，汉字书写在各个方面都扮演了重要的角色。

一、汉字书写作为朝鲜通信使的交流工具

通信使出使外国，最重要的一项活动便是与外国文人、政要的交流沟通，这不仅是政治需求，也是生活需求。赵曮在《海槎日记》中写道：“而主客既不能自通言语，其所酬酢，全系于奉行译舌辈，诚可谓聋瞽也。”可见，在言语交流中通信使所遇到的困难，因此同行中，译官是极为重要的存在，分为倭

译和汉译，一部分交流，离不开译官的协助，但这并不排除通信使与日本人的直接交流。

1764 年农历十二月初七，赵曮在日记中有这样的记录：“午间对马州守来见，对马州守有行，则以酊僧辄随之，例也。三使出厅外相揖而入，就座后两揖之礼如前，以日前曳船之失待，所伤副船之改造，构成笔谈。”在《与彼人往复文字》中附加入了这次笔谈：“俺等此行，实为贵国大庆，延接之节，自有前例矣。日前蓝岛到泊时夜深昏黑，而曳船一不出迎，以至副骑船触岸致伤之境，人命虽幸得全，礼单盘缠，则或有漂失，则此诚前所未有之事。曳船之未及出迎者，虽云无妄，既违旧规，此则惟在足下查处之如何。而此后往来水路尚远，幸望足下，预饬沿路，多出曳船，详审指导，俾得以利涉行人，所伤船只，亦乞趁速改造，追送大坂城，以为还来时使用之地如何。固知足下勤念于待客之道，而适兹合席，略悉事势，更须之益加留意，以卒盛惠也。”

在笔谈中，通信使完全使用汉字，向对马州守问询了在蓝岛入港时因失误而造成损失的缘由。第二日，对马州守送来了同样用汉字写成的回信，就通信使提出的质疑与不满进行了回应：“拜见贵示，惊叹，不佞职在导护，负愧何量。大凡水路支供，曳船为急，各处地方，无不极力周旋，一遵旧规。但下吏贱役，有所不谨，以致曩日意外之弊。州主闻报，岂无各别查处之道，不佞又当申移各官浦，俾无前路疏漏之失。至于所伤船只，方在潮汐之中，聚众斗水，细检损折之大小，以为改日回禀之地是计。总希恕谅。”因为对马一方等待接应的曳船疏忽，使得通信使船只入港遭遇困难，造成了一定的损失，通信使对此产生误会，认为对方有所怠慢，在严肃的语气中不仅质问了对方，同时却还保留着礼貌的态度。而对马方面，很快以同样的方式消解了通信使的疑虑，一方面赔礼道歉，一方面解释原因，从而获得了双方的相互谅解，为通信使在经过对马去往江户的行程奠定了坚实的基础。

汉字书写作为交流工具，尤其体现在突发状况时。同样是 1764 年的通信使，在返航途中路经大阪，发生了通信使遇刺的极端事件。本来大阪作为日本的大城市之一，通信使每经此处都会逗留数日，而附近的文士也都因此而赶往通信使的宿馆，相互交流学习，比赛诗歌，成为当时的一大盛况。1764 年的通信使一行也照例停在大阪，可是一日夜间都训导崔天宗被一日本人刺成重伤，最终身亡。通信使因为此事，与日方提出严正交涉，在一封《差倭书》中写道："通信使之来，实为贵国致庆而来，则日本人之无端刺杀信行所率者，此诚有信行以来所无之大变怪，此而不为查出偿命，则其在交好之谊，果何如哉？杀人者死，乃是天下同然之法，且行凶枪刃。既为执赃，罪人逃走时见之者，不啻，十目，则此事查出，亦必易易。必须即为摘发偿命，俾守两国百年之约条。至望至望。"文字中不仅表达出通信使对杀人事件的震惊与不满，而且也表达了为了维护两国关系日方该认真尽快处理犯人的愿望。之后，通信使还通过对马岛方面传达了类似的意思，希望对马方面为之敦促："弊行都训导崔天宗被刺致命，实是从古有使行以来所无之变。顷既书报对马州守，想足下亦如之同照矣。今荷枉问，且览别纸，乃审东武命下，至有特送监察之举，不胜感叹，仍承书送之示。而目今查事既始，惟望明发罪人，决断典刑，以彰贵国之有法，以修两邦之约条，使行得以从速稳返而已。余希佥照。"最终，叫做传藏的犯人终于被捉拿归案，被判处了极刑。因为此事，朝鲜通信使在大阪耽搁了近一个月，在这一个月中，所有事务的处理、交涉，全都离不开汉字的使用，也正是因为一定程度的汉字书写，使得朝鲜通信使对这样特殊的事件进行更有效、更恰当处理。

二、汉字书写作为朝鲜通信使的身份象征

在当时的朝鲜半岛，"文化人用汉字来确认自己的地位，又用科举的手段来排斥一般的劳动者，使得汉字的书写成了贵族的专利"。① 也就是说能够使用汉字书写，尤其是能够使用汉字来作文、抒发情感，便是贵族与文化人和普通百姓的最大区别，以及是他们最明显的身份象征。和燕行使相比，担任通信使的官员的职位往往不及燕行使高，这取决于中朝的关系在当时是藩属关系，而日朝则是平等的外交关系。燕行使中正使多为二品，甚至个别有正一品官员；在《前后使行备考》中曾记载通信使的品级："自庚寅，以堂上三品差上使，堂下三品、四品差副使，五品、六品差书状。"

① 刘顺利《高丽文人的诗学意识形态建构》，《天津师范大学学报》2011年第1期。

但是当通信使到达日本后，用来象征身份的不是官职品级，而是对汉字的熟练运用。在通信使看来，日本的官职都是世袭，就连当时在日本世世代代被称作“大学头”的林家的宗主，在通信使眼中他们的学问也因世袭而受到了一定的限制，与从小苦读典籍、通过竞争激烈的科举考试而选拔出来的朝鲜官员有着相当大的差距。因此，朝鲜通信使在日本拥有着一种特别的自豪感与优越感，如赵曮在日记中写道：“时见彼人之标其所书，站上屏风所书，或单子物件细书者，文士辈诗轴唱和者，则笔法或有奇妙，而彼人如得我国人笔迹，则无论谐草优劣，举皆喜踊，求之者络绎不绝。不但于写字官，行中之少解书字者，亦不堪其苦请。至于乘船，随后叉手拜乞，书之者未暇挥洒，居间绍介之马岛通词辈，亦多操纵而索赂云，其意诚莫晓也。或以为如得朝鲜笔迹而藏置，则多有福利云。此是无理之谈。或以其朝鲜礼仪之邦尊贵之，爱其人不足，至爱其笔迹而然耶，亦未可知也。”

这段记录描述了朝鲜通信使在日本民间的受欢迎程度，同时毫不掩饰地表达了作者强烈的自豪感与优越感。可以说朝鲜通信使所到之处，便一定有日本文人蜂拥而至。当地的学者也好，僧人也好，只要听说通信使下榻，便纷纷涌至通信使的馆舍。1636 年副使金世濂在《海槎录》中写道：“倭官进一素轴，中有寒山子像，即大纳言笔，且进古画数十轴，乞赞诗，余以路阻谢不能，岛主恳祈曰：‘此则大纳言送，幸乞勿却。’遂题送。”当然，这并不是朝鲜通信使的一面之词，在田井友季子所著的《对马物语：日韩善隣外交に尽力した雨森芳洲》中也描述了 1711 年通信使一行所到之处的盛景：“十八日，通信使一行早早吃过早饭，身着正装等待出发，作为先导的是幕府的二十八骑，之后是对马藩主和两大长老（以酊庵轮番僧）一行紧紧跟随。另外，跟着通信使先头部队的是清道旗、军官、乐队，还有放着国书的轿子，正使、副使、从事官的车子和随员、还有上上官、制述官、医员、三书记的轿子紧随其后。在后面是诸上官、次官、中官一行，豪华绚烂地进入江户。道路上武家宅邸敞着大门，立着金屏风，覆盖着端子、紫绢的幕装饰着弓、铁炮，守门人身穿华美的夏布套装，街上到处都是这样。金屏风用绉绸、纱绫、御用染布的幕布惊喜地装饰着。通信使进入江户的日子和等上江户城的日子，江户市中全部休假，因为邻国同士讴歌太平盛世被作为是最大的活动而展开。……对锁国下的日本文人们来说，对朝鲜通信使的访日抱有极大的期待，真因为如此，文人们将通信使访日作为关注儒教、进行笔谈交流、唱和汉诗、互相比赛巧拙的好机会”。① 由此可见通信使在日的地位，这样的状况在大学头林复斋的《通航一览》中也可以看到：“据查，凡彼方使者来聘，必笔谈唱和，自天和（1682）、正德（1711），这样的活动渐渐繁盛起来。”

除了日本文人争相与通信使进行诗文唱和外，请通信使写序跋也成为当时的日本文人值得骄傲的事情。“在那个时候，以江户、大阪、京都、名古屋为首的各地学者文人都纷纷涌向通信使所在的宿馆。携带着纸、墨、砚进行笔谈，以及诗歌应酬。当时即使不是学者的僧侣和男仆们也都请求希望得到通信使的挥毫或诗文。总之，当时在江户以林信笃和木下顺庵为首的顺庵门下的人见友元、柳川震泽等都在作为宿馆的本誓寺中列席于笔谈和唱和。就在这前后，白石带着自己的诗集《陶情许集》去请制述官成琬作序文，以及请裨将洪世泰作跋文”。② 成琬和洪世泰在序跋中给予了对新井白石及其作品的极高的赞扬，认为白石是当世文坛的俊杰，可以有“风流之宗”的称号；认为他的作品“清新雅丽”，白石本人更胜于其诗，是表里如一的金玉君子。

1764 年的书记官成大中在文集中这样记叙了当时的情况：“日本源玙，号白石，幼以神童称，与源家宣，学于木贞干。我曾伯祖翠虚公，入日本，玙贽诗而谒，翠虚序其卷，许之以太白之才。于是，玙名喧国中，关白遂仿太白金銮殿故事召焉。”（［韩］成大中《青城杂记卷之四・醒言・日本的才子源玙》）另外，成琬的后代成海应在成琬的墓志铭中也写道：“源玙、雨森东，倭之所称秀杰才士也，叹慕公弥深，尝从信使问公在否，座中人曰今岁已千古人矣。玙曰仆得海外之交，吊墓中之人，可恸也已。有子乎？曰有二子。玙曰公归国之日，以仆一恸达其子。雨森东尤重公，编《东槎酬唱录》，多载公诗。”（［韩］成海应《研经斋全集卷之十・翠虚公墓志》）由此可见在雨森芳洲和新井白石这样的大家在当时，都对通信使的汉诗文抱有十分崇敬欣赏的态度，通

① 田井友季子《对马物语：日韩善隣外交に尽力した雨森芳洲》，光言社 1991 年版，第 196—197 页。

② 仲尾宏《朝鲜通信使——江户日本の诚信外交》，岩波书店 2007 年版，第 155 页。

信使及其作品在日本社会占据着一定的文化地位。

三、汉字书写作为朝鲜通信使的情感载体

汉字书写对于朝鲜通信使来说除了作为一种重要的工具，同时与朝鲜通信使本身还有着不可分割的情感联系。与现代便利安全的交通状况不同，通信使们一旦要出使日本，往返要用将近一年的时间，而且需要具备的是九死一生的觉悟。汉字的使用和汉诗的书写，承载了通信使们往来途中复杂心情和坚定的信念，不仅为艰辛的旅途增添了不少乐趣，同时也吐露了通信使的心声。

（一）舍生忘死的豪情

1764 年的正使赵曮在经历了海上风暴、使官遇刺病故等变故后终于踏上故土，他不由得在日记中他写道："我国壤地偏小，国中行役，远不过数千里。每年燕使，路不及四千里，若论其行役之最远，则当以日本信使为第一，往来一万一千三百余里，水路居五分之三，以此行役，岂非数命攸关耶。"1617 年副使朴榟曾在途中赠正使吴允谦一首诗，其中形象地描写了通信使可能面对的极端自然状况："大风驱雨日光昏，骇浪掀空霹雳奔。"但正使吴允谦却使用"将身许国无归意"的诗句表达了他将生死置之度外的决心，和破釜沉舟的觉悟。1636 年的副使金世濂在渡海途中对此也深有感触，在船上写下了"故国邈已远，沧海连天碧。阳侯忽漾，天吴争奋擗。四座咸失色，舟中互辟易。"的现实状况，但是他紧接着又写道："是身既许国，夷病安可择。"从事官黄戾次韵回道："身命业已许，离情肯寤擗。"两人都将这种舍生忘死的决心书于诗中，相互安慰，相互鼓励，正是因为通信使们这样的心态，才能携手完成一次又一次的远行，战胜心中一次又一次的怯懦，克服一次又一次的艰难险阻。

（二）忠君报国的壮志

《槎上录》是金世濂在出使途中写下的诗集，和其他通信使一样，所创作的诗歌以抒情为主，但金世濂诗歌却有着不同于普通文士诗歌的特点，那就是与众不同的豪迈。在《槎上录》中，金世濂屡次表现了征战沙场的愿望和建功立业的雄心，并将自己出使日本比作出征，拥有着光荣的使命感。"旌旗明晓

日，鼓角向秋穹。壮志频看剑，雄襟欲吐虹。”“猎猎飞大旆，纵纵列剑戟。灯烛正错落，鼓角复奋激。”“跃马壮心嗟已老，屠龙旧技向谁言。”“船上大旗匝剑戟。帐下健卒罗熊虎”等等诗句，无一不体现出金世濂激昂的心情，以及报效祖国的豪迈志向。他的一首《舟中抒怀》写道：“日落舟头鼓角鸣，阴风猎猎卷高旌。河山极目中原接，岛屿浮空大壑平。老去雄心犹嚄唶，醉来奇气更纵横。东还始觉波涛息，还胜当年十万兵。”气魄极大，远远超出了一般文人的心境，不乏稼轩词的气概，以及曹操“老骥伏枥，志在千里”的胸怀。

（三）去国怀乡的哀思

通信使在漫长艰辛的旅途中，最难以排遣的便是思乡的情绪，因此，表现思君思乡、客居异国的情感也是通信使诗歌的重要组成部分。在《槎上录》中，每及思乡，即使擅长书写豪放派诗歌的金世濂也难以自制，写下了“此地非吾乡，此郭非吾土。入疆今几日，宿昔梦莱府。”以及“梦里分明谒圣明，九天宫阙近西清。寒宵独起谁相伴，万里同行即弟兄。”这样凄清孤寂的诗句，类似的感情在1643年的从事官申濡的诗中也能读到：“乡书海外无来雁，客路天边有系舟。剩欲兼程无那病，归心永夜逐刀头。”1764年通信使们在途中进行酬唱，次韵而作，制述官南玉写道：“官楼秋雨卜清游，红烛华茵散客愁。”但书记官成大中和正使赵曮的诗中不仅表现了离愁的痛苦，还表示了自己坚定的信念：“绛节将秋赋壮游，大夫宁作出门愁。”“男儿有志四方游，不必离亭作别愁。”对家乡、对君国的思念之情，都被通信使化作了深情厚意的诗歌，继而又化作了踏上异国之旅的动力。在这里，汉字书写已经摆脱了其最初的功用性，完全成为一种个人情感的表达途径，在去往异国的艰辛途中，通信使或歌唱祖国的大好河山，或表达忠君爱国的美好情感，或抒发去国怀乡的惆怅哀思，汉字书写作为通信使情感的载体，为通信使寄托情思、感怀君国提供了一个更为广阔的平台。

朝鲜通信使，是一个极具有历史意义的称谓，从1607年至1811年近200年来，朝鲜王朝为了巩固与邻国的关系，为了更多地认识世界，相继派出12次这样的使节团，和平对等的相互交流，不仅在朝日两国的外交史上留下了浓重的一笔，而且在文化史上也焕发过夺目的光彩。然而，汉字书写的作用不可忽视，在这个过程中和朝鲜通信使几乎融为一体，汉字书写跟随通信使远跨重洋到达日本，并和通信使一起担当了重要的任务，不仅架起了同日本人沟通的桥梁，而且还形成了通信使身份、情感的延伸，是朝鲜通信使出使中不可或缺的一部分。

（刘嘉元，天津师范大学文学院研究生）

浅析“燕岩体”产生的文化渊源

赵靖

燕岩体是18世纪末，产生于朝鲜半岛，由朴趾源在其燕行文学《热河日记》中开创的一种以散文为主，集散文、小说、诗歌于一体的文体。这种文体自由、灵活、具有反传统、反封建意义。“燕岩体”很快风靡于整个朝鲜半岛，其耳目一新的文体特点和巨大的社会影响力向传统文学提出了挑战。封建正统文学认为它“文体卑下”，有悖文须醇雅的宗旨。最终，朝鲜官方于1794年发动了“文体反正”运动来压制这种文体。

“燕岩体”现象作为朝鲜文学史乃至文化史上的一个重要事件，其产生因素可以说是当时朝鲜思想界各种文化因素综合作用的结果。总体来讲，当时的思想界存在着促成和阻碍这种文体形成并发展的正反两方面因素。

一、促成“燕岩体”产生的基本因素

（一）实学思想：“燕岩体”产生的思想根基

为改变1592年的壬辰倭乱（日本侵略朝鲜）和1636年的丙子胡乱（后金侵略朝鲜）造成的朝鲜落后经济状况，在对性理学空谈性理，脱离实际的学术风气的批判中，朝鲜实学运用而生。这场求实务实的学术风气从17世纪开始，在朝鲜思想界风行了200年之久。朝鲜实学从发展进程来看主要包括三个流派：提倡经世致用的星湖学派，提倡厚生利民的北学派，以及标榜实事求是的学斋派。而“燕岩体”的创作主体大部分都是成就显著的实学家，或是深受实学思想影响的知识分子。如“燕岩体”的开创者朴趾源，不仅在理论和实践上都践行实学，而且在其《热河日记》中也多次提到“厚生利民”。洪大容、朴齐家、李德懋、金正喜等着力写作“燕岩体”的文学家都是积极推崇实学学风的先进知识分子。可以说，这种新兴文体的诸多文体追求和审美追求都与创作主体的思想倾向是有密切关系的。

在“燕岩体”产生和风靡朝鲜半岛的17世纪末18世纪初，正是实学发展的第二、三个阶段：即北学派与学斋派占主导地位的时期。这一时期，朝鲜实学倡导摈弃落后的华夷观念，北学中国的先进技术和文化。很多先进的上层知识分子都借助朝鲜使节向中国朝觐的机会随团来中国观光，一睹康乾盛世的大国风采，并写下记录中国先进文化和技术的燕行文字，这些燕行录对传播中国文化起到了很重要的作用。很多来华观光的朝鲜知识分子都与中国知识分子以“笔谈”为主要方式进行亲密的交流，努力洞察中国文化，并思考本国文化前进的方向。北学派的大师洪大容于1765年进京，在回国后编著的《会友录》中就明确指出此次燕行的最大愿望就是“欲得一佳人秀才，会心人，与之剧谈”。① 终于在琉璃厂遇到了杭州来京参加科举考试的秀才严诚和潘庭筠，并在以后的十几天与潘、严乃至通行者陆飞进行了多次笔谈。难能可贵的是洪大容在回国后很多年一直保持着与这几位中国知识分子的书信往来，并被他本人称为：“天涯知己书”。“燕岩体”的范本《热河日记》中也记录了其作者朴趾源与中国知识分子尹嘉铨、王民皓的交往和笔谈。

学斋派的重要人物金正喜更是得中国知识分子之真传。1809年，金正喜借朝鲜使节团进京朝贺的机会随父金鲁敬来到北京，在这里他受到了翁方纲和阮元的器重，并先后成为这两位京城大儒的弟子。回国后，金正喜一直与翁阮保持着书信往来和书籍交流。

---

① 〔朝〕洪大容《湛轩书·外集》卷二《杭传尺牍·乾净衕笔谈》。

既然实学家们主张北学中国，并与中国知识分子进行着亲密的文化交流，那么这一时期的朝鲜实学家们当然会或多或少受中国文化影响，中国文化也可以说是促成“燕岩体”这种洋溢着实学学风的新兴文体形成发展的重要因素。事实上，中国学术界在这一时期极为盛行的“朴学”（又称“乾嘉学派”、“考据学”）对于朝鲜实学的影响是很直接的。清代朴学反对宋明理学的空谈义理，以求实切理为旗帜，注重考据、考证、提倡朴实无华的治学风格。这种治学风格可以说是当时大部分中国知识分子所崇尚并践行的，再加上“反对空谈”、“求实”正是朝鲜实学家的基本立足点，因而朝鲜进步知识分子在接受中国“朴学”时，就表现得更为积极主动。在洪大容与浙江三位知识分子的笔谈中，一开始就谈到对王阳明的看法：“兰公曰：‘阳明大儒，配享孔庙，特其讲良知与朱子异，故学者勿宗间有一二人，亦不甚善’”。对此，洪大容也颇为赞成。在之后的交往中，我们发现潘庭筠将一部《汉隶字源》当作礼物送与洪大容，并在笔谈中又涉及了当时西林先生所著的《吹豳录》，此类书籍可以说是当时朴学的重要成就，这些文化成果被洪大容带回朝鲜，对其自身和实学本身都是有重要影响的。更值得我们关注的是翁方纲和阮元通过金正喜等人对于朝鲜半岛学术界的重要影响。翁方纲在朴学的影响下论诗提倡“肌理说”，注重“以考据、训诂来增强诗歌的内容、融词章、考据、义理为一”。① 阮元倡导“实事求是”的治学理念。翁方纲的艺术理论成为后来金正喜文学创作的重要指导，而阮元的“实事求是”更成为朴齐家、金正喜、李尚迪等实学派知识分子的治学指南。“实事求是派”这个名称可以说直接来源于中国的阮元。

“燕岩体”作为当时的一种新兴文体，受实学影响不仅通过探讨创作主体的思想状况可以证明，而且在这种文体本身的作品中也有大量体现。“燕岩体”的代表作《热河日记》的一个鲜明特点就是详细记录了中国用作生产生活的各种设备与器具。如对粪肥、水井、砖、窑制、火炕、车制等一系列关乎民生的器物的细致入微的记录，其出发点就是要把这些技术带回朝鲜，实实在在地改善本国人民的生活水平。洪大容在其《湛轩集》中深刻地批判了性理学的空洞（如《医山问答》）多次提到在治学中实践的重要性。

① 袁行霈主编《中国文学史》第四卷，高等教育出版社2005年版，第85页。

（二）中国明小说、散文：“燕岩体”产生的文体渊源

在燕岩体产生的多重文化背景中，中国明清文学可以说对其产生了很直接的影响。朝鲜半岛自古仰慕中华文化。对于中国的经书典籍，朝鲜文人十分爱好，并主动引进。

就中国小说而言，高丽时代以前，就有一些中国古典小说如《搜神记》、《太平广记》等流传。朝鲜时代，是中国小说大规模传入朝鲜的时代。从闵宽东先生在对朝鲜时代流传于半岛的中国古典小说版本情况的研究中，我们可以知道，这一时期，朝鲜官方和私人书社都刊刻过中国小说。官刻本主要出版文言小说，如《世说新语》、《剪灯夜话》、《列女传》、《酉阳杂俎》、《删补文苑楂橘》。私刻本主要是书商以盈利为目的，作为商品交易而刻印的书，私刻本的小说正如其印刻的商品目的，大多是白话小说和适应大众需求的翻译小说。这种以盈利为目的的出版方式在壬辰倭乱和丙子胡乱后迅速发展起来，并逐渐代替了手抄本的流传方式，得到大众的青睐。这些出版物主要有《三国志》、《西游记》、《水浒传》、《薛仁贵传》、《华容道》、《楚汉传》、《锦香亭记》等。书商们不仅大规模印刻这些官刻本没有印制的小说，而且反复印制官刻本出版过的小说，由此可见当时读者对于中国小说需求量之大。此外，值得一提的是同一部小说经常会在不同的书坊同时或先后出版，这种书坊间的竞争也足以证明中国小说流传的广泛性。

中国小说在朝鲜时代的广泛流传与受众群体的广泛是分不开的。事实上，在朝鲜王朝，中国小说以三种形式广泛传播于社会各阶层：“通晓汉语的知识阶层欣赏原著；只懂本国文字的民众阅读谚文译本，社会底层的百姓听说书人的讲唱，其结果则是传播范围和程度与中国本土无异”。① 小说作为一种新兴的娱乐方式首先得到了很多王公贵族的喜爱。在《朝鲜王朝实录·燕山君日记》中就提到燕山君曾下令赴燕使臣购买《剪灯新话》、《剪灯余话》、《效颦记》、《娇红记》、《西厢记》。在当时的善斋（王妃图书馆）中，有韩文书写的书籍4000多册，其中很多是中国小说的译本。士大夫中也不乏热爱小说者，

① 漆缓、陈大康《中国古代小说在朝鲜李朝》，《华东师范大学学报》1996年第4期。

如李相璜（1763—1841）酷爱《西厢记》他说："凡有字之书，见时虽好，掩卷则已。惟《西厢》一书，见时好掩卷愈味，想象肯綮，不觉其黯然销魂，此韩柳欧苏不能为，《左》《国》班马不能为，二典三谟不能为。虽对饭如厕，手不停披，岂非惑之甚而嗜之癖乎?"① 小说作为一种通俗文学，适合大众的娱乐需求和审美情调，其间的情感、生活更加接近大众的日常生活，因而更容易被普通民众接受。特别是中国白话小说传入朝鲜之后，很快被译为朝鲜文，在民众中广泛传播。据记载，在不识字的底层民众中，也有很多"传奇叟"来诵读小说。

朝鲜知识分子生活在这种上至王公贵族，下到底层百姓都对小说有一定接触的文化环境中，自然对小说这种文体也有一定了解，甚至很熟悉。很多知识分子都有大量阅读小说的经验，有些文人还在大量阅读的基础上进行小说创作。如李德懋在《雅亭遗稿》中回忆道："不肖尝观《西游记》、《三国演义》"。朝鲜时代著名作家许筠曾经收藏并阅读过大量的中国小说，并在此基础上写出了朝鲜著名小说《洪吉童传》。"燕岩体"作家朴趾源在《热河日记》中，就曾提到过唐代沈汾著的《续仙传》的故事及其东传朝鲜的过程，可见他对中国小说还是很有研究的。

除小说之外，明代散文和小品文对于"燕岩体"的影响不可忽略。不论是以王世贞为代表的前后七子，还是提倡"独抒性灵"的公安派，都致力于改变理学影响下刻板僵化的文风，实现文学的"主情性"和"实用性"功能。晚明小品文更是以短小精炼的篇幅，不拘一格的体裁以及生活化、个性化的题材而深受读者的喜爱。在语言运用上，明代文人们的视角开始下移，关注白话和俗语的意义。到明末清初，黄宗羲便提出了"我手写我口"的主张，白话文倾向初见端倪。伴随着这些文学作品的东传，朝鲜半岛的文人们也以各种方式进行着明代散文和小品文的接受，并在其创作中或多或少受到了影响。

"燕岩体"的产生可以说直接受到了中国明清文学的影响。明清小说和散文的广泛流传使其创作者有着丰富阅读的经验，文体的通俗性和实用性又是他们弘扬民本意识和宣传厚生利民思想所需要的。以上双重作用的结果便是他们

① 〔韩〕崔溶澈《中国禁毁小说在韩国》，《东方丛刊》1998 年第 3 期。

在自己文学实践中一方面大量创作不受形式限制的时宜散文；另一方面在叙述中经常吸收小说中常用的艺术手法，如在朴趾源在《热河日记》里对乾隆皇帝细致的外貌描写和爱幼女的情节化叙述就很具有小说色彩。此外，小说创作本身就是“燕岩体”这种多元性文体中不可或缺的组成部分。《许生传》、《虎叱》这两篇典型的社会小说可以说是“燕岩体”典范《热河日记》中的耀眼明珠。洪大容的《保宁少年事》可以说是一篇完整而动人的小说。

（三）西学的传入：燕岩体产生的重要外部条件

虽然朝鲜半岛一直恪守儒家文化传统，特别是在满族入主中原的清代，更是以“小中华”自称，但是，半岛的近代化进程在却在 17 世纪就悄然开始了。据记载，在朝鲜光海君（1608—1623）年间，就开始有一批先进的知识分子在燕行中关注西学，后来，更多的朝鲜燕行使利用来华机会，或购买汉译西学书籍，或与西方传教士交谈接触，并把先进的西方科学技术乃至天主教教义带回朝鲜，为传统的半岛文化注入了欧罗巴因素。这种现象越来越多，一直到正祖九年（1785）天主教作为邪教被禁（此时乾隆朝也发生了大的宗教案件），西方文化的传入才大大减少，基督教的传播也转入地下。需要特别指出的是：在传输方式上，不同于传教士直接来到中国广布福音，朝鲜半岛最初接收到的西方文化是燕行使从中国带回的。浙江大学杨雨蕾教授对此指出：“燕行使臣接触西学的途径主要有二：一是访问天主堂和钦天监，通过笔谈与传教士进行交流，购买或得到寄赠的书籍和西洋科学用具；二是在北京琉璃厂书肆搜书购书活动过程中与清朝文人进行交流，并购买有关书籍”。①

在这 100 多年来，传入朝鲜半岛的西方文化主要有两方面内容：一是西方先进的科学技术；二是基督教教义。关于西方的科学技术主要包括天文、地理、历法及算法知识。天文学书籍包括：仁祖九年（1631）郑斗源从北京带回的《利玛窦天文书》、《千里镜说》；仁祖二十六年宋仁龙带回的《日躔表》、《月离表》，以及英祖二十六年（1750）卞泰禧、徐庆运带回的《日月五星七曜表》等。西方绘制的多种地图，也多次被燕行使们带回：李睟光在 1614 年

① 杨雨蕾《汉译西学传入朝鲜述论》，《文献季刊》2001 年第 2 期。

刊行的《芒峰类说》中指出1603年李广庭、权禧带回“欧罗巴舆地图一件六幅”，1610年，许筠带回了地图，1645年3月，风林大君带回《改界图》。历法书籍有：1631年郑斗源带回的《历制度起源》；1645年风林大君带回的《七政历比例》，1648年宋仁龙带回的《日宪历》、《缕子草》等。通过对于这些西方先进天文历法的学习和接受，朝鲜一批先进的知识分子开始摆脱几千年来“天圆地方”的传统认识，懂得地球是作为球体在自转，中国也并非地球的中心，因而并不存在华夷之别，进而激发了半岛的民族主义意识。著名的实学家李瀷、洪大容都深受西学影响。洪大容在《医山问答》中的言论就是以西学为理论武器而反对华夷观念的经典：“且中国置于西洋经度之差至于一百八十，中国之人以中国为正界，以西洋为倒界；西洋之人，以西洋为正界，以中国为倒界。其实戴天履地，随界皆然，无横无倒，均是正界。“‘若使得孔子面九夷，则其穿攘之义自当有域外春秋”。① 在积极引进西方先进技术的同时，西方的基督教义也被引入半岛。从李光庭、权禧最早引入的《天主实义》、《重友录》到许筠带回《十二偈》、黄伯禄带回《正教奉褒》，燕行使们带回的基督教教义思想的书籍越来越多，以致1784年，李承薰发起了信仰基督教的活动。虽然1785年官方严厉禁止基督教的传播，但是基督教所宣扬的平等、友爱的理念在一定程度上已经被当时的知识分子乃至普通民众所接受，特别是不满于两班统治的实学派知识分子，他们热情洋溢地歌颂平民，推崇平等，很难说没有接受基督教义的影响。

此外，从“燕岩体”所涉及的文本来看，更明确地显示了西学的影响。在《湛轩燕记》中，洪大容详细记录了他与刘松龄、鲍友官两位传教士的交谈；《医山问答》在当时来讲可以说是介绍地球自然地理现象的科普读物；朴趾源在《热河日记》中的《鹄汀笔谈》中大谈几何、日月、天体之学问，并有对基督教和耶稣基督的介绍。

值得一提的是，正当西方传教士在自豪地向东方国家传播其文艺复兴以来的文化成果时，他们大洋彼岸的故乡正进行着一场更为深刻的社会革命——启蒙运动。伴随着对理性的孜孜以求，文坛面貌也焕然一新。启蒙作家们已经

① 〔朝〕洪大容《湛轩书·内集卷·卷四》。

“逐渐扬弃古典主义关于体裁高低之分的规戒律，平等而广泛地采用小说、诗歌、戏剧文艺性的政论等各种文体，打破了自古以来诗体文学独尊的局面。”从文学语言来看，自文艺复兴时期但丁提倡俗语写作到18世纪启蒙运动已有400年，此时欧洲文坛已经基本摆脱拉丁语的束缚，而运用本国语言自由书写，这一时期的文坛巨著《鲁滨孙漂流记》、《阴谋与爱情》、《爱弥儿》无不是对本国俗语的娴熟运用，在这里已经可以说完成了黄宗羲“我手写我口”的文学理想。虽然很难说欧洲的启蒙文学对地球另一端的朝鲜半岛有直接影响，但作为一种世界文学发展的新趋势，启蒙文学与东方文坛可以说是遥相呼应的，这或许可以证明“燕岩体”的产生并非偶然，而是社会文化发展的必然结果。

二、阻碍“燕岩体”产生并发展的基本因素

任何一种文体的形成与发展都是当时社会文化诸多因素综合作用的结果，“燕岩体”也不例外，在它的形成发展过程中，既有推动其发展的正面文化因素，又有阻碍其发展的反面力量。

（一）性理学：阻碍“燕岩体”产生发展的思想因素

研究表明：早在中国的秦汉时期，儒学就随汉字传入了朝鲜半岛。朝鲜半岛在其三国时代，就开始以儒学作为其官方意识形态而加以推行。即便是在崇尚佛学的高丽王朝，儒学也是作为“齐家治国”的学问加以推行的。正如任何一种外来理论在传入本土都会依据其本国的社会文化状况而发生本土化转变，儒学在朝鲜半岛也出现了本土化转变，朝鲜时代的性理学就是这种本土化改造完成的标志，也是朝鲜半岛儒学发展的最高峰。

高丽末期，文人安裕从中国把《朱子全集》带回朝鲜半岛，开始了朝鲜半岛系统接收和研究性理学的历程。在朝鲜王朝的几百年里，性理学得到了长足的发展，并形成了不同的流派。具体来讲，有有以徐德敬为代表的士林学派持理气一体说，认为气是万事万物的本源；以李滉为代表的退溪学派则主张理先气后，并提出探讨心性的四端七情说；而以李珥为代表的粟谷学派则持理气相

依的二元论观点，并最终归于理本源。后来的岭南学派和畿湖学派分别继承前者的学说并有所发展。如果说性理学发展的初期是具有着与佛教抗衡并力图推动社会变革的现实意义。“李成桂以及郑道传为首的革新派把朱子学作为推翻高丽，建立新王朝的思想武器大力弘扬”。① 那么到了性理学发展的中后期，则越来越走上了形而上的哲学思辨，远离实际，与滋生“燕岩体”的实学思想有着大相径庭的学术风格。

尽管在“燕岩体”产生的18世纪末期的朝鲜半岛，性理学已经由于崇尚空谈而失去了战斗力，但是作为社会主流意识形态和官方主要的指导思想，这种学说仍旧具有着很大的影响力。朝鲜知识分子洪大容在1765年来北京向中国知识分子介绍朝鲜半岛的思想文化是说：“箕子之衰，典章散亡，俗尚刚厉，武力虽竞，文教扫地。逮于丽末，有郑圃尹梦周，始倡理学。其入本国以来，文学渐兴。有金寒暄宏弼，郑一蠹汝昌。皆表彰程朱之学。有赵静庵光祖，天资极高……有李晦斋彦迪，始著书阐明义理有退溪滉实履笃实，倡道益盛有李粟谷珥禀质清通，见解超迈……有成牛溪浑，与粟谷并时齐名，其后有金沙溪长生，益阐理礼学，毫分缕析，条理粲然。其后有宋尤庵时烈，宋同春浚吉，同时倡道。尤庵享年最久，尊尚《春秋》。圃隐以下，皆从祀本国圣庙”。② 作为主流意识形态的性理学对于与其思想精髓相左的“燕岩体”既有显性影响又有隐性影响。首先其理论内涵本身就是与滋生燕岩体的实学思想相左的，其卫道士们更是以“文体卑下”、“稗官野史”作为反对燕岩体的口头禅。其次，即便是写作燕岩体的实学派知识分子，也莫不是在性理学的熏陶下成长起来的，“尊孔”、“尊朱”是其言论的最基本前提，他们难以完全摆脱性理学的束缚。因此在洪大容的《湛轩集》中不仅收有极具近代意义的《医山问答》，也收有与中国知识分子探讨“心性”、“朱陆”的文字。

性理学对于“燕岩体”的影响还体现在二者不同的文体追求上。如果说高丽时代朝鲜半岛的文化属于一种诗学意识形态，那么“高丽文人所醉心的‘诗

---

① 王丽《朝鲜初期性理学的发展》，《东北亚论坛》2003年第2期。

② 〔朝〕洪大容《湛轩书·外集卷二·杭传尺椟》。

歌’在朝鲜时代就转变为‘散文’”。① 这种转变的原因固然是社会文化与文体发展综合运动的结果，但是，性理学在这种转变中起着不可忽略的作用。由于其形而上的哲学书写，以抒情性和格律性为主要文体特点的诗歌已不再能满足知识界的表达需求，而文言散文以其篇幅自由和严整适应了性理学的发展，并成为李朝所推行的文体，这就是他们所言的“古文的文体”。“即标榜先秦两汉的经典史书和唐宋古文的二元化”。具体而言，李朝官僚文人推崇唐宋古文，并在科举考试和公文中运用骈文和四六。

一部分自由知识分子则受中国文坛前后七子复古派影响而极力模仿先秦两汉散文。而“燕岩体”中所运用的不拘古法，重在表达作家思想和情感的时宜文，注重故事性和娱乐性的小品文与上述的文言散文的文体追求是相左的。传统文人对于“燕岩体”的反对由最初的批评很快发展为政权结盟的政治镇压，并最终出现了“文体反正”的政治事件。

（二）儒家礼制：阻碍“燕岩体”产生发展的社会规范

任何一种上升为国家意识形态的理论或学说，都伴随有一套“礼仪制度”作为上至国家大事，下到庶民百姓的行为规范，否则，这种学说就只能存在于观念层面而难以实施。儒学也不例外，事实上，其本身就是在“尊周礼”的文化心态上形成的。完善乃至繁琐的礼仪，可以说是儒学的一个鲜明特点。孔子曰：“郁郁乎，吾从周”。儒学发展的每一个阶段，都伴随着礼制的进一步完善和发展。

朝鲜半岛作为积极推行儒学的海东之国，其礼制建设也是源远流长的。在高丽时代，礼制建设就开始被重视了。这一时期，他们仿效中国的唐宋制度，构架了吉、凶、军、宾、嘉的五礼体制，并结合其自身文化特点编撰了朝鲜半岛历史上第一部礼制书《详订古今礼》，为后世的礼制建设奠定了基础。如果说高丽时代儒学自身的发展阶段和多元文化背景在一定程度上限制着礼制的构建和实施，那么朝鲜王朝正是得益于性理学的高度发展和儒学的官方意识形态地位使得礼制建设得到了长足发展。伴随着《朱子家学》的传入，朝鲜王朝在

① 刘顺利《高丽文人的诗学意识形态建构》，《天津师范大学学报》2011 年第 1 期。

开国制定的《经国家大典》中，就明确规定了国朝王礼的五礼：吉、凶、军、宾、嘉和民间礼仪：冠、婚、丧、祭。伴随着性理学的发展，礼制也走上了学问化探究，并形成了当时著名的“礼学派”。在礼学发展的鼎盛阶段，岭南礼学和畿湖礼学以其不同的理论特色实现了礼学的本土化和实用化转向，最终使“礼”成为了朝鲜半岛上至国君下至百姓的日常行为规范。岭南礼学派追求人情与义理的调和，把《朱子家礼》与与韩民族的国制、俗制和东人之制结合起来，使得“礼制”更适合其本国文化，进而更有利于“礼”的推行和普及；畿湖礼学派则以家礼为行礼与教育之本，以礼作为修身明理的主要方式“非礼勿视，非礼勿听，非礼勿言，非礼勿动，四者修身之要也”。① 把礼注入人们的一言一行。李朝时代在礼学家们的积极探索和统治者的主动推行下，“礼”被社会各阶层广泛接受，成为人们的行为准则，半岛以此被称为海东的“礼仪之邦”。

“礼”作为一种社会规范，其实质是对封建等级、长幼尊卑这种等级观念的外化。这种等级观念折射到文体追求中，则是诗和文（文言散文）。这两种文体正是通过严整的格式和与日常口语迥然不同的言说方式来彰显着自己作为整个等级系统中较高等级的那种优越性。而“燕岩体”最显著的特点则是追求形式的自由、灵活，多用口语和白话，以及行文中表现出来的庶民情怀。朴趾源堂而皇之地把自己的燕行录称之为“日记”就是公然昭示其不合礼制的文体，其间描述中国民间村妇的服饰、民俗状况可以说都是难以入“礼”的。至于其社会小说更是对道貌岸然的“礼学家”的辛辣讽刺。不论从形式还是内容来讲，“燕岩体”都是话语的向下移，这是力图维护社会等级系统中上层阶级利益的“礼制”所难以容忍的。在具有着广泛而深入的“礼制”传统的李朝时代，“燕岩体”不仅遭到了主流学术界的讨伐，而且由于不合礼制而得不到出版，以致这些文字只能以手抄本的形式流传在民间。“礼制”作为一种深入人心的社会规范，在一定程度上削弱着燕岩体的影响力，阻碍着这场文体革新运动。

---

① 任晓丽、梁利《略论朝鲜李朝正祖的“文体反正”》，《解放军外国语学院学报》2009 年第 2 期。

（三）李朝文学政策：压制“燕岩体”的政治力量

如前所述，朝鲜王朝自开国以来，就以儒学为其治国思想，在文学上，一直倡导“古文文体”，并以唐宋散文为正宗。然而在李朝后期多种社会文化综合作用下，文坛上也出现了多元化局面，以秦汉散文为模仿对象的复古散文，讲求时效性的时宜文，极具小说色彩的“稗官小品文”逐渐削弱了骈体文和唐宋四六的文坛地位。“燕岩体”作为一种集上述的时宜文，小品文乃至日记，“说话”为一体的杂体文，对传统文坛的影响更是革命性的。

面对这种具有启蒙色彩的多元化文坛，文学素养和政治造诣都很高的正祖李算很快就做出了反应。从即位之初，正祖就发表过对于文学的看法，他认为文体是现实政治的反映，体现着国家的社会风气，不纯正的文体会败坏社会风气，腐蚀国民的心性，甚至还会影响到政权的稳固。伴随着《热河日记》在社会上的广泛流传，“燕岩体”作为一种深受人们喜爱的杂文体被很多文人争相模仿并风靡一时，以致在1792年的科举考试中，李钰采用这种文体写作科考文章。在这种文化背景下，正祖的文学理论很快转化为政治实践。1794年，正祖发动了“文体反正”运动。首先，在这场运动中，正祖明确树立了文坛之“正”，那就是唐宋古文。他召集学者在奎章阁中编撰《朱子首选》，并刊行唐宋八大家古文，此外还把李朝时期黄景源和李福源的古文作为范本要求文人们模仿。其次，为了从源头上抑制“燕岩体”，正祖命令禁止从中国输入明清小品文和小说。再次，也是最关键的，是“文体反正”作为一种政治运动，发动者对于创作“燕岩体”的作家们实施了教育规训乃至人身攻击。在这场运动中，很多知识分子受到了牵连。朴趾源的《热河日记》被正祖认为文风沦丧之始“近日文风之如此，原其本，则莫非朴趾源之罪也”。① 并责令其以纯正文风再写一次。使用这种文体的文人乃至当时主管文化的士大夫在这场运动中都受到牵连。“直阁南公辙也受到正祖责问，被指使用了稗官杂记语；李相璜、金祖淳、沈象奎等僻派也被指文体不纯正，命其写自讼文；时派的李德懋、朴

① 〔韩〕朴趾源著，朱瑞平校《热河日记》之《校勘说明》，上海书店出版社1997年版。

齐家等也被发现文体不纯正，命其写自责文。”① 而几次在考场上作“燕岩体”的李钰则受害最深，虽才华横溢，但由于热衷“燕岩体”而屡次不中，并多次被发配边关，以至于中年就开始了隐居生活。

“文体反正”作为一种政治运动，其实质是为维护封建统治而对具有反封建色彩的文化因素进行强行压制，由于动用了政权力量，其效果还是很直接的。这场运动促进了文坛上对“纯雅”文风的复归，甚至使得朝鲜文坛出现了较为繁荣的状况。然而，这种“纯正”的文风终究不适应时代发展的需求，现实主义创作手法和小说文体仍然受广大读者青睐，并在几十年后最终成了文坛的主导。

三、结语

文体是时代意识的敏感反映，“燕岩体”的产生可以说是朝鲜半岛 18 世纪末社会文化多重矛盾运动的结果，通过上文的罗列，我们或许可以对“燕岩体”有一个更为理性的认识进而开展对这种独特文体的深入研究。

（赵靖，天津师范大学文学院研究生）

① 任晓丽、梁利《略论朝鲜李朝正祖的“文体反正”》，《解放军外国语学院学报》2009.年第2期。

由甲午海战前的中国社会看晚清崇高观之扭曲

许婉君

公元1894年7月25日，时值清光绪二十年，日本明治二十七年，以朝鲜东学党起义为契机，甲午中日海战爆发于朝鲜牙山湾口丰岛西南海域，以此为开端，到1895年4月17日《马关条约》签字结束，历时不到一年的时间，号称“亚洲第一”的北洋水师全军覆没，清政府惨败，也将中华民族引入了空前的危机。其后人们归结了种种导致失败的因素，军力、备战、战略、指挥……但不管这些原因是技术性的还是人为的，理智思考过后，都不得不承认，那一刻我们引以为傲的中华之魂魄，竟丧失了顽强的力量，变得孱弱而不堪一击。

一件件史实都向我们证明了甲午海战前夕，晚清社会世态人情的败落，从清政府的腐败，到沉迷于鸦片的民众，泱泱大国之风骨，何以腐坏殆尽，泱泱大国之脊梁，何以摧折崩毁……

康德在《论优美感和崇高感》一书中曾指出，民族性有赖于对崇高和优美的不同感受。而甲午海战前夕的大清国，中国人的崇高观已出现了严重的扭曲，不再以人性合理的标准评价人的行为，而认为只有严格遵从古训才是值得推崇的，这其中一些成为了禁锢人们思想的教条，在国人的头脑中打下了深刻的、不可磨灭的印记，而另一些则愈发变相、变态，成为不可理解的社会规则，毒害人们的身体和心灵。

这其中，好比对“女人裹小脚”的推崇，可说是“优美感”的扭曲，而传统儒学道德伦理愈发违背人类公理与合理人性，则是崇高感的扭曲。

这样的扭曲至少表现在三个方面。

首先，在儒学“家”观念之上生出的“光宗耀祖”的传统强调了“宗族”，而淡化了“国”。“国之主权”的崇高感并没有被确立起来，“国之利益”与“皇族利益”的区别也没有得到明确。

这应说是封建社会共有的特性，尤其是在中国，一个有着两千年封建专制统治的国家，“忠君”更是始终先于“报国”，这一点直到甲午海战前，外忧内患的清政府仍然顽固地坚持着。然而，忠君思想并不能永远捍卫皇权，但一旦“国之利益”与“皇族利益”发生冲突时，问题就会出现：到底是以国为先，还是以皇族的统治为先?

这可能也是当时令清政府头疼的一个问题，但显然无论是慈禧还是光绪，无论采用什么方法，他们选择的都是后者——维护皇权。在他们眼里，祖宗基业才是崇高的，割让领土不算什么，更甚至，这时的清政府可能没有主权的概念。他们不过是以国家的名义出面，进行一系列话语活动，而其背后，却是为家族利益而奔波。所以，慈禧作为当时的最高统治者，才能始终一副不知忧患面目，就算在甲午海战前一刻，想着的依旧是为自己的60大寿而与日本谋和。以此种态度面对有所图谋的各国列强，可想而知对方轻松获利不费吹灰之力。而更令人扼腕的是，即便在这样一个软弱的统治集团内部，官员之间也不能达成统一。因为错综复杂的利益关系，属于不同利益集团的官员为了光耀自家门楣，守卫自家产业，往往结党争斗，这亦可说是变相的“宗族”观念带来的弊病。在这样的争斗中，洋务派与守旧势力论争是我们经常提及的，另外还有慈禧与光绪之间的权力风波，以及满人对汉人的提防等等，其实都属于类似的性质。

例如，满汉官员之间的激烈争斗，也在军队中形成了极坏的影响。北洋水师，因为是李鸿章创立的，就被一部分官员视作他的个人资本。而李鸿章是汉人，因为得了势为满族官员所敌对，这些官员为了削弱他的势力，不惜拿北洋水师开刀。户部尚书翁同龢借口慈禧太后修园，停发海军装备购置费两年，其实是为了制约李鸿章。而后来恭亲王失势，李鸿章与醇亲王以及各位满族朝臣和好，又不得不满足醇亲王挪用海军经费的要求，这也是对北洋水师实力的削弱。为国家抵御外敌的舰队成了官员们角逐实力的牺牲品，有谁考虑过胜负的后果呢?

这样掩盖在“君君、臣臣、父父、子子”伦理纲常之下的种种乱象，恭敬有序只是假象，现实是官员们的各自小利也胜过了国的威严，人人都自己谋出路，唯独民族的活路无人考量，这是国之崇高感的沦落，也是民族崇高感的沦落。

另外还有贪腐一项，也必然伴随“宗族”之间的利益争斗，其普遍和泛滥，足以说明晚清社会风气的败坏程度。关于这一点，朝鲜领选使金允植1881年来到中国曾有见闻，记录在他的天津来往日记《阴晴史》中。

金允植来中国，正值洋务运动兴起之时，他抱着在中国学习各种经验和技术，应对朝鲜的内忧外患的目的，然而，看到的真实情况却不是那么如意的。许多中国官场中不成文的规定都让他看不惯，他以旁观者的身份多次提到清官员的陈俗旧习，其中一节，记新年、李鸿章生日之时，“省中各官皆有庆礼”,① 铺张浪费的程度令他感到难以承受。但是，这样的送礼在当时的中国却很常见，处在庞大亲族关系网下的官员群体，族群与族群之间都存在着微妙的、千丝万缕的关系，为了逾越制度而办事，“人情”是时时需要的东西，而在这样的氛围下，行贿、受贿的行为也变得理所当然，贪腐之事不可抑止。

事多而不怪，贪腐的情况多了，人们也就不以为耻了。更不用说人情、面子、人际关系网都可以成为一种资源，抽象的利益，直接关系着人们既得利益的多少。这时候，为人们所羡慕、推崇的就不在是传统的“孝”或“仁”了，而是善于趋炎附势，懂得左右逢源的人，这样的行为被人模仿，是正气的流散，民众崇高感的失落。

---

① 刘顺利著《王朝间的对话——朝鲜领选使天津来往日记导读》，宁夏人民出版社2006年版，第84页。

而晚清民众对于崇高的歪曲认识，还表现在另一个方面，即为阳刚之力的丧失。

孔子讲“刚健有为”，是指一种精神状态，这种精神状态要求人保持自强不息、奋发向上、永不懈怠的昂扬斗志，在现实世界中努力开创未来。我国自古就有这样充满阳刚之力的风气，不管是魏晋风流、建安风骨，还是汉唐盛气，说的都不仅是文采，也是包括一种精神气质，或率真任诞、风流自赏，或慷慨悲凉、简练刚健，或洋洋洒洒、挥洒自如，都不是羸弱的，而充满了自信、阳刚和凛然的气势。

到了宋代，重文轻武的风气才渐渐形成，文官比武官更受重视，宋诗宋词的咏唱也见弱势。而宋以后，明清两朝逐渐压抑的文化氛围和社会制度更是桎梏了人们的张扬个性和自然血性。清朝的文字狱相当严重，这使得文人唯唯诺诺，不敢怒不敢言，即便有些怨气的，也只好写些士大夫所不屑的小说来排解愤懑。这样的好比曹雪芹的《红楼梦》，虽写得尽是儿女情长，在当时仍被视为禁书。文人不再敢于表达真实想法，只写些儿女情长，填些淫词艳曲，普通百姓自然更是蒙昧，社会上便没有一个宣扬正气和骨气的舆论。加之后来鸦片也大举进入中国，街头巷尾尽是呷着小曲，没骨头似地吸着烟袋的八旗子弟，很难想象，这些养尊处优，身体和意志都被腐蚀的贵族，到底如何能扛得起国家的脊梁？这些曾经骑马征战的满族人，如今也同汉人一样，不再骁勇善战。

金允植的《阴晴史》就记他在中国见到的一位名叫郭文奎的官员，“系是保定省人，武生员，官居都司四品职云。年四十五，短于文墨，长于武事。自言从征长毛，屡数有功，赏戴花翎。在军营二十年，弓马枪炮及洋枪炮，无不精熟。外貌则不甚勇健。字振远。所欠者吸鸦咽，面有病色。自言南征时，欲除烟瘴始服，今有大害云。”

此处“鸦咽”即指“鸦片”，毒害了晚清社会，也毒害了数万民众和官兵。这位郭文奎便是其中之一，作为武生员，自言“在军营二十年，弓枪炮及洋枪炮，无不精熟”，实际上却“面有病色”，是个大烟鬼。这样的人物放在今天，无论如何是无法在军队待下去的，但在当时，吸食鸦片成瘾的军人却何止他一人？四品都司尚且如此，就不用提普通士兵了，带着烟袋上战场是正常，更有在战场上发起烟瘾的……如此，清军的战斗力可想而知。

鸦片毒害了清朝军队，败坏的军风则堪比鸦片。甲午海战之所以失败，北洋舰队之所以覆没，都与这些有着直接的关系。军队内部走私，倒卖弹药，舰船常年不训练，海员们在大炮下晾衣服，没有丝毫军纪可言。提督丁汝昌在作战之初，就被失火的炮台烧伤，足以证明舰船失修的严重性，而这些作战的武器原本也是偷工减料，许多炮弹的尺寸都不合规格，根本塞不进炮膛，这样的装备，怎么能与日方严阵以待的海军作战呢?

另外，金允植在《阴晴史》中还提及了清政府的一种官员任命制度，他们在甲午海战时不用宿将，却起用年轻的将领丁汝昌，这并不为其他，只是考虑到宿将会不听话的可能性。这无疑是一种胆怯的表现，他们甚至会害怕自己的将领，这样的政府是多么的软弱无力，没有丝毫权威性与可信性。这样政府管辖之下的军队也失去了严整和纪律，就像一盘散沙，不能战斗。

而这种现象正说明人们丧失了一种向心的凝聚力，没有了共同信服的东西。这是件可怕的事情。因为如果没有一种有力的令人信服的引导的话，人们就很难为了同一个目标而努力。显然，甲午海战前的北洋水师乃至整个晚清社会，这样可信的权威都已经不存在了。人们不相信软弱的清政府，不相信贪腐的官员，不相信形同虚设的制度和纪律，人们除了相信自己的生存之道以外，没有任何凌驾于上的信条，这无疑是整个社会公信力的崩塌，也是美好而高尚的崇高感的空缺。

（许婉君，天津师范大学文学院研究生）